JN096932

John Fante

Ask the Dust

ジョン・ファンテ
栗原俊秀 訳・解説

塵に訊け

未知谷
Publisher Michitani

目次

塵に訊け

ジョイスへ、愛を込めて

ASK THE DUST: A Novel
by John Fante, with an introduction by Charles Bukowski

第一章

　ある晩のこと、ロサンゼルスのど真ん中、バンカーヒルに立つホテルの一室で、僕はベッドに腰かけていた。わが生涯における重要な一夜だった、ホテルをめぐる決断を迫られていたからだ。カネを払うか、さもなくば出ていくか。メモにはそう書いてあった、女主人がドアの下からすべりこませてきたメモには。細心の注意を要する、大いなる問題だ。僕は明かりを消してベッドにもぐりこんだ、これで問題は解決した。

　朝になって目を覚ますと、もっと運動をした方がいいなと思い、すぐに始めることにした。体のあちこちを曲げたり伸ばしたりした。それから歯を磨くと血の味がして、ピンクに染まった歯ブラシを眺め、こんな感じの広告を思い出した。外に出てコーヒーでも飲もうと決めた。

　いつもの店、僕の行きつけの店に行って、長いカウンターの席に着いてコーヒーを注文した。なんと言おうか、コーヒーとしか形容のしようがない味だったが、五セントの価値はなかった。席に腰かけたままタバコを二、三本吸い、ナショナル・リーグのスコアを視界に入れないよう注意しつつ、アメリカン・リーグのボックススコアに目を走らせた。ジョー・ディマジオがなおもイタリア人民の名誉を守っていることを確認して満足した。リーグの首位打者はディマジオだ。

　偉大なるバッター、ディマジオ。僕はレストランから出て、想像上のピッチャーと向き合い、フェンス越えのホームランをかっ飛ばした。それから、今日はなにをしようかと考えながら、エンジェルズ・フライトの方角へ歩いていった。でも、とくになにもすることがないので、街をぶらぶらしようと決めた。

　オリーブ・ストリートを進むと、薄汚い黄色のアパートの前を通りかかった。昨夜の霧のせいで壁が吸い取り紙みたいになっている。友だちのエシーとカールを思い出した。ふたりはデトロイトからやってきてこのアパートに暮らしていた。思い出した、あの晩カールはエシーを殴った、エシーは子どもを産もうとしていて、カールは子どもなんて欲しくなかったから。だけどけっきょく子どもは生まれ、この話はそれで終わった。アパートのなかの様子を思い出した、ねずみとほこりの臭いが充満していた。暑い日の昼下がり、年くった女たちがロビーに坐っていて、そのなかにひとり、きれいな足の年くった女がいた。エレベーター係もいた、ミルウォーキー出身の負け犬野郎、行き先の階を告げるたびせせら笑ってるように見えた、そんな階を選ぶなんてとんだ間抜けだとでも言わんばかり、このエレベーター係はエレベーターのなかでいつもサンドイッチのトレーをもち、クズ雑誌を脇に抱えていた。

　オリーブ・ストリートの道なりに坂を下る。殺人事件がいくつも起きていそうな木造家屋の家並みを通り過ぎ、さらに進むと交響楽団の劇場がある。思い出した、ヘレンといっしょに「ドン・コサック合唱団」の歌を聴きにここへ来た、めちゃくちゃ退屈だったから喧嘩になった。思い出した、あの日のヘレンの服装を、白いワンピースだった、あの服に触れたとき、僕の股間はぴちぴちとさえずるようだった、ああ、ヘレン、まあいいやもう。

　フィフス・ストリートとの交差点にやってきた。大きな路面電車の騒音が耳をつんざき、ガソリンの臭いのせいで街路樹のシュロが悲しげに見えた。黒い敷石はまだ昨夜の霧に濡れている。

　さあ、ビルトモア・ホテルに到着だ。僕はタクシーの列に沿って歩いた。正面玄関にいちばん近いドライバーのほか、運転手はみんな寝ている。僕はこの連中について考えた、連中が頭のなかに蓄えている情報について考えた、そして思い出した、僕とロスが連中のひとりからある場所について教えてもらったときのことを。じつにいやな目つきだった、よりにもよってテンプル・ストリートに連れていかれた、僕らが引き合わされたのはこれっぽっちも愛嬌のないふたりの女だった。ロスは行くところまで行ったけれど、僕は待合室で蓄音機を聴き、ひとりでびくついていた。

　ビルトモア・ホテルのドアマンの前を通り過ぎた、すぐにこいつが憎くなった、こいつの黄色い飾りひも、六フィートの身長、全身からにじみでる威厳が憎くなった。すると黒い車がカーブを曲がって近づいてきて男がおりてきた。カネのありそうな男だった。そのあとで女が出てきた、きれいだった、コートは銀ぎつねの毛皮だった、歩道からホテルのドアに吸いこまれていくあいだ、彼女はひとつの歌だった。僕は思った、ああ、すこしでいいから、一日でいい、ひと晩でいいから、そして僕が歩くあいだ、彼女はひとつの夢だった、朝の湿った空気のなかにその匂いがまだ漂っていた。

　パイプ屋の前に立って商品が並ぶ棚を見つめるうちに、相当な時間が経過した。ショーウィンドウだけを残して世界全体が消えてなくなり、僕はその場ですべてのパイプをすぱすぱやった。偉大な作家になった僕が、イタリア製の小粋なブライヤーパイプをくわえ、ステッキ片手に黒い大きな車からおりてくる。そしてそこには彼女もいる、僕の隣に立てることが誇らしくて仕方ないというふうの、銀ぎつねの毛皮をまとった婦人がいる。僕らはホテルにチェックインして、それからカクテルを注文し、それからちょっと踊り、それからもう一杯カクテルを頼み、僕はサンスクリット語の詩節を朗々と読みあげた。素晴らしきこの世界、なぜって二分ごとにかわるがわる、とびきりの美女がこの僕を、偉大なる作家を見つめてくるから。バーのドリンク表に次から次にサインしてやった。銀ぎつねの女の目に嫉妬の炎が燃えていた。

　ロサンゼルスよ、きみのかけらをどうか僕に！　ロサンゼルスよ、僕がきみのもとへ歩んだように、どうかきみも僕のもとへ！　僕の足がきみの道を踏みしめている、こんなにも愛しい素敵な街、砂漠に咲く悲しい花、ああ、きみはなんて素敵なんだ。

　とある一日、別の一日、そしてその前日のことだった、図書館の本棚には大物が並んでいる、あのドライサーも、あのメンケンも、みんなそこに並んでいる、僕は彼らに会いに行った、やあドライサー、やあメンケン、やあ、やあ。そこには僕のための場所もある、それは「B」で始まる、「B」の棚だ、アルトゥーロ・バンディーニだ、アルトゥーロ・バンディーニのために場所を空けろ、彼の本を並べるんだ。僕はテーブルについて、自分の本が並ぶであろう棚を見つめた、それはアーノルド・ベネットのすぐそばだった。このアーノルド・ベネットというのはへぼ作家だ。だが、僕が来たからにはもう大丈夫、「B」の棚は安泰だ、われらがアルトゥーロ・バンディーニ、居並ぶ傑物のなかのひとり、そこへ若い女が近づいてきた、小説コーナーに香水の匂いが広がる、わが名声がもたらした倦怠をハイヒールの音が引き裂く。なんという日、なんという夢！

なのに女主人は、あの白髪の女主人はあのメモを書きつづける。コネチカットのブリッジポートからやってきて、夫はもう死んでいて、この世界にひとりぼっちで、誰のことも信じていなくて、そして生活が苦しいのだと言っていた、お前はカネを払わなければいけないのだと言っていた。宿代は国債のごとく積みあがった。支払うか、出ていくか。支払うなら最後の一セントまで支払うこと。五週間分の未払い金が二十ドル、払わないなら女主人が僕のトランクに荷物を詰めると言っていた。もっとも僕はトランクなんてもってない、手提げの旅行かばんがあるきりだ、それはボール紙でできていてストラップさえついてない、なぜってストラップは僕の腹のまわりに巻かれてズボンを支えてるから、このストラップはたいして役に立ってない、なぜって支えなきゃいけないズボンがほとんど消えかかってるから。

「ちょうどエージェントから手紙が届いたところです」女主人に説明した。「ニューヨークのエージェントです。僕の短篇がまたひとつ売れたそうです。どこの雑誌かは書いてありませんでした、でも売れたんだと書いてありました。だから心配しないで、ハーグレイヴズさん、やきもきしないで、一両日中にはキャッシュを用意できますから」

けれど女主人は、僕のような嘘つきの言うことは信用しなかった。それは厳密には嘘ではなかった。それは希望であって、嘘ではない、ひょっとしたら希望でさえなくて、事実かもしれない、確かめる方法はただひとつ、郵便配達人を観察すること、すぐそばから観察すること、ロビーのデスクに置かれた手紙を確認すること、バンディーニ宛ての手紙はあるかとずばり訊いてみることだ。だが、このホテルに居着いてから六か月が経過したいま、もはや尋ねる必要はなかった。郵便配達人は僕を見ると、イエスかノーか、訊かれる前から首を振って教えてくれるから。これまでの内訳を見ると、ノーが三百万回、イエスが一回だった。

ある日、素晴らしい手紙が舞いこんだ。ああ、手紙ならたくさん受けとってきた、でも、素晴らしい手紙はあの一通だけだった、それは午前中に届けられた、送り主が言うには（それは「小犬が笑った」についての手紙だった）「小犬が笑った」を読み、大いに気に入ったとのことだった。手紙にはこう書かれていた、バンディーニさん、もしこの世に天才というものがいるとすれば、それはあなたです。彼の名はレオナルド、偉大なるイタリアの批評家だ。ただし彼は批評家として知られているわけではなく、ウェストバージニア在住の一般人だった。それでも彼は偉大であり批評家であり、そして彼は死んだ。僕のエアメールがウェストバージニアに届いたときにはもう死んでいて、その姉が手紙を返送してきた。彼女も素晴らしい手紙を書いてくれた、彼女も傑出した批評家だった、レオナルドは老衰で亡くなりました、けれど幸福な最期でした、死を前にして弟がしたことのひとつが、ベッドで身を起こし、あなたに宛てて「小犬が笑った」について書くことでした。生より出でた儚い夢、けれどとても大切な夢。いまは亡きレオナルド、天国に住まうきみ、十二使徒の誰にも引けをとらない聖人よ。

ホテルの滞在者はみんな「小犬が笑った」を読んでいた。ひとり残らず読んでいた。ページをわしづかみにしたまま読者を死にいたらしめる物語、それは犬の話ではけっしてなく、才気のほとばしる物語、耳目を驚かす詩篇とでも言うべきか。そしてあの偉大なる編集者、ほかでもないＪ・Ｃ・ハックマスが、中国語のような筆跡で名前が記された手紙のなかでこう書いていた。見事な物語だ、これを掲載できることを誇りに思う。ハーグレイヴズさんはこの手紙を読み、それから僕を見る目が変わった。ホテルに居つづけていいことになった、寒空の下に叩き出される心配はなくなった、もっともあのころは酷暑だった、それもこれも「小犬が笑った」のおかげだった。クリスチャンサイエンスの信徒、ミシガンのバトルクリーク出身、三四五号室に滞在中のグレインジャーさん（尻が丸くてきれいだがやや年嵩）はロビーに腰かけて死ぬときを待っていた、そして「小犬が笑った」が彼女を地上の生へ連れ戻した、彼女の瞳に宿る光を見て僕は悟った、これでいい、僕は正しい、だけど僕は思っていた、グレインジャーさんが僕の資金繰りについて尋ねてくれたらいいのに、どうやって暮らしているのか訊いてくれたらいいのに、そこで考えた、五ドル貸してくださいと頼んでみようか、だけど頼まなかった、うんざりして指を鳴らしながら歩き去った。

ホテルは「アルタ・ロマ」という名前だった。丘を背負うようにして、バンカーヒルの頂きに立っていた。斜面に沿って逆さまに建てられているせいで、道路と同じ高さにメインフロアが、十階分おりたところに十階があった。八六二号室に泊まっているなら、エレベーターで八階分くだればいい。倉庫に行きたいならくだるのではなく屋根裏部屋へ、メインフロアのひとつ上の階へ行けばいい。

ああ、愛しのメキシコ娘よ！　僕はいつでも彼女のことを、わがメキシコ娘のことを考えていた。メキシコ娘と付き合ったことはない、だけど通りはメキシコ娘でいっぱいだった。広場やチャイナタウンはメキシコ娘で燃え立っていた。僕の流儀に従うならば、あの娘もこの娘も僕のものだった。いつの日かまた小切手が届けば、それは現実となるだろう。さしあたってはカネはいらない、彼女たちはアステカの姫君だったりマヤの姫君だったりする、グランドセントラルマーケットや聖母マリア教会で見かける南米の女たち、僕は女見たさにミサに出たことさえある。それは神聖を穢す行為だが、ミサにまったく出ないよりはいい、おかげでコロラドの母さんに手紙を書くときほんとうのことが書ける。親愛なる母さんへ、この前の日曜日、僕はミサに行きました。グランドセントラルマーケットを歩いているとき、偶然を装って姫君に体をぶつけた。話しかける機会が生まれ、笑顔を浮かべてすみませんと言った。美しい娘たち、僕が紳士やらなんやらのように振る舞うとひどく嬉しそうにする、軽く触れてその思い出を部屋に持ち帰るだけでいい、そこでは僕のタイプライターが塵をかぶり、ねずみのペドロが巣穴に腰をおろしている。夢と幻想の時間を過ごすあいだ、ペドロの黒い瞳がじっとこちらを見つめている。

ねずみのペドロ、こいつは善良なねずみだったがけっして飼いならされることがなく、ペットになることも躾を受けることも断固拒否した。自分の部屋にはじめて足を踏み入れたとき、僕はやっと対面した。青春の渦中にいるころだった、「小犬が笑った」が八月号に掲載されたころだった。五か月前、ポケットに百五十ドル、頭に大いなる計画をしまいこみ、コロラドからバスに乗りこの街へやってきた。あのころの僕には哲学があった。僕は人も獣も等しく愛する者であり、その原則はペドロにも適用された。しかしチーズは高くついた、ペドロは一匹残らず友を呼び寄せ、部屋はねずみであふれかえり、僕はチーズからパンに切り替えざるを得なくなった。ねずみはパンが好きではなかった。舌の肥えた連中はどこやらへ姿を消し、古いギデオン聖書のページでもかじっていれば満足する隠者ペドロだけがあとに残った。

あのはじまりの一日！　ハーグレイヴズさんがドアを開けると、すべてはそこにあった、床には赤いカーペットが敷かれ、壁にはイギリスの田園を描いた風景画が飾られ、隣にシャワー室があった。六階分くだったところにある六七八号室、ちょうど丘の正面の位置、だから窓は緑の丘と同じ高さにあり、窓がいつも開いていたから鍵を持ち歩く必要はなかった。僕はまさにあの窓からはじまりのシュロを見た、六フィートも離れていなかった、当然ながら枝の主日とエジプトとクレオパトラのことを考えた、だけどシュロは枝が黒ずんでいた、サード・ストリートのトンネルが吐き出す一酸化炭素のせいで汚れていた、その堅い幹はモハヴェ砂漠とサンタアナ渓谷から運ばれてくる塵と砂で窒息していた。

親愛なる母さんへ、僕はよくコロラドの実家に手紙を書いた、親愛なる母さんへ、事態は決定的に好転しつつあります。街に有力な編集者がいて僕は彼と食事しました、短篇を何本も書く契約を交わしました、退屈させてはいけないので細かい内容は割愛します、親愛なる母さん、だって僕は母さんが文筆に興味がないことを知っているから、父さんも興味がないことを知っているから、ともあれ契約の内容は最高です、ただひとつ残念なのは、契約の開始まであと二か月あるということです。だから十ドル送ってください、母さん、五ドル送ってください、愛しい母さん、この編集者は（あえて名前は書きません、この手のことに母さんは興味がないと知っているから）かつて彼が手がけたなかで最大のプロジェクトに僕を送り出すべく、あらゆる手はずを整えているのです。

親愛なる母さん、そして親愛なるハックマス、偉大なる編集者、このふたりが僕の手紙の大部分、実質的に僕のすべての手紙の宛先だった。陰気な顔つきでぴっちり真ん中分けのハックマス、剣のごときペンを振るう偉大なるハックマス、僕の部屋の壁には中国語みたいなサインの入った彼の写真がかかっている。やあハックマス、僕はよく言ったものだった、あんたなんて筆跡してんだよ！　それから困窮の時代が訪れ、ハックマスは僕から長大な手紙を受けとった。ハックマスさん、大変です、僕はどうかしたみたいです。活力が失せ、なにも書けなくなりました。ハックマスさん、この土地の気候が関係しているのでしょうか？　アドバイスをお願いします。ハックマスさん、僕はウィリアム・フォークナーと同じくらいうまく書けているでしょうか？　アドバイスをお願いします。ハックマスさん、セックスが関係しているのでしょうか、というのも、ハックマスさん、なぜなら、というのも、そして僕はハックマスにすべてを伝えた。公園で見かけたブロンド娘について僕は伝えた。僕がどんなふうにアプローチしたか、ブロンド娘をどんなふうにものにしたか伝えた。あらゆる物語を僕は伝えた、ただしそれは事実ではなく、目もくらむような嘘だった、でもそれはなにかではあった。それは執筆であり、偉人との関係を保つ手段であり、そして彼はつねに返事を書いてくれた。おいおい、なんていい人なんだ！　彼はすぐに返事をくれた、才能あふれる男の相談に偉大な男が応じてくれた。誰ひとり、僕のほかに誰ひとり、ハックマスからあんなにもたくさんの手紙を受けとったやつはいない。僕はよく手紙を取り出し、読み返し、そして手紙にキスをした。ハックマスの写真の前に立ち、瞳からぼろぼろ涙をこぼしながら語りかけた、今回は上等なやつをつかまえましたね、偉大なやつを、バンディーニを、アルトゥーロ・バンディーニを、この僕を！

困窮の時代がもたらした決意。じつに打ってつけの言葉だ、決意。成功するぞと決意して、アルトゥーロ・バンディーニは二日間ぶっとおしでタイプライターの前に坐る。だけどうまくいかない、堅固にして性急な決意にもとづく、生涯でもっとも長きにわたる攻城戦。でも一行も書けない、ひとつの言葉を何ページにもわたって書きつづける、ひとつの言葉を延々と書き連ねる。シュロ、シュロ、シュロ、僕とシュロの決死の戦い、そしてシュロが勝利を収めた。窓の外ではシュロの木が青い空の下で風に吹かれ、甘やかにそよいでいる。二日間の攻防のあとでシュロが勝利し、僕は窓から這(は)いでて木の根もとに腰をおろした。長いような短いような時間が流れ、僕は眠った。小さな茶色いアリたちが、すね毛で宴を張っていた。

第二章

　あのころ僕は二十歳（はたち）だった。よく自分に言い聞かせた、そらそら、ゆっくりやれよ、バンディーニ。十年かけて一冊の本を仕上げればいい、焦ることない、街に出て人生について学べ、通りを歩け。人生にたいする無知、それがお前の弱点なんだ。なあ、友よ、わかってるか？　お前、一度も女としたことないだろ。いやいや、あるよ、何度もあるよ。いやいや、ないね、一度もないね。お前には女が必要だ、売春宿が必要だ、ぴりっとした刺激が必要だ、カネが必要だ。聞けば一ドルらしい、上等なとこだと二ドルらしい、でも広場（プラザ）なら一ドルだ。まいったね、お前のポケットには一ドルもないじゃないか、それだけじゃない、お前は臆病者だ、一ドルあったって行きやしないだろう、デンバーにいたころ行くチャンスがあったのにけっきょく行かなかったもんな。むりだね、お前は臆病者だ、びびったのさ、まだびびってる、一ドルなくてホッとしてるんだ。

　女が恐い！　ひゃー、この作家、偉大だね！　女と寝たことないやつが、どうやって女について書くっていうんだ？　みじめったらしいまがいものめ、いんちき野郎め。書けないのも当然だ、「小犬が笑った」に女が出てこないのも当然だ、ラブストーリーじゃないのも当然だ。この間抜け、ちんけで薄汚い青二才が！

ラブストーリーを書くんだ、人生について学ぶんだ。

郵便でカネが届いた。偉大なるハックマスからの小切手ではなかった、『アトランティック・マンスリー』や『サタデー・イブニング・ポスト』からの為替手形ではなかった。ほんの十ドル、ほんのひと財産。送り主は母さんだ。ささやかな保険契約、アルトゥーロへ、保険を解約して払戻金を受けとりました、これはあなたの取り分です。でも十ドルだった。原稿であろうとなかろうと、とにかくなにかしら売れたものはあったわけだ。

ポケットにカネを入れろ、アルトゥーロ。顔を洗え、髪をとかせ、いい匂いがするように香水かなにかつけろ、そのあいだ鏡を見て白髪が生えてないかチェックしろ。お前は心配性だからな、アルトゥーロ、いつも不安なんだ、不安は白髪の原因になるんだ。だけど白髪はなかった、一本もなかった。よしよし、でも左目のこれはなんだろう？　なんだか色あせているようだけど。気をつけろ、アルトゥーロ・バンディーニ。目の酷使はよくないぞ。ターキントンがどうなったか思い出せ、ジェイムズ・ジョイスがどうなったか思い出せ。

悪くない、部屋の真ん中に立ってハックマスの写真に語りかける、ハックマスさん、悪くないです、ここから物語を引き出してくることだってできるでしょう。ハックマスさん、いまの僕、どうですか？　ハックマス殿、僕がどんな見た目をしてるか、たまには想像したりしますか？　たまにはひとりごちたりしますか、彼はハンサムなのかな、あのバンディーニという青年は、あの輝かしい傑作「小犬が笑った」の作者は美形なのかな、たまにはそんなことを考えますか？

デンバーにいたころにも今日のような一夜があった、ただしデンバーの僕は作家ではなかった、ともあれいまと同じような部屋に立ってあれこれ計画を練っていた、そして計画はご破算になった、なぜならあそこで僕はずっと聖処女のことを、イエス・キリストの御母堂のことを、「汝姦淫(なんじかんいん)するなかれ」のことを考えていたから。女は職務に精励しつつもかなしげに首を振り、最後には断念した、でもそれはもうずっと前の話で、今夜はきっと違った筋書きをたどるだろう。

　窓を乗り越え、バンカーヒルの頂き(いただ)へ続く斜面を登っていった。僕の鼻のための夜、僕の鼻のための饗宴、星を嗅ぎ、花を嗅ぎ、砂漠を嗅ぎ、そして塵(ちり)は眠っている、バンカーヒルの頂きで。街はクリスマスツリーのように広がり、赤と緑と青に瞬(またた)いている。やあ、古びた家々、安っぽいカフェで歌う美しいハンバーガー、ビング・クロスビーも歌っているね。女はきっと、僕に優しくしてくれる。子ども時代の女たちじゃない、高校時代の女たちじゃない、大学時代の女たちじゃない。やつらは僕を怯えさせた、疑わしそうな目で僕を見てきた、やつらは僕を拒絶した。でも僕のお姫さまは違う、だって、彼女はきっとわかってくれるから。彼女もやっぱり、さげすまれてきたひとりだから。

　バンディーニが歩いていく、長身ではないが体格はしっかりしている、筋肉には自信がある、上腕二頭筋の隆々たる歓びを楽しむために拳を固く握りしめる、滑稽なほどに恐れを知らぬバンディーニ、神秘的驚異の世界における未知のほかに、恐いものはなにもない。死者は復活するだろうか？　本は「ノー」と言っている、夜は「イエス」と叫んでいる。僕は二十歳だ、分別のつく年ごろだ、眼下に伸びる道々へ、女を求めて迷いこもうとしているところだ。僕の魂はすでに汚れてしまっただろうか、引き返すべきだろうか、天使が僕を見ているだろうか、母さんの祈りが僕の恐れを和らげてくれるだろうか、母さんの祈りは僕をうんざりさせるだろうか？
十ドル。これだけあれば二週間半の家賃が払える、三足の靴が買える、二本のズボンが買える、編集者に原稿を送るための切手が千枚買える。千枚！　だけどお前の手もとに原稿はない、お前の才能は疑わしい、お前の才能は嘆かわしい、お前にはこれっぽちの才能もない、来る日も来る日も自分に嘘をつくのはやめろ、だってお前は知ってるじゃないか、「小犬が笑った」は駄作でしかないことを、この先ずっと駄作でしかないことを。

だからお前はバンカーヒルを歩くんだ、空に向かって拳を振るんだ、お前がなにを考えているか知ってるぞ、バンディーニ。目の前に父親を思い描く、背中にむちがふりおろされる、頭蓋のなかで炎が燃える、それは自分のせいじゃない。お前が考えてることはこうだ、自分は貧しい家に生まれた、みじめな百姓の息子に生まれた、自分を駆り立てているのは貧しさだ、コロラドから逃れてきたのは貧しいからだ、ロサンゼルスの路地裏をうろつくのは貧しいからだ、お前は本を書いて金持ちになることを夢見ている、もし本を書けば、向こうで、コロラドでお前を憎んでいた連中は、もうお前を憎まないだろうから。お前は臆病者だ、バンディーニ、自分の魂を裏切ってるんだ、涙を流すお前のキリストに向かって、蚊の鳴くような声で嘘をついてるんだ。だからお前は書いてるんだ、だからお前は死んだ方がいいんだ。

ああ、そうだよ。だけど僕はベルエアーに立つ家々を見た、涼しげな芝生と緑のプールがセットになってた。僕は女がほしかった、その女には、僕がいままでに所有したすべてと同じくらいの価値がある靴を履いていてほしかった。シクスト・ストリートでスポルディングの前を通りかかった、ショーウィンドウに飾られているゴルフクラブを握ってみたくて仕方なかった。赦（ゆる）しを切望する聖人のように、ネクタイを欲して煩悶（はんもん）した。ミケランジェロの前で息を呑む批評家のように、ロビンソンの帽子に恋い焦がれた。

　エンジェルズ・フライトからヒル・ストリートへ続く道を下っていった。百四十段、拳をぎゅっと握りしめ、何ものをも恐れることなく、けれどサード・ストリートのトンネルは恐い、そこを通り抜けるのは恐い、これは閉所恐怖症だ。高いところも恐い、血も、地震も恐い。そのほかは、ほとんど恐いものなしだ、ただし死は除く、人ごみのなかで金切り声をあげやしないかという不安は除く、盲腸への恐怖は除く、心臓病への恐怖は除く、そう心臓病、部屋で椅子に坐り時計を握りしめ、頸静脈（けいじょうみゃく）を指で押さえて脈拍を数える、きゅるきゅるごろごろという奇妙な腹の音を聞きながら。そのほかは、ほとんど恐いものなしだ。

　カネを作るアイディアならある。この坂道、眼下に広がる街、石を投げれば届きそうな場所できらめく星々。ボーイ・ミーツ・ガールだ、いい設定だ、大もうけ間違いなしだ。女はあの灰色のアパートに暮らしている、男の方は宿なしだ。男の方は……彼は僕だ。女は飢えている。パサデナの裕福な娘でカネを嫌っている。倦怠が原因でパサデナの億万長者をポイ捨てしてきた、カネが嫌で仕方ないから。美しい娘、目もくらむほどに。偉大なる物語、病理学的な葛藤だ。金銭恐怖症の娘。フロイト流の設定とでも言うべきか。別の男が彼女にほれてる、こいつは金持ちだ。僕は貧乏だ。ライバルと対峙する。痛烈なウィットで男を徹底的に叩きのめし、さらには拳でも殴りまくる。女は胸を打たれ、恋に落ちる。莫大な財産を僕に差し出す。貧しく生きることを受け入れるならという条件で、僕は彼女と結婚する。女は承諾する。でも大丈夫、ハッピーエンドだ。結婚当日、女は僕に黙って、莫大な財産を僕の名義に書き換える。僕は憤慨するものの、愛ゆえに彼女を許す。いいアイディアだ、でもなにか足りない。『コリアーズ』〔米国の週刊誌〕あたりに似合いの物語だ。

愛しい母さん、十ドルをどうもありがとう。エージェントから連絡があったんだけど、また別の短篇が売れたみたいだよ、今回はロンドンの有名雑誌だってさ。ただ、原稿料の支払いは雑誌が発売されたあとらしいんだ、だから、母さんからのちょっとした仕送りは、こまごまとした出費に重宝すると思う。

ストリップが目玉のバーレスクを見に行った。一ドル十セントのいちばんいい席をとった、コーラスガールの擦り切れた尻が四十個、すぐ目の前を横切っていく。いつの日か、この尻がすべて僕のものになる。僕は自家用クルーザーで南太平洋に航海に出る。暖かな昼下がり、女たちがサンデッキで僕のためにダンスする。ただし、僕の女はみんな美人だ、社会の上澄みから選り抜いた女たちだ、船長室での悦楽を競い合うライバルたちだ。うん、これは僕のためになる、これは経験だ、僕は理由があってここにいるんだ、この瞬間がページに注ぎこまれる、わが人生の暗黒面が。

そしてローラ・リントンが現れた、ヒューという口笛と床を踏みならす靴の音で騒然とするなか、サテンの蛇のようにステージを滑ってくる、淫靡（いんび）なるローラ・リントン、僕の体のわきを滑り略奪していく、彼女が通り過ぎるときギリギリと噛みしめた歯が痛んだ、まわりにいる卑しくて汚らしい豚のような連中が憎かった、やつらは叫んでいる、僕のものであるはずの病（や）める悦びから、自分の分け前を分捕（ぶんど）ろうとして叫んでいる。

母さん（マンマ）が保険を解約したなら、うちの親父にとっては厄介な事態に違いなく、僕はここにいるべきではないだろう。子どものころ、幾人ものローラ・リントンの写真を収集した、時間の流れがあまりに遅く、いつまでたっても少年時代が終わらないことに苛立ったものだった、まさしくこの瞬間を切望していた、そしていまここにいる、僕はすこしも変わってなくて、ローラ・リントンも変わってない、だけど僕は貧しくて、金持ちのようなふりをしている。

ショーがはねて深夜のメイン・ストリートへ。ネオンのチューブと薄い霧、安キャバレーとオールナイトの映画館。中古の雑貨屋、フィリピン人のダンスホール、カクテルが十五セント、夜通し続く愉快な催し、だけど僕はぜんぶ見てきた、何度も見てきた、あまりに多くのコロラド・マネーをこの界隈で散財してきた。喉が渇いてるのにコップがからっぽの男みたいにひとりぼっちだった。僕はメキシコ人地区へ歩いていった、痛みのない病気にかかった気分だった。聖母マリア教会にやってきた。ひどく古くて、日干しれんがが歳月に黒ずんでいる。感傷的な理由から僕はその中へ入るだろう。あくまで感傷的な理由からだ。僕はレーニンは読んでない、でも引用は聞いたことがある、宗教は民衆のアヘンである。教会の階段をのぼりながら僕は自分に語りかけた。そう、民衆のアヘンだよ。僕個人は無神論者さ。ニーチェの『反キリスト者』なら読んだけど、あれは世紀の傑作だね。僕は価値の価値転換を信じている、そうだとも。教会は去らねばならない、それは間抜けと田舎者とインチキ詐欺師が群れなす愚者階級の天国である。

巨大な扉を引いて開けると、泣き声のような小さな音が鳴った。血の赤に染まる永遠の明かりが祭壇の前に噴き出し、およそ二千年も続く静寂を深紅の影のなかに照らしている。それは死に似ていた、だけど僕は洗礼式で泣きわめく赤ん坊のことも思い浮かべた。ひざまずいた。習慣だから、あくまで習慣だからひざまずいた。椅子に坐った。ひざまずく方がいい、膝に感じる鋭い痛みが、ぞっとするような静けさから気を逸らしてくれるから。祈った。もちろん祈った。あくまで感傷的な理由から。全能の神よ、無神論者になったことをお詫びします、だけどニーチェは読まれました？　ああ、なんて本だ！　全能の神よ、ここは正々堂々といきましょう。ひとつ提案があります。僕の中から偉大な作家を引きずり出してください。そうすれば、僕は教会のもとへ立ち返るでしょう。親愛なる神よ、あとひとつ、お願いがあります。母さんを幸せにしてやってください。父親の方は心配ないです。ワインがあるし、体はどこも悪くないから。だけど母さんは気苦労が絶えないんです。アーメン。

　泣き虫の扉を閉めて階段に戻ってきた。白い巨大な獣よろしく霧がそこらじゅうを這（は）いまわり、広場（プラザ）は地元の郡庁舎のように白い静寂に閉じこめられている。だけど音はどしりとした空気のなかを素早く伝わり、はっきりと耳に聞こえる、これはハイヒールの足音だ。女が現れた。緑の古いコートに身を包み、あごの下で結ばれた緑のスカーフが顔を縁どっている。階段の上にバンディーニが立っている。

「元気？」笑顔を浮かべて女は言った、まるでバンディーニが彼女の夫か、恋人ででもあるかのように。それから階段の一段目までやってきて彼を見あげた。「こんばんは。私と楽しいことしない？」

　視線の先には勇猛なる恋人が、勇猛にして鉄面皮たるバンディーニが。

「いやー」彼は言った。「いいや。今夜はいいや」

　彼は足早に立ち去った、彼の背中をじっと見つめ、彼の耳まで届かない言葉を口にする女をあとに残して。半区画ほど彼は歩いた。嬉しかった。少なくとも、女は彼に声をかけた。少なくとも、女は彼を男であると認識した。透きとおるような喜びを感じて彼は口笛を吹き鳴らした。路地の機微に通じた男は、普遍的な経験を有している。著名作家、街娼との一夜を語る。アルトゥーロ・バンディーニが、有名作家が、ロサンゼルスの売買春をめぐる経験を打ち明ける。素晴らしくたくみに書かれた一冊だと批評家が喝采を送る。

バンディーニ（スウェーデンに発つ直前にインタビューを受けている）「若い書き手にたいする私からのアドバイスは、ごくシンプルです。どうか、新しい経験から逃げないでほしい。生のままの生を生き、それを勇敢につかみとり、素手でそれに立ち向かうのです」

記者「バンディーニさん、あなたにノーベル賞をもたらしたこの本は、どのようなきっかけから生まれたのですか？」

バンディーニ「あの本は、ロサンゼルスでのとある一夜、私の身にほんとうに起きた出来事をもとにしています。あの本に書かれた言葉はすべて真実です。私はあの本を生きたのです、すべてを経験したのです」

もういいか。僕にはぜんぶはっきり見えた。向きなおり、教会への道を引き返した。霧が濃くて前が見えない。女はいなくなっていた。僕は歩きつづけた。もしかしたら、彼女に追いつけるかもしれない。曲がり角で彼女を見つけた。背の高いメキシコ人と話している。ふたりは歩き、通りを渡って広場へ向かった。僕はあとをつけた。おいおい、メキシコ人かよ！　ああいう女は、肌の色で線引きしなきゃだめだろうに。僕はやつが憎かった、スピックめ、グリーザーめ〔いずれもメキシコ人にたいする蔑称〕。ふたりは広場（プラザ）のバナナの木の下を歩いている、霧のなかにふたりの足音が響いている。メキシコ人の笑い声が聞こえた。それから女も笑った。ふたりは通りを渡って、チャイナタウンの入り口になっている路地を歩いていった。東洋風のネオンサインが霧をピンクに染めている。中華料理屋の隣にある下宿屋の前まで来ると、ふたりは階段をのぼっていった。通りの反対側の二階で誰かが踊っている。細い道の両側にタクシーがとまっている。下宿屋の正面にとめられたタクシーの車体に寄りかかり、そして待った。タバコに火をつけ、そして待った。地獄の炎が凍りつくまで、僕は待つだろう。神に打たれて絶命するまで、僕は待つだろう。

三十分が過ぎた。階段の先から物音が聞こえる。扉が開いた。メキシコ人が出てきた。霧のなかでタバコに火をつけ、あくびしている。それから締まりのない笑みを浮かべ、肩をすくめ、やがて歩きだし、全身を霧に飲みこまれた。失せやがれ、笑ってろ。くそったれのグリーザーめ、いったいなにがおかしいんだよ？　てめえはぺしゃんこでずたぼろの人種に生まれたんだよ、俺たち白人の女のひとりと部屋にしけこんだだけのことで、お前はそんなふうに笑うのかよ。俺が教会の階段で彼女の誘いを受けてたら、てめえにチャンスはなかったんだよ。

しばらくして、階段からヒールの足音が聞こえ、女が霧のなかに踏みこんできた。同じ女、同じ緑のコート、同じ緑のスカーフだ。女は僕を見てほほえんだ。「あら、あなた。ちょっと遊んでいく？」

よし、落ちつけ、バンディーニ。

「んー。行ってもいいし、行かなくてもいい。遊ぶって、なにするわけ？」

「来たらわかるわよ、ね」

にやにや笑うのはよせ、アルトゥーロ。感じ良くしろ。

「行ってもいいよ」僕は言った。「それに、行かなくてもいい」

「もう、来てったら」女の顔のほっそりとした骨格、口から漂うすえたワインの臭い、優しい声音からにじみ出るおぞましい偽善、瞳のなかで燃えたぎるカネへの欲求。

バンディーニが口を開く。「いくらなの、最近は」

女は僕の腕をとり、有無を言わさず、けれど優しく、ドアの方へ僕を押した。

「ほら、行きましょう。そういうことは上で話せばいいから」

「気分が乗らないんだよな」バンディーニが言う。「俺……俺、派手なパーティーの帰りだから」

めでたし、聖寵（せいちょう）満ちみてるマリア、僕は階段をのぼっています、僕にはできそうにありません。いますぐ逃げよう。ゴキブリの臭いがよどむ玄関、天井にぶら下がっている黄色い照明、この状況に耐えるにはお前は美意識を発達させすぎている、女が僕の腕をつかんでいる、らしくないぞ、アルトゥーロ・バンディーニ、お前は厭世家（えんせいか）じゃなかったのか、生涯にわたって独身主義を貫くんじゃなかったのか、お前は司祭になるべきだった、あの日の午後にオリアリ神父が、克己（こっき）の喜悦について語りながら言ってたじゃないか、だいたい母親のカネなんだしさ、おお、罪なくして宿りたまいし聖マリアよ、御身（おんみ）にすがるわれらのために祈りたまえ、われらが階段のいただきに達するまで、埃のただよう廊下を抜けて突き当たりの部屋に達するまで、そこで女は明かりをともし、僕らは部屋のなかにいた。

僕の部屋よりも狭かった。カーペットもなし、絵画もなし、ベッドが一台にテーブルが一脚、それに洗面台。女はコートを脱いだ。下には青の柄物のワンピースを着ていた。素足だった。女はスカーフを外した。本物のブロンドではなかった。根もとに黒い地毛が見える。鼻がわずかに曲がっていた。バンディーニはベッドにいる、くつろいだ雰囲気で、ベッドに腰かける術を熟知した男のように坐っている。

バンディーニのコメント。「いい部屋だね」

ちくしょう、早く逃げよう、こりゃ悲惨だ。

女は隣に坐っている、僕の体に腕を絡ませ、胸を押しつけ、僕にキスして、冷たい舌で僕の歯に染みをつける。僕は跳ねるように立ちあがった。おい、しっかり働け、僕の知性よ、親愛なるわが知性よ、僕をここから逃がしてくれ、二度とこんなことはしないから。僕は教会へ立ち返ろう。今日を境に、僕の生は清水（しみず）のごとくきよらかに流れるだろう。

女は仰向けに横になっている。うなじの下で手を組んで、ベッドに両足を乗せている。僕はコネチカットでライラックの香りを嗅ぐだろう、間違いない、死の直前の出来事だ、そして若き日に通った小さくて慎ましやかな白い教会を、逃げようとして蹴破った牧場の柵を目にするだろう。

「あのさ、きみと話がしたいんだよね」

女は足を組んだ。

「僕は作家なんだ。本のための素材を集めてるところなんだ」

「作家だってこと、わかってた。それか、ビジネスマンとか、そういう仕事。あなたってとっても知的だもの」

「うん、だから、作家なんだ。きみのことはもちろん好きだよ。ばっちりだよ、大好きだよ。でも、まずは話したいんだ」

女は体を起こした。

「おカネがないの？」

ほお、カネときたか。そこで僕は引っぱり出した、数ドルのささやかな札束を。もちろんカネはある、たんまりある、ここにあるのはバケツのなかの一滴だ、カネは問題じゃない、カネは僕にとってなんの意味もない。

「いくらだい？」

「二ドルよ、ありがとう」

だから三ドルやった、札束から無造作に抜きとった、なんでもないことのように、笑みを浮かべて手渡した、だってカネは問題じゃないから、問題はカネの出どころだ、いまこの瞬間も母さんは窓辺に腰かけロザリオを握っている、親父の帰りを待っている、だけどカネはある、いつだってカネはある。

女はカネを受けとり枕の下に滑りこませた。感謝の気持ちが、笑顔に変化をもたらしている。作家は話すことを欲している。近ごろの労働条件はどんな具合か？　こうした生活に彼女は満足しているのか？　ねえ、あなた、話なんていいから、早くいいことしましょうよ。いいや、僕はきみと話したい、大切なことなんだ、新作だよ、題材だよ。これがいつものやり方でね。どんな経緯でこの仕事に就いたのかな。いやだ、あなた、よりによってそれを聞くの？　でも、カネは問題じゃないんだ、さっきも言っただろ。でも、私の時間は有料なのよ、あなた。だからまた二ドル渡した。これで五ドルだ、ちくしょう、五ドル払ってまだ逃げられないなんて、お前が憎い、汚らわしいお前が憎い。だけどきみは僕よりきれいだ、だってきみは魂を売っているわけじゃないから、肉体を売っているだけだから。

女は感動に胸を震わせている、いまならなんだってしてくれるだろう。僕が望むことならなんであれ、そして女は僕をぐいと引き寄せた、だめだめ、ちょっと待って。話がしたいって言ったよね、おカネは問題じゃないって言ったよね、そこでまた三ドルやった、しめて八ドル、でもそんなことはどうだっていい。その八ドル、とっといてよ、なにか欲しいもの買えばいいから。そして僕はなにかを思い出した男のように、なにか大事なことを、会合の約束を思い出した男のように指を鳴らした。

「いけね! 忘れてた。いま何時だ?」

女は僕の首すじにあごをこすりつけている。「時間なんて気にしなくていいの。ひと晩中、いてくれて構わないから」

重要人物だ、あーそうだった、思い出した、僕の出版社、今夜の便で編集者が来るんだった。たしかバーバンクの空港だったな、そう、バーバンクだ。タクシーつかまえて行かないと、うわー急がないと。さよなら、さよなら、八ドルはとっといてよ、なにか欲しいもの買えばいいから、さよなら、さよなら、階段を駆けおりて走り去る、玄関前の優しい霧よ、その八ドルあげるから、おお、甘美なる霧よ、見えてるからね、いま行くからね、きれいな空気よ、素晴らしき世界よ、いま行くからね、それじゃまた、階段に向かって大きく叫ぶ、また会いにくるよ、その八ドル、とっといてよ、なにか欲しいもの買えばいいから。瞳から八ドルがあふれ出る、ああ、イエスさま、僕を殺してその亡骸(なきがら)を家に送り返してください、殺してください、愚かな異端のように死なせてください、司祭の赦しはいらないです、終油の秘蹟もいらないです、八ドル、八ドル……

第三章

困窮の日々、雲ひとつない青い空、今日も明日も青い海、そこを太陽が横切っていく。それはまた潤沢な日々でもある。潤沢な不安、潤沢なオレンジ。ベッドでオレンジを食べ、昼食にオレンジを食べ、夕食にオレンジを胃に押しこむ。オレンジ、一ダース五セント。空に輝く太陽の光、胃のなかによどむ太陽の汁。日本人街の商店にやってきた僕を彼が見つける、顔の形が弾丸みたいな日本人、笑顔で紙袋を渡してくれる。親切な男、五セントで十五個くれることもあるし、二十個のときもある。「バナナ好き?」もちろんだとも、そしてバナナを二本もらった。喜ばしき新機軸だ、オレンジジュースとバナナ。「リンゴ好き?」もちろんだとも、そしてリンゴをいくつかもらった。これは新鮮な取り合わせだ、オレンジとリンゴ。「モモ好き?」好きに決まってるだろう、そして僕は茶色い紙袋を抱えて部屋に戻った。興味深い新機軸だ、モモとオレンジ。僕の歯が果肉に食いこむ、どろどろの果汁が胃の底へ押しこまれてしくしくと泣いている。ずいぶんと騒がしい泣き声だ、小さくて陰気なガスのかたまりが僕の心臓を締めつける。

わが苦境が僕をタイプライターに向かわせた。アルトゥーロ・バンディーニへの憐憫(れんびん)に浸(ひた)りながら、タイプライターの前に腰かける。時おり、着想が部屋のなかを悪気なく浮遊した。それは小さな白い鳥のようなものだった。やつにはなんの悪意もなかった。僕を手助けしたいだけなのだ、この親愛なる小鳥は。だけど僕はやつを打った、キーボードで打ちまくった、そして鳥は僕の手のなかで息絶えた。

ぜんたい僕はどうなってしまったのだろう。子どものころ、新しい万年筆が欲しくて聖テレサに祈りを捧げたことがある。僕の祈りは聞き入れられた。ともかくも、僕は新しい万年筆を手に入れた。いま、僕はふたたび聖テレサに祈っている。お願いします、優しい、愛くるしい聖女よ、僕に着想を与えてください。だけど彼女は僕を見捨てた、あらゆる神々が僕を見捨てた、僕はユイスマンスのように独り(ひと)だった、拳を固く握りしめ、目に涙を浮かべていた。誰でもいい、誰かに僕を愛してほしい、虫でもいい、ネズミでもいい、だけどそれも過去の話だ。いまではペドロも、せいぜいオレンジの皮しか与えられなくなった僕を見限ってしまった。

実家のことを考えた、たっぷりのトマトソースのなかを泳いでいるスパゲッティ、そこに降り積もるパルメザンチーズ、母さんのレモンパイ、羊肉のローストと温かなパンのことを考えた、ひどくみじめな気分になり、血が浮き出るまで爪を腕の肉に食いこませた。僕は大きな満足を覚えた。神が創造したなかで、僕はもっともみじめな存在だ、みずからを拷問せずにいられないほどみじめなのだ。この地上に、僕より激しい悲嘆に沈む者はいない。

ハックマスに伝えなければ、自身の雑誌で天才を育成した偉大なるハックマスに。親愛なるハックマスさま、僕は書いた、栄光に満ちた過去を記述しながら、親愛なるハックマス、ページがどんどん積みあがる、西の空で火の玉になった太陽が、沿岸から立ちのぼる濃霧のなかでゆっくりと窒息していく。

誰かがドアをノックしている、でも僕は黙っていた、浅ましい家賃を要求しにきたあの女主人だと思ったから。ドアが開き、禿げでひげもじゃの骨ばった顔が現れた。隣の部屋に住んでいるヘルフリックさんだ。退役軍人の無神論者で、とぼしい年金で暮らしている。店でいちばん安いジンを買っているのに、酒代を払うともう財布がすっからかんになる。四六時中、ひももボタンもないグレーのバスローブを身につけている。上品な振りをしてるが実際には無頓着なものだから、バスローブの前がつねに開いていて毛やその下の骨が丸見えになっている。ヘルフリックさんは赤い目をしていた。ふだん、西日がホテルに照りつけている時間帯、体と足を部屋に残して、顔だけ窓から出して寝ているせいだ。僕がこのホテルに居を定めた最初の日、彼は僕から十五セントを借りていった。だが、貸したカネを回収すべくむなしい試みを重ねたあとで、カネはもう戻ってこないのだと観念した。そのせいで僕たちの関係には亀裂が走った、だからドアが開いて彼の顔が見えたときは驚いた。

秘密を打ち明ける前のように目を細め、唇に指を当てて、「しーーーーっ」と僕を黙らせた。もっとも、僕はまだひとことも発していないのだが。僕の敵意をわからせてやりたかった。義務を果たさない人間にたいし、僕はいかなる敬意も示さないということを、やつに思い知らせてやりたかった。ヘルフリックはそっとドアを閉め、骨ばったつま先でそろそろと部屋のなかに入ってきた。バスローブが全開になっている。

「牛乳はお好きかな?」ヘルフリックがささやいた。

もちろん好きだ、だから僕はそう伝えた。するとやつは計画を披露した。「オールデン・ミルク」のバンカーヒル界隈の配達員は、ヘルフリックの友人だった。毎朝四時、配達員はミルクを積んだトラックをホテルの裏手にとめ、一杯のジンをひっかけるために、従業員用の階段をのぼってヘルフリックの部屋までやってくる。「そういうわけで、もし牛乳がお好きなら、好きなだけとってくればいい」

僕はかぶりを振った。

「それは卑劣ですよ、ヘルフリックさん」。それに、ヘルフリックが配達員と友人同士だというのもよくわからなかった。「彼がほんとうに友人なら、なぜ盗まなきゃならないんですか。向こうはあなたのジンを飲んでるんでしょう。お返しに牛乳をくれと頼めばいいじゃないですか」

「私は牛乳は飲まないよ。きみのためを思って言ってるのさ」

どうやらこれは、僕に負っている借りから逃れるための算段らしい。僕はまた首を振った。「けっこうです、ヘルフリックさん。僕は誠実な人間でありたいので」

やつは肩をすくめ、バスローブの前を合わせた。

「承知した。私はただ、きみに好意を示したかっただけなんだ」

ハックマスへの手紙の続きを書きはじめた、ところが不意に、口のなかに牛乳の味があふれだした。しばらくして、もう耐えられなくなった。薄暗い室内でベッドに横たわり、誘惑に身を任せた。じきにあらゆる抵抗がどこかへ消え去り、僕はヘルフリックの部屋のドアを叩いた。すさまじい部屋だった。床の上に西部物のパルプ雑誌が散乱し、シーツは黒ずみ、服があちこちに脱ぎ捨てられ、頭蓋骨から突き出した割れた歯のように、服をかける壁のフックがむき出しになっている。椅子の上に食器があり、タバコの吸い殻が窓敷居の上で山を作っている。部屋の隅に小さなガスストーブがあることと、ポットとフライパンを置くための棚があることを別にすれば、間取りは僕の部屋と変わらなかった。ヘルフリックは女主人から特別料金の適用を受けていた、掃除とベッドメイキングを自分ですることが条件だった、ただし彼は掃除もベッドメイキングもしていなかった。ヘルフリックはバスローブ姿で揺り椅子に腰かけていた。足もとにはジンのボトルが並んでいる。片手でボトルをつかみ、そのまま口に流しこむ。やつはいつも飲んでいた、昼も夜も飲んでいた、なのにけっして酔っぱらわなかった。

「気が変わりました」

ヘルフリックは口のなかをジンでいっぱいにして、頬でくちゅくちゅとやり、恍惚とした表情で飲みくだした。やつは言った。「簡単なことだ、ぜったいにうまくいく」。そしてやおら立ちあがり、床に広げてあるズボンの方へ歩いていった。一瞬、貸したカネを返してくれるのかなと僕は思った、ところがやつは不可解にもポケットをがさごそとやっただけで、手ぶらで椅子に戻ってきた。僕はその場に突っ立っていた。

「そういえば、僕が貸したカネはいつ返していただけますか」

「手持ちがなくてね」

「一度に全額でなくても構いませんよ。たとえば、十セントとか」

やつは首を振った。

「じゃあ、五セントは？」

「青年よ、私は素寒貧さ」

そしてまたジンをあおった。栓を開けたばかりの、ほとんど満杯のボトルだ。

「あいにく現金は渡せない。そのかわり、好きなだけ牛乳を飲むといい」。それから詳細を説明した。配達員は四時前後にやってくる。僕は目を覚ましたまま待機して、ノックの音を聞きとらなければならない。少なくとも二十分、ヘルフリックは配達員を自室に引きとめておく。これはエサだ、借金の支払いから逃れるための画策だ、だけど僕は腹ぺこだった。

「でも、借りたカネは返さなけりゃだめですからね。僕が利子まで請求したら、とんでもない額になるんですよ」

「払うとも、青年よ」やつは言った。「できるかぎり早く、最後の一セントまで払うともさ」

自分の部屋へ引き返した、怒りを込めてヘルフリックのドアをバタンと閉めた。この件についてあまり厳しい態度をとるつもりはなかったが、それでも限度というものがある。やつが飲んでいるジンが、一パイントあたり三十セントはすることを僕は知ってる。ほんのいっとき、アルコールへの欲求をコントロールするだけで、すぐに借金を返せるはずなのに。

なかなか夜にならなかった。僕は窓辺に腰かけ、粗い刻みタバコをトイレットペーパーで巻いていた。このタバコは、裕福だった時期のちょっとした気まぐれだ。買ったのは刻みタバコの缶で、特典のパイプが輪ゴムで缶に取りつけられていた。だけどパイプはなくしてしまった。刻み方が粗いせいで、ふつうの巻き紙を使ってもちょっとしか煙が出ない。でも、トイレットペーパーで二重に巻くと密で強力になって、ときには葉が火を噴くことさえあった。

夜はのろのろと更けていった。まずは涼しげな匂いが、それから暗闇があたりを満たした。窓の先には大都会が広がっている。街灯がきらめき、赤と青と緑のネオンサインが明るい夜の花のように、生に向かってつぼみを開きかけている。腹は減ってない、ベッドの下にはオレンジがたっぷりある、みぞおちから奇妙な笑い声が響いているが、それはたんに、そこに幽閉されている濃密なタバコの煙が、出口を求めて狂ったように暴れまわっているだけのことだ。

とうとうこうなった。僕はどろぼうになろうとしている、ちんけな牛乳どろぼうに。束の間の天分だった、僕は一発屋として終わるのだ。どろぼう。両手で頭を抱えこみ、前に後ろにと揺らしてみた。聖母よ。新聞の見出しはこう、前途ある作家、牛乳の窃盗により逮捕される、J・C・ハックマスから庇護を受けた著名人、ささいな窃盗罪で法廷へ引き出される、新聞記者が僕のまわりを取り囲む、ひっきりなしにフラッシュがたかれる、説明をお願いします、バンディーニさん、なぜこんなことになったのですか？　えー、つまり、こういうわけです。ご存じのとおり、僕はたいへんな収入を得ていました、原稿やらなんやらが高額で飛ぶように売れたからです、ところが僕は一クォートの牛乳を盗む男の物語を書いているところでした、そして僕はみずからの経験にもとづいて書きたいと思いました、だからこういうことになったわけです。詳しくは『ポスト』紙に掲載される短篇をお読みください、タイトルは『牛乳どろぼう』です。住所をお伝えくだされば、みなさんに抜き刷りをお送りします。

だがそんなことにはならないだろう、なぜならアルトゥーロ・バンディーニなんて誰も知らないから、そしてお前に六か月の禁錮刑が下される、お前は刑務所に連れて行かれて罪人となる、母親はなんて言うだろう？　父親はなんて言うだろう？　聞こえないか、コロラドのボールダー駅を埋めつくす群衆の声が、一クォートの牛乳を盗んで逮捕された偉大なる作家を嗤う野次馬の声が聞こえないのか？　踏みとどまれ、アルトゥーロ！　ひとかけらでも良識をもちあわせているのなら、踏みとどまれ！

椅子から立ちあがり部屋のなかをうろうろと歩きまわった。全能の神よ、僕に力を！　罪への衝動を鎮めたまえ！　不意に、この計画のなにもかもがちゃちでばからしく思えてきた、というのも偉大なるハックマス宛ての手紙に書くべきことを思いついたから。背中に痛みを覚えるまで、二時間にわたって僕は書いた。セントポール・ホテルの大時計を窓越しに見た、時刻は十一時をまわるころだった。ハックマスへの手紙はかなり長くなっていた、すでに二十ページを超えていた。読んでみた。くだらなかった。恥ずかしくて赤面した。こんな子どもじみたナンセンスを送るだなんて、こいつはばかだなとハックマスは思うだろう。僕は便箋をかき集めてごみ箱に放りこんだ。明日は今日とは別の日さ、明日になれば短篇のアイディアが浮かぶはずだ。さて、オレンジでも食べてベッドに横になろう。

みじめなオレンジだった。ベッドに腰かけ、その薄皮に爪を立てた。口がきゅっとすぼまり唾液があふれた、オレンジをめぐる考えに沈みながら目を細めた。黄色い果肉に噛みついたとき、冷たいシャワーを浴びたようにショックを受けた。ああ、バンディーニ、姿見に映る鏡像に語りかけた、芸術のために、お前はなんという犠牲を捧げているのだ！　お前だったら大企業の社長にも、豪商にも、大リーグの選手にもなれただろうに、打率四割一分五厘でアメリカン・リーグの首位打者にだってなれただろうに、それなのに！　いまのお前はどうだ、来る日も来る日も床を這いつくばって、才能は餓死寸前で、なのにお前は天職に、聖なる召命に忠実たらんと欲している。お前はどこまで勇敢なんだ！

暗闇のなか、眠ることもできずにベッドに横になっている。偉大なるハックマス、彼がこの状況を見たらなんて言うだろう？　きっと喝采を送るだろう、その力強いペンが生みだす巧みな表現でもって賞讃するだろう。それによくよく考えてみれば、ハックマス宛てのあの手紙はそんなにひどい代物じゃない。起きあがり、ごみ箱から手紙を発掘して読み返してみた。ユーモアのさじ加減が絶妙の、注目に値する書簡だった。じつに愉快な手紙だとハックマスは思うだろう。「小犬が笑った」の著者とこの僕は同一人物であるという事実を、ハックマスに強く印象づけるだろう。あなたのための物語がここにある！　僕の短篇が掲載された号でいっぱいの引き出しを開けた。ベッドに横になって読み返した、作品のウィットに何度も笑った、これを自分が書いたことに驚いて小さく感嘆の声をあげた。それから大きな声で読みはじめた、身ぶりを交えて、鏡の前で。読み終えたとき、僕の瞳は喜びの涙であふれていた、そしてハックマスの写真の前に立ち、僕の才能に気づいてくれたことに感謝を捧げた。

タイプライターの前に坐って手紙の執筆を続けた。夜が深まり、ページが積みあがっていく。ああ、すべての執筆がハックマスへの手紙のように簡単であればよかったのに！　ページが山と積みあがる、二十五ページ、三十ページ、途中でへそを見おろした、僕はそこに肉の輪を見てとった。なんたる皮肉！　僕は肥えていた。オレンジが僕を肥えさせた！　やにわに立ちあがり、各種の筋トレに精を出した。よじり、くねり、丸まった。汗が流れ息があがった。喉が渇きへとへとになって、ベッドに身を投げた。こんなとき、冷たい牛乳を一杯やれたら最高だよなー。

そのとき、ヘルフリックの部屋の方からドアをノックする音が聞こえた。ヘルフリックがくぐもった声でなにか喋り、誰かが部屋のなかに入っていった。配達員だ、間違いない。時計を見た。四時数分前。急いで服を着た。ズボンに靴、ソックスはなし、それにセーター。廊下に人けはなく、古い電球の赤い光が不吉に映った。こそこそしたりせず、廊下の突き当たりにある洗面所に向かう男のように、ゆったりと歩いていった。二フロア分、きぃきぃと階段をきしませて、地上階へやってきた。赤と白の「オールデン・ミルク」のトラックが、月明かりに照らされた小道、ホテルの壁のすぐそばにとまっている。僕はトラックのなかに手を突っこみ、一クォートボトル二本の首根っこをしっかりつかんだ。拳のなかで、ボトルは冷たくておいしかった。まっすぐ部屋に戻り、鏡台のテーブルにボトルを置いた。牛乳のボトルが部屋をいっぱいに満たしているような気がした。まるで人間だ。とてもきれいで、まるまるとしてふくよかだ。

おい、アルトゥーロ！　僕は言った、お前、ついてるな！　母親の祈りのおかげかもな、神さまはお前をまだ愛してるってことかもな、お前は無神論者になろうとしてたのにさ、でもなんにせよ、お前、ついてるな！

古き良き日の思い出のため、そう思った、古き良き日の思い出のため、僕はひざまずき食前の祈りを捧げた、小学生のころにしていたように、家に帰ったあと母さんが教えてくれたように。父よ、あなたのいつくしみに感謝してこの食事をいただきます、ここに用意されたものを祝福し、わたしたちの心と体を支える糧としてください、主イエス・キリストによって、アーメン。おまけとしてほかの祈りも付け足した。配達員がヘルフリックの部屋から去ったあともしばらくひざまずいたままだった、口のなかが牛乳になるまで、ひざに痛みを覚えるまで、鈍痛で肩甲骨（けんこうこつ）がうずくまで、まる三十分は祈っていた。

立ちあがると筋肉がぴくついて足もとがよろめいた、だがこの苦しみに見合うだけの価値はあるのだ。コップから歯ブラシを取り出して、ボトルの栓を開け、なみなみと牛乳を注いだ。振り返り、壁にかけたJ・C・ハックマスの写真と向き合った。

「このグラスをあなたに、ハックマス！　ハックマスに栄光あれ！」

僕は飲んだ、むさぼるように、すると突然、喉が締めつけられおぞましい味に襲われた。僕が大嫌いな牛乳だ。バターミルクだ。口のなかのものを吐き出し、水で口をすすぎ、もう一本のボトルのもとへ駆け寄った。そっちもバターミルクだった。

第四章

スプリング・ストリートを歩き、リサイクルショップの向かいのカフェに入った。手もとに残った最後の五セントで、コーヒーを飲むつもりだった。古めかしい店だった。床にはおがくずが敷かれ、下手くそな裸婦像が壁を汚している。すえた臭いの安ビールを出し、過去が昔のままの姿をとどめる、年寄りどもが集う酒場だ。

壁ぎわの席に坐った。両手で頭を抱えて坐っていたのを覚えている。顔も上げずに彼女の声を聞いた。こう言われたのを覚えている、「ご注文は?」、だから答えた、コーヒー、クリームもいっしょに。目の前にカップが置かれるまで坐っていた、お先真っ暗だと思いながら、長いことその姿勢のまま坐っていた。

ひどいコーヒーだった。クリームを混ぜてみると、それはクリームでもなんでもないことが判明した。なにしろコーヒーが灰色の液体に変わり、ぼろ切れを煮詰めたような味になったのだから。最後の五セントだった、怒りが湧いてきた。店内を見まわして、コーヒーを運んできた女を探した。テーブルを五つか六つ隔てた先にいた、トレーをもって客にビールを出していた。僕には背を向けている、ぴたりとした白い制服の下で肩がやわらかな曲線を描き、細い腕にかすかな筋肉が盛りあがって、肩に流れる豊かな髪が黒々と光沢を放っている。

　ようやく彼女が振り返ったので、僕は手を振って合図を送った。向こうは気にとめることもなく、めんどくさい、どうでもいいとでも言うように目を見開いただけだった。顔の輪郭と歯の輝きを別にすれば、たいしてきれいな女でもなかった。だが、そこで彼女が向きなおり、常連の客に笑いかけると、唇の下に白いひとすじの光が見えた。平らで鼻孔が大きい、マヤの女の鼻だった。唇は濃い赤色で、黒人の唇のように分厚かった。この人種の典型例だ、美人と言えないこともないが、僕にはまったくなじみがない。目尻がきゅっとつりあがり、肌の色はくすんでいるが黒くはなく、歩くと胸がいかにも堅そうに小刻みに揺れた。

　最初の一瞥（いちべつ）のあと、彼女は僕を無視していた。バーカウンターに行き、ビールの注文を伝え、細身のバーテンダーがビールを注ぐのを待っている。待ちながら口笛を吹いていた、気のない視線を僕に送り、そして口笛を吹きつづける。僕は手を振るのをやめた、でも、彼女をテーブルに呼んでいることはしっかり伝わったはずだ。不意に、女は天井に顔を向け、じつに奇態な様子で大口を開けて笑いはじめた。あまりに唐突だったものだから、バーテンダーも何事かといぶかしんでいる。それから、優雅にトレーを揺らしながら、踊るようにテーブルのあいだを縫って歩き、奥のテーブルに陣取っているグループの方へ向かった。バーテンダーは目で彼女を追っていた、まださっきの笑いに困惑している。でも、僕には彼女の笑いが理解できた。あれは僕に向けた笑いだ。彼女は僕を笑ったのだ。僕の外見、顔か、姿勢か、ここに坐る僕のなにかが可笑（おか）しかったのだ、僕はそう考えて拳を握りしめた、怒りにまみれた屈辱に耐えつつわが身をかえりみた。髪を触った。ちゃんと櫛で梳かしてある。シャツのカラーとネクタイを指で探った。どこも汚れてないしゆがんでない。体を伸ばして、カウンターの先にある鏡を覗きこんだ、そこには当然、血色の悪い不安げな顔が映っていたが、すこしも可笑しな顔ではなかった。激しい怒りがこみあげてくる。

僕はせせら笑った。つくづくと彼女を眺め、せせら笑った。彼女は僕のテーブルを避けていた。近くまで来ることはあった、隣のテーブルのわきを通ることさえあった、だけどそれ以上は近づいてこなかった。女の浅黒い顔、笑いをたたえる大きな黒い瞳が視界に入るたび、僕は自分がせせら笑っていることを伝えるために唇をゆがませた。これは勝負だ。コーヒーが冷めていく、だんだんと冷めていく、表面にミルクの膜ができる、だけど僕は口をつけようともしなかった。女はダンサーのようにフロアを動きまわっている、なめらかで力強い足が大理石の床を滑り、ぼろぼろのサンダルのまわりにおがくずが舞いあがる。

あれは「ワラチ」だ、革ひもを足首に巻きつけてはくメキシコのサンダルだ。編みこまれた革がほどけかかっている、目を背けたくなるほどにずたぼろのワラチだ。それを見たとき、僕はとても嬉しかった、だってそれは非難に値するポイントだから。背が高く、背筋がぴんと伸び、年のころは二十歳前後で、欠点らしい欠点の見当たらない女だが、このずたぼろのワラチだけは話が別だ。だからワラチをじっと見つめた。わざと、あえて、視線を固定させた。椅子のうえで後ろを向き、ワラチを凝視するために首をねじって、くつくつとせせら笑った。僕の顔のなにが可笑しかったのか、あるいはもっとほかの理由があるのか知らないが、僕は間違いなく、女が楽しんだのと同じだけの喜びを味わっていた。これは効果てきめんだった。宙を舞う軽やかな旋回が徐々に静まったかと思うと、せかせかと行ったり来たりするだけになり、しまいには人目を忍ぶような足どりに変わった。女はまごついていた、女が自分の足もとにさっと視線をやるところを僕は見ていた、ものの数分のあいだに女は笑うのをやめた。かわりに獰猛（どうもう）な顔つきになり、ついには僕を、激しい嫌悪とともに見つめてきた。

歓喜が全身を駆けめぐった、奇怪なまでに幸福だった。心がやわらかくほぐれていく。じつに愉快で傑作な人たちが、この世界を満たしている。細身のバーテンダーがこっちを見ている、僕は同志にあいさつを送るようにウィンクを返す。向こうもこくりとうなずいて賛同を示す。僕はため息をついて椅子の背にもたれかかった、人生に浸かってのんびりとくつろいだ。

女はコーヒーの五セントを回収しに来なかった。僕が五セントをテーブルに置いて店を出れば、すぐにでも回収しに来るだろう。だが、出ていく気はさらさらなかった。ひたすら待った。三十分が過ぎた。ビールの追加を受けて急ぎ足でカウンターに戻っても、女はもう、客からよく見える場所で待つことはせず、カウンターの裏手をこそこそと歩きまわっていた。もう僕を見ていなかった、でも、僕に見られていることを彼女が知っていることを僕は知っていた。

ついに、僕のテーブルに向かってまっすぐに歩いてきた。あごをつんとそらし、体の両わきで腕を伸ばして、誇り高く歩いてきた。じっと見つめていたかったが、できなかった。僕はそっぽを向いて、ずっと笑っていた。

「ほかにご注文は？」

白い制服から糊（のり）のにおいが漂ってくる。

「この店じゃ、これをコーヒーと呼んでるのか?」

いきなり、女はまた笑いはじめた。もはや悲鳴に近かった、皿ががちゃがちゃ鳴るような狂気じみたその笑いは、始まったときと同じくらい速やかに収束していった。僕はまた足もとを見た。女のなかで、なにかが後じさりするのがわかった。女を傷つけてやりたかった。

「たぶん、これはコーヒーじゃない。たぶん、きみの汚い靴を煮たあとの汁だと思う」。黒く燃えつ女の瞳を僕は見あげた。「たぶん、きみはよく知らないんだと思う。たぶん、きみはただのうっかりさんなんだろう。でも、もし僕が女なら、そんな靴をはいて街中を歩く勇気はないかな」

言い終えたとき、僕は肩で息をしていた。女の分厚い唇が震え、糊でこわばるポケットのなかで拳がのたくっている。

「大っ嫌い」

女の憎しみが伝わってくる。女が発散させる憎しみを、鼻で嗅ぐことも、耳で聞くことさえもできそうだった、だけど僕はなおも笑った。「そりゃけっこう。きみから嫌われる男には、見るべき点が大いにあるに違いないからね」

すると、女は奇妙な言葉を口にした。いまでもはっきりと覚えている。「心臓麻痺で死ねばいいのに」女は言った。「そこで、その椅子の上で」

僕は笑ったが、女は満足したようだった。笑みを浮かべて去っていった。またカウンターの前に立ち、追加のビールを待っている。瞳は僕の方を向いている、不可解な願望に輝いている、僕は居心地が悪かったが、それでもやっぱり笑っていた。女はまた踊りはじめた、トレーを片手にテーブルからテーブルへと滑ってゆく。僕が見るたび笑顔で願望を示してくる、それが僕に奇妙な作用を及ぼした、体内の器官の作用を、心臓の鼓動や胃の震えを意識せずにはいられなくなった。彼女はもう僕のテーブルには来ないだろう、そう考えてほっとしたこと、奇妙な不安に襲われたことを覚えている。不安のあまり店を出て行きたくなった、女の強情な笑みが届かない場所に避難したくなった。店を出る前、心躍る所業を仕出かしてやった。まず、ポケットから五セントを取り出してテーブルに置いた。それから、カップのコーヒーを半分ほど硬貨に注いだ。女はふきんでテーブルをふく羽目になるだろう。汚らしい茶色の液体がテーブルのいたるところに広がり、僕が席を離れるころには床にぽたぽたと垂れていた。ドアの前までやってくると、もう一度女を見るために立ちどまった。同じ笑顔で笑いかけてくる。僕はあごをしゃくって、床に垂れるコーヒーのことを教えてやった。指でさよならの合図を送って表に出る。また気分が良くなった。また前のようになった、世界は愉快なことでいっぱいになった。

女と別れたあとどうしたのかは覚えていない。たぶん、グランド・セントラル・マーケットの先にあるベニー・コーエンの家に行ったんだと思う。コーエンは小さな扉を内蔵した木製の義足をつけていた。扉のなかにはマリファナたばこが入っている。彼はそれを一本十五セントで売っていた。ほかにも、『エグザミナー』とか『タイム』のような新聞も売っていた。コーエンの部屋には『ニュー・マッセズ』がうずたかく積まれていた。たぶん、コーエンはあの日、いつものようにこの世界の未来をめぐる恐ろしく救いがたい展望を披露して、僕を悲しい気分にさせたのだろう。たぶん、コーエンは染みのついた指を僕の鼻先に突きつけて、お前はみずからの階級であるプロレタリアートを裏切ったと言って、僕を罵倒したのだろう。たぶん、いつものように、怒りに震える僕を部屋から追い払い、塵(ちり)にまみれた階段から霧に包まれた通りへ叩きだされた僕の指は、帝国主義者の首をしめてやりたくてむずむずしていたのだろう。そうだったかもしれない、そうじゃなかったかもしれない。もう覚えてない。

だけど僕は覚えてる、あの夜、自分の部屋で、セントポール・ホテルの明かりがベッドに赤や緑の斑点をちらしていたとき、僕はそこに横になり、震え、あの女の怒りを夢に見ていた、テーブルからテーブルへ舞う姿を、女の瞳の黒いきらめきを夢に見ていた。それははっきりと覚えている、僕は自分が貧乏なことも、短篇のアイディアがひとつも浮かばないことも忘れていた。

次の日の朝早く、彼女に会いにいった。午前八時、スプリング・ストリートを歩いていく。ポケットには「小犬が笑った」が入っている。この物語を読めば、僕を見る目が変わるだろう。雑誌にはあらかじめサインしてある、ズボンの後ろポケットにちゃんと入ってる、会えばすぐに渡す準備ができてる。だが、時間が早すぎて店は閉まっていた。「コロンビア・ビュッフェ」という店だった。窓ガラスに鼻を押しつけてなかを覗いた。テーブルの上に椅子が積まれ、長靴をはいた老人が床にモップをかけている。そのまま一区画か二区画を歩いた、湿った空気が排気ガスのせいで早くも青みがかっている。いい考えが頭に浮かんだ。雑誌を取り出してサインを消した。代わりにこう書いた、「マヤの王女へ、しがないグリンゴ〔英米人にたいする中南米における蔑称〕より」。これでいい、じつに的確な表現だ。コロンビア・ビュッフェに引き返し、表の窓ガラスを強く叩いた。老人が濡れた手でドアを開けた、髪の毛から汗が垂れている。

「ここで働いてるあの女の子、なんて名前ですか？」

「カミラのことか？」

「昨日の晩に働いてた子です」

「ならそうだ。カミラ・ロペスだ」

「これ、彼女に渡しておいてもらえます？　渡すだけでいいです。昨日の若者が来て、これを渡すように言われたって伝えてください」

水に濡れた手をエプロンでふいて、男は雑誌を手にとった。「丁寧に扱ってくださいよ」僕は言った。「価値のあるものなんだから」

老人はドアを閉めた。おぼつかない足どりでモップとバケツのもとへ戻っていくのがガラス越しに見える。カウンターに雑誌を置いて、老人は仕事を再開した。かすかな風が店内に吹きこみ、雑誌のページがぱらぱらとめくれる。店をあとにして歩くあいだ、老人がなにもかも忘れやしないかという不安が頭をもたげた。公会堂のそばまでやってきたとき、自分が派手な間違いをやらかしたことに気がついた。短篇の冒頭に記した献辞は、あの手の娘にはなんの感動も呼び起こさないに違いない。急ぎ足でコロンビア・ビュッフェに引き返し、拳で窓ガラスを何度も叩いた。老人はドアの錠前をがちゃがちゃとやりながら、僕にも聞こえる声で悪態をついていた。目に落ちかかる汗をぬぐい、また僕と対面する。

「さっきの雑誌、もってきてもらえます？　ちょっと書きこみたいことがあって」

老人にはなにがなにやらさっぱりだった。ため息をついて頭を振り、なかに入るように僕に言う。

「好きなようにしろ、ばかたれが。こっちは仕事があるんだ」

カウンターで雑誌を開き、マヤの王女への献辞を消した。代わりにこう書いた。

ぼろ靴のきみへ
きみは知らないだろうけど、昨晩きみが侮辱した男はこの作品の著者なんだよ。きみは字が読めるかな？　読めるなら、きみの十五分を費やして、この傑作を味わうといい。そして次に会うときは、言葉に気をつけること。この安酒場の客が、みなルンペンとはかぎらないから。
アルトゥーロ・バンディーニ

雑誌を老人に差し出したが、向こうは床から視線を上げようともしなかった。「ロペスさんに渡してください」僕は言った。「直接手渡してくださいね」

老人はモップの柄をすべり落とすと、しわだらけの顔から汗をふきとり、入り口のドアを指さした。

「さっさと出てけ！」

カウンターに雑誌を戻し、ゆったりと入り口に向かう。ドアの前で振り返り、僕は老人に手を振った。

第五章

飢えてはいなかった。ベッドの下には、まだ古いオレンジが残っている。あの晩は三つか四つを食べ、暗がりのなかバンカーヒルをくだりダウンタウンの方へ歩いていった。コロンビア・ビュッフェの向かいの建物の、影に覆われた玄関口に立ち、店内のカミラ・ロペスを眺める。この前と同じだった。この前と同じ、あの白い制服に身を包んでいる。彼女を見ると体が震えだし、奇妙な熱気が喉のあたりに広がっていった。だが、ほんの数分で不思議な感覚は消え去り、あとは足が痛くなるまで暗闇のなかで突っ立っていた。

警官が近づいてきたからその場を離れた。暑い晩だった。街に吹きつけるモハヴェ砂漠の砂がそこらじゅうを舞っていた。なにに触れても小さな茶色い砂の粒が指先にくっつくし、部屋に戻れば新しいタイプライターがたっぷりの砂を飲みこんでいる。耳のなかにも、髪のあいだにも砂がある。服を脱ぐと、砂が粉のようにさらさらと床に落ちた。シーツとシーツのあいだにまで砂が潜りこんでいる。薄気味暗い部屋で横になると、ベッドを照らすセントポール・ホテルの赤い明かりが青に変わった。薄気味の悪い色彩が、飛びこんできたり出ていったりする。

翌朝はもう、オレンジを食べる気にならなかった。オレンジのことを考えただけで顔が引きつった。昼下がり、とくに目的もなくダウンタウンをぶらついたあと、自分があまりに気の毒で、悲嘆をこらえきれなくなった。部屋に戻るとベッドに身を投げ、胸の奥底から湧きあがる涙に暮れた。全身からとめどなく涙があふれ、もう泣けないというところまで泣くと気分が晴れた。僕はまっすぐでまっさらだ。椅子に坐り、母さんに宛てて誠実な手紙を書いた。もう何週間も嘘を書いていたことを告白した。どうかおカネを送ってください。家に帰ろうと思います。

手紙を書いているとき、ヘルフリックが入ってきた。ズボンをはいていて、バスローブは着ていなかったので、はじめは誰だかわからなかった。ヘルフリックはなにも言わずに、テーブルに十五セントを置いた。「私は誠実な男さ」やつは言った。「どこまでも誠意ある人間さ」。そして部屋を出ていった。

僕は金をかき集め、窓から飛びだして食料品店を目指して駆けていった。小柄な日本人が、早くも袋を用意してオレンジの籠の前で待っている。その前を素通りして食料品店に入っていく僕を見て、日本人は目を丸くしていた。二ダースのクッキーを買った。ベッドに腰かけて口に詰めこみ、水で胃のなかに流しこんだ。これで気分が良くなった。腹はふくれたし、まだ五セント残ってる。母さんに宛てた手紙を破り、横になって夜がくるのを待った。まだ五セントある、つまり、僕はまたコロンビア・ビュッフェに行ける。腹をクッキーで、胸を願望でいっぱいにして、僕は待った。

僕が入ってくるところを見ていた。僕が来たことを喜んでいた。僕にはわかる、だって、大きく開かれた瞳がそう語っているから。表情が明るく輝き、僕は喉を絞められたようになった。途端に僕は幸福になり、自信がみなぎり、ぴかぴかになり、自分の若さを思い出した。前の日と同じ席についた。今夜は店に音楽が流れている、ピアノとヴァイオリンだ。いかつくて勇ましい顔つきの、ショートヘアの太った女ふたりが演奏している。曲目は「波濤を越えて」、タ・デ・ダ・ダ、ビールを載せたトレーをもってカミラが踊っているのが見える。その髪は黒く、濃く、深く、まるで密生するぶどうの房が首を隠しているようでもあった。ここは聖地だ、聖なる酒場だ。椅子も、テーブルも、彼女の手のなかのぼろ切れも、足もとのおがくずも、すべてが聖性を帯びている。カミラはマヤの王女でここは城だ。床を滑ってゆくぼろぼろのワラチを見た、あのワラチが欲しかった。あのワラチを抱きしめて眠りたかった。抱きしめて、そのにおいを嗅ぎたかった。

僕のテーブルのそばまで踏みこんでくることはなかったけれど、僕にはそれがありがたかった。カミラ、まだ来ないでくれ。もうしばらく、ここにそっとしておいてほしい、滅多にない興奮に心を慣らしたいから。僕の心が、きみの輝ける栄光のかぎりない愛くるしさを旅するあいだ、どうかひとりにしてほしい。恋いこがれ、目を開けたまま夢見るために、あとすこしだけ放っておいて。

ついに彼女がやってきた、トレーにコーヒーを載せて運んでいる。同じコーヒー、茶色くて縁の欠けた同じマグカップだ。これまでになく黒くて大きな目で、謎めいた笑みを浮かべてやわらかな足どりで歩いてきた、心臓が早鐘を打ち、僕は危うく気絶するところだった。カミラが僕のそばに立つと、かすかな汗のにおいが糊のきいた制服の酸いような清浄さと混ざり合っているのを感じた。僕は打ちのめされた、ばかになった、においを嗅がないように口で呼吸した。カミラは笑っている、これはつまり、この前の晩にコーヒーをこぼしていったことに腹を立ててはいないという合図だ。それどころか、あの晩に起きたすべてをカミラはむしろ気に入っている、嬉しがっている、感謝しているようにさえ見えた。

「あなた、そばかすがあるんだ」

「そばかすなんてどうだっていいさ」

「コーヒーのことは、ごめんなさい。ここじゃみんなビールを注文するから。コーヒーを出すことってあまりなくて」

「というか、まさにそのせいで、みんなコーヒーを頼まないんだよ。あんな悲惨なコーヒーはそうそうないからね。僕だってビールを飲むさ、手持ちに余裕があればの話だけど」

カミラは鉛筆の先を僕の手に向けた。「爪、かんでる」彼女は言った。「やめた方がいいよ」

ポケットに手を突っこんだ。

「なんできみに指図されなきゃいけないんだ?」

「ビール飲む?　もってきてあげる。私がおごるから」

「なにもおごらなくていい。あの怪しげなコーヒーを飲んだらすぐに帰るよ」

カミラはカウンターでビールを注文した。制服から取り出した小銭で代金を支払っている。ビールをこっちに運んできて、僕の目の前に置いた。傷ついた。

「下げてくれ」僕は言った。「片づけてくれ。僕はコーヒーが飲みたいんだ、ビールじゃない」

カウンターの裏手から誰かに呼ばれ、カミラは慌てて去っていった。途中、からになったビールジヨッキを回収するためテーブルの上に身をかがめたとき、ひざの裏側がはっきり見えた。僕が椅子の上で体をずらすと、テーブルの下でなにかが足先にぶつかった。痰壺だ。カミラはすでにカウンターに戻っている。僕に向かってうなずいてみせ、ほほえみ、ビールを飲むように動作で示す。ふと、邪悪で卑劣な考えが頭をよぎった。僕はカミラの注意を引きつけ、それから痰壺にビールを注いだ。カミラの白い歯が下唇に食いこみ、顔からさっと血の気が引いた。瞳が怒りに燃えている。僕の心は喜びにあふれ、満ち足りた思いでいっぱいになった。背もたれに体を預け、天井に向かって笑みを浮かべた。

　カミラはカウンターとキッチンを隔てる仕切り壁の向こうに消えた。戻ってきたときは笑顔だった。両手を背中にまわしてなにかを隠している。すると、この前の朝に店を掃除していた老人が、仕切り壁の向こうから進み出てきた。期待に鼻孔をふくらませ、にんまりと笑っている。カミラがこっちを見て手を振った。最悪の事態が起きようとしている。その到来を、僕は肌で感じとった。カミラは背中に隠していたものを体の前にもってきた、「小犬が笑った」が掲載された文芸誌だった。カミラはそれを空中でひらひらさせた、だけどほかの客席からは見えてなかった、カミラの出し物の観客は老人と僕だけだった。老人は大きく目を見開いてその光景を眺めていた。カミラが指を湿らせて、僕の短篇が印刷されている箇所までページを繰っているあいだ、僕の口のなかはどんどん乾いていった。ひざのあいだに雑誌を挟むと、カミラは唇をゆがめ、ひと思いにページを切り離した。それを頭上に高く掲げ、ぶんぶんと振って笑っている。老人は満足げに首を縦に振っている。カミラはやがて、笑顔を決然とした表情に変えたかと思うと、ページを引き裂き、破り、ばらばらにしていった。いっさいの迷いも見せずに、小さな紙片をぱっと手放し、痰壺のなかに落下させた。僕は笑おうとした。カミラはぞんざいに手を叩いた、面倒な仕事が片づいたとでも言うように、手から塵でも払うみたいに。それから片手を腰に当て、肩を揺すり、なにもかもどうでもいいというふうにその場を去った。老人はまだそこに突っ立っていた。彼だけがカミラを見ていた。ショーが終わったことを見てとると、老人は仕切り壁の向こうに消えた。

僕は椅子に坐ったまま悲壮な笑みを浮かべていた、「小犬が笑った」のことを思い、そこに書かれたよくできた言いまわしや、行間に漂うささやかな詩情のことを思い、僕の心は泣いていた。僕のはじめての物語、これまでの生涯で達成した最良の成果よ。僕のなかに息づくすべての良いものの記録であり、偉大なるJ・C・ハックマスにより讃美され印刷されたそれを、カミラはびりびりに破いて痰壺に放り捨てた。

すこししてから、椅子を押して立ちあがった。カミラはカウンターのそばに立って、店を出ていく僕を見ていた。カミラの顔には僕への同情が浮かんでいた、自分がしたことを悔いておずおずと笑っている、だけど僕は目を合わせないまま外に出た、あたりの騒々しさがありがたかった、路面電車のぞっとするような騒音と都市の奇妙な喧噪が耳を攻め立て、腹にとどろく重低音と耳をつんざく高音の雪崩のなかに僕を生き埋めにした。ポケットに手を入れて、背中を丸めて歩いていった。

店から五十フィートくらい離れたところで、誰かに呼ばれた。振り返った。カミラだった、ポケットの小銭をじゃらじゃらと鳴らしながら、軽やかに駆けてくる。

「ねえ!」カミラは言った。「ちょっと!」

僕は待った、息を切らしたカミラが近づいてきて、早口に、小さな声で言葉を並べる。

「ごめんなさい。そういうつもりじゃなくて。ほんとうに」

「別にいいよ。気にしてないから」

カミラは店の方をちらちら見ている。「もう戻らないと」カミラは言った。「私のこと、探してるだろうから。明日の夜にまた来て、いい？　お願い！　今度はサービスするから。今日のことは、ほんとうにごめんなさい。来てね、ぜったいに！」カミラは僕の腕を握った。「来られそう？」

「ああ、たぶんね」

カミラは笑顔になった。「許してくれた？」

「もちろん」

僕は歩道の真ん中に立って、急いで戻っていくカミラを見ていた。すこし行ったところでカミラは振り返り、投げキスをして呼びかけてきた。「明日の晩にね。忘れないで！」

「カミラ！　待って、ちょっとだけ」

たがいに駆けより、中間地点で合流した。

「早くして！」カミラが言う。「クビになっちゃう」

僕はカミラの足もとを見た。カミラは予兆を感じとった、僕から遠ざかろうとする意思が伝わってきた。心地よい感覚が僕の体内を駆けめぐる、ひやりとした、新しい皮膚に着替えたような感覚が。

僕はゆっくりと語りかけた。

「そのワラチなんだけどさ……どうしても、はかなきゃまずいの？　昔も、いまも、これから先もずっと、自分はちんけで汚らしいグリーザーですって、わざわざ強調しなけりゃいけないわけ?」

カミラは口を開け、怯えるように僕を見つめた。両手で口を押さえながら、店のなかに走っていった。うめき声が聞こえてくる。「ううっ、ううっ、ううっ」

僕は肩をすくめ、喜びの口笛を吹きながら、ふんぞり返るようにして歩いていった。通りのみぞにタバコの長い吸いさしが落ちていた。恥ずかしげもなくそれを拾い、みぞに片足を入れたまま火をつけて、星空に煙を吹きかけた。アメリカ人であることが、誇らしくて仕方なかった。この偉大な街も、見事な道路も堂々としたビルの群れも、僕のアメリカの声なんだ。僕らアメリカ人は、砂とサボテンだけの大地に帝国を築きあげた。カミラの民族にもチャンスはあった。だけど連中はしくじった。僕らアメリカ人はうまくやった。ここが僕の国で良かった、アメリカ人に生まれてほんとうに良かった!

第六章

部屋までのぼった、暗がりの通りに立ち並ぶ煤をかぶった木造家屋のあいだを抜けて、バンカーヒルの塵にまみれた階段をのぼった。砂と石油とグリースが、なんの役にも立たないシュロの木を窒息させている、まるで死にゆく囚人だ、根もとを隠す黒い舗石が、シュロをちっぽけな土地に縛りつけている。塵と古い建物と窓辺に坐る老人たち、玄関から出てよろよろ歩く老人たち、暗がりの通りを痛ましく動きまわる老人たち。インディアナ、アイオワ、イリノイから、ボストン、カンザスシティ、デモインから来た古い連中、彼らは自分の家や店を売り払って、電車や自動車で太陽の土地にやってきた、太陽の下で死ぬために、太陽に殺されるまでは生きられる程度の蓄えとともに、人生も終わりに近づいたころにみずからの根を引っこ抜いた。太陽の下で居場所を見つけるために、カンザスシティ、シカゴ、ピオリアで築いたご自慢の財産を手放して。そしてここに到着すると、ほかの、ずっとやり手の泥棒たちが、すでに土地もカネも手にしていて、太陽でさえ自分のものにはならないことに気がついた。スミスやジョーンズやパーカー、薬局経営者や銀行家やパン屋、彼らの靴についたシカゴやシンシナティやクリーヴランドの塵は、太陽の下で死ぬ定めにあった。『ロサンゼルス・タイムズ』を購読する程度なら、ここが楽園であり、小さな張り子の戸建ては城であるという幻想を維持する程度なら、銀行に預けてあるはした金でじゅうぶんだった。根なし草たち、からっぽの悲しい人たち、老いていたり若かったりする人たち、故郷を捨ててきた人たち。彼らが僕の同胞だった、彼らが新しいカリフォルニア人だった。明るい色のポロシャツとサングラスを身につけて、彼らは楽園にいた、いるべき場所にいた。

だけどメインストリートを進むと、タウンやサンペドロの方へ歩いていくと、フィフス・ストリートを一マイルも下っていくと、彼らとは様子を異にする人たちがひしめき合っている。この人たちはサングラスも五十セントのポロシャツも買えず、昼間は裏通りに身を潜め、夜はこそこそと寝ぐらに向かう。ロサンゼルスでは、しゃれたポロシャツにサングラスという出で立ちなら、浮浪罪で警官にしょっぴかれることはない。でも、靴が塵をかぶっていて、着ているセーターが雪国の住人のセーターのように分厚かったら、問答無用で捕まるだろう。だからポロシャツを買え、若者よ、あとはサングラスと、できることなら白い靴も。学生のように装うのだ。それでぜんぶうまくいく。そうこうするうち、『タイムズ』や『エグザミナー』を浴びるように読むうちに、きみもまた陽光が降りそそぐ南の土地を満喫するようになる。年がら年中ハンバーガーを食べ、塵の積もった害虫だらけのアパートやホテルに暮らすようになる、だけど朝が来れば力強い太陽と対面できる、果てしない青空が広がっている、通りは洗練された女たちであふれているが、きみはけっして彼女たちをものにできない、亜熱帯の暑い夜にはロマンスの匂いがするが、きみはけっしてそれを味わえない、それでもきみは楽園にいるのだ、若者よ、太陽が統べる土地にいるのだ。

故郷に残っている連中には、嘘を伝えておけばいい、どのみち彼らは真実が憎いのだから。真実を聞かせてやる必要はない、遅かれ早かれ、彼らもまた楽園に来たくなるのだから。若者よ、故郷の連中をばかにしてはいけない。南カリフォルニアがどんなところか、彼らはよく知っている。だってそうだろう、彼らは新聞を読んでいるし、アメリカのあらゆる町角の売店にあふれかえる写真雑誌を見ているのだから。映画スターの自宅の写真を彼らは見ている。カリフォルニアについてきみが語るべきことなどなにもない。

ベッドに横になりながら彼らのことを考えた、セントポール・ホテルの照明の赤い斑点が部屋のなかを出たり入ったりするのを眺めていた、惨めだった、だって今夜、僕は彼らのように振る舞ってしまったから。スミス、パーカー、ジョーンズ、僕が彼らのひとりだったことは一度もない。ああ、カミラ！　子どものころ、故郷のコロラドで、そのぞっとするような名前で僕を傷つけてきたのはスミスやパーカーやジョーンズだった、イタリア系の僕は「ワップ」とか「デイゴ」とか「グリーザー」とか呼ばれた、彼らの子どもたちも僕を傷つけてきた、ちょうど今夜、僕がきみにしたのと同じように。彼らは僕を傷つけた、手負いの僕はけっして彼らのひとりになれなかった、僕は本へ追い立てられた、自分のなかに逃げこむよう追い立てられた、コロラドから逃げ出すよう追い立てられた、そしてときどき、ねえカミラ、彼らの顔を目にすると、あの痛みが、古傷の痛みがよみがえるんだ、ときどき、彼らがここにいることを僕は嬉しく感じるんだ、太陽の下、根なし草になった連中が、自分の非情さにだまされて死んでいくことが嬉しいんだ、同じ舞台で同じ顔が、強情な、僕の地元からやってきた顔が、焼けつくような陽射しの下で、自分の人生の空虚さを満たそうとしていることが嬉しいんだ。

　ホテルのロビーで彼らを見かけた、日の当たる公園で彼らを見かけた。不格好でちっぽけな教会から、エイミーズ・テンプルとかザ・グレート・アイ・アム教会からのそのそ出てきた。彼らの妙ちきな神々のそばにいたせいで陰鬱な顔をしていた。

　彼らが映画館からよろよろ出てきて、現実と再会してからっぽの目をしばたたかせるところを僕は見ていた、『タイムズ』を読むために、世界でなにが起きているのかを知るために、家によろよろ帰るところを僕は見ていた。彼らの新聞にゲロを吐いてきた、彼らの文学を読んできた、彼らの習慣を観察してきた、彼らの食べ物を食べてきた、彼らの女を求めてきた、彼らのアートに見とれてきた。だけど僕は貧しくて、名前はやわらかな母音で終わっていて、彼らは僕や僕の父さんのことが嫌いで、僕の父さんの父さんのことも嫌いで、僕を生かすも殺すも思うがままで、きまって僕をこき下ろした。だけどいまでは彼らは老いて、陽射しと道ばたの熱い塵にまみれて死につつあり、そして僕はまだ若く、僕の国と僕の時代への希望と愛に満ちている。僕がきみにグリーザーと言ったとしても、それは僕の心が言ったんじゃない、古傷の疼(うず)きに言わされたんだ、僕は自分が仕出かしたおぞましい振る舞いが、恥ずかしくてたまらない。

第七章

アルタ・ロマ・ホテルのことを考えている、そこに住んでいた人たちのことを思い出している。到着した日のことはよく覚えている。暗いロビーに足を踏み入れたときのことを覚えている、ふたつの旅行かばんを手に提げていて、そのうちのひとつは「小犬が笑った」の掲載誌でいっぱいだった。もうずっと前の話だけど、いまでもよく覚えている。僕はバスでやってきた、肌が塵まみれだった、ワイオミングとユタとネヴァダの塵が、髪のあいだにも耳のなかにも入りこんでいた。

「安い部屋がいいんですけど」

家主は白髪の女性だった。ハイネックのレースが、コルセットのように首にぴたりと巻きついている。年のころは七十前後、背が高く、つま先立ちで眼鏡越しに見おろしてくるものだから、なおのこと大柄に見えた。

「ご職業は?」

「作家です」僕は言った。「ちょっと待って。いま、お見せしますから」

旅行かばんを開けて雑誌を取り出した。「僕が書いたんです」あのころ僕は熱に浮かされていた、とても誇らしく思っていた。「一部、差しあげます。サインしますよ」

フロントのデスクから万年筆を拝借した、乾いていたからインク壺につけないといけなかった、唇を舌でなめながら、なにかうまい文句はないかと考えをめぐらせた。「お名前は?」僕は尋ねた。いかにも気乗りしないふうに家主は答えた。「ハーグレイヴズですけど。それがなにか?」でも、僕は彼女を讃えるのに忙しく、質問に答えている暇はなかった、タイトルのそばにこう書き入れた。「美しい青き瞳に典雅な笑みをたたえる、えも言われぬ魅力に満ちた女性へ、著者アルトゥーロ・バンディーニより」

家主は笑い、そのせいで顔に亀裂が入ったように見えた。皮膚が裂けて古い線が刻まれ、口と頬のまわりの乾いた肉をばらばらにした。「犬の話は嫌いです」家主はそう言って、視界の外に雑誌を押しやった。眼鏡越しに、さらなる高みから、家主は僕を見おろした。「あなた、メキシコ人ですか?」

僕は自分を指さして笑った。

「僕が? メキシコ人?」僕はかぶりを振った。「僕はアメリカ人ですよ、ハーグレイヴズさん。それに、これは犬の話じゃありません。人間の話ですよ、すごくいい話ですよ。犬は一度だって出てきません」

「このホテルは、メキシコの方はお断りしてます」

「メキシコ人じゃありませんよ。タイトルは童謡からとったんです。ご存じでしょう、〈小犬はそれみて大笑い〉」

「ユダヤ人も、お断りです」

記帳した。僕はすでに見事なサインを習得していた。入り組んでいて、東洋風で、判読不能で、力強く勢いのある下線が引かれた、あの偉大なるハックマスよりもさらに複雑なサインだった。サインの末尾に、僕はこう書き添えた。「ボールダー、コロラド」

家主はサインを一文字ずつ検分した。

冷ややかな声。「あなた、名前は?」

がっくりきた、ならば彼女は、早くも「小犬が笑った」の著者の名前を忘れてしまったのか、彼の名前は雑誌に大きく印字されているというのに。僕は名前を告げた。家主は活字体で、慎重に、サインの上に名前を書いた。それから、サインのかたわらの文字に目を留めた。

「バンディーニさん」冷ややかな目で僕を見つめ、家主は言った。「ボールダーがあるのはコロラドじゃありません」

「コロラドですよ! 僕はそこから来たんです。二日前はコロラドにありましたよ」

家主は堅固で、揺るぎなかった。「ボールダーがあるのはネブラスカです。三十年前、ここへ来る途中、夫といっしょにネブラスカのボールダーを通ったんです。よろしければこちら、書きなおしてもらえるかしら」

「でも、ボールダーはコロラドですよ! 僕の母はそこに住んでるんです、父親もです。僕はボールダーの学校に通ってたんです!」

家主はデスクの下に手を伸ばして雑誌を取り出した。雑誌を突きかえされた。「このホテルに、あなたのための部屋はありません。ここに泊まっているのは立派な人たちです、誠実な人たちです」

僕は雑誌を受けとらなかった。疲れていた、長時間のバス旅のせいで全身がばらばらに砕けそうだった。「わかりました」僕は言った。「ボールダーは、ネブラスカです」。だから僕はそう書いた、コロラドの文字をこすって消し、その上にネブラスカと書きなおした。家主は満足した、僕を大いに気に入ってくれた、笑みを浮かべ、まじまじと雑誌を見つめた。「じゃあ、あなたは作家さんなの！」家主は言った。「なんて素敵！」それから、また雑誌を視界の外に押しやった。「カリフォルニアへようこそ！　きっとここが大好きになりますよ！」

まったく、このハーグレイヴズさんときたら！　彼女は孤独で、五里霧中で、それでいて誇り高かった。ある日の午後、僕は最上階にある彼女の居室に案内された。それはまるで、きれいに塵の払われた墓のなかに踏みこんでいくようだった。死んだ夫は三十年前、コネチカットのブリッジポートで工具会社を所有していた。壁には夫の写真がかかっている。偉い人だった、酒もタバコもやらなかった、死因は心臓発作だった。ほっそりとしていかつい顔が写真の額からせり出していた、死んだいまでも酒とタバコを蔑(さげす)んでいた。ここには彼が息を引き取ったベッドがある、上質なマホガニーを使った天蓋つきのベッドがある。クローゼットには彼の服があり床には靴がある、長年はいていたせいで靴のつま先部分が上を向いている。マントルピースにはひげそり用のマグが置かれている。いつも自分でひげをそっていた、名前はバートだった。まったく、あのバートったら！　ねえバート、彼女はよく言ったものだった、床屋でひげをそってもらえばいいじゃないの、するとバートは笑った、そんじょそこらの床屋より、自分の方がよほど上手にひげをそれることを知っていたから。

バートはいつも朝五時に起床した。十五人兄弟のうちのひとりだった。道具の扱いに秀でていた。

長年のあいだ、ホテルの修理仕事はすべて彼が自分でこなした。三週間を費やして、ホテルの外壁にペンキを塗った。そんじょそこらの塗装屋より、自分の方がよほど上手にペンキを塗れるのだと言っていた。家主は二時間にわたってバートについて語った。ああ、たとえ死んでいようとも、彼女はどれほど夫を愛していたことか。しかしバートはこれっぽちも死んではいなかった。バートはこの部屋にいる、妻を見ている、妻を守っている、俺の妻を傷つけてみろただじゃおかないぞと僕を脅している。僕はバートが怖かった、一刻も早くこの部屋から逃げ出したかった。紅茶を飲んだ。紅茶は古かった。砂糖も古くてかちこちに固まっていた。カップは塵をかぶっていた、紅茶はどこか古びた味がして、乾いた小さなクッキーは死の味がした。席を立ち部屋を去るとき、バートはドアの先までついてきた、廊下までついてきた、俺のことをばかにしてみろただじゃおかないぞと僕を脅してきた。二晩にわたって彼は僕を追いまわし、僕を脅し、ときにはタバコをやめるよう説得してくることさえあった。

メンフィスから来た男のことを思い出している。僕は一度もやつに名前を聞かなかったし、向こうも聞かなかった。顔を合わせたときは、たがいに「やあ」とだけ口にした。こいつの滞在は長くはなかった、せいぜい二、三週間だった。ホテルの玄関先に坐っているとき、にきびだらけの顔をいつも大きな手で覆っていた。毎晩決まってそこにいた。十二時、一時、二時、僕が帰るとこいつが籐椅子に腰かけて体を前後に揺らしていた、せわしない手つきで顔に触れたり、黒いぼさぼさの髪をいじったりしていた。僕は「やあ」と言い、すると向こうも「やあ」と答えた。

静まることのないロサンゼルスの塵がやつを熱狂させた。僕よりもよく歩く男で、日がな一日公園で堕落した恋の物語を追いかけていた。だけど不細工だから望みを遂げることはできなかった、星が低く月が黄色い暑い夜は苦しさのあまり部屋にいられず、夜が明けるまで外で過ごした。ところがある晩、やつが話しかけてきた、テネシーの、メンフィスの思い出を聞かされてうんざりした、哀しくなった、そこからやってくるのはほんとうの人たちだ、あそこには友だちがいる、たくさんの友だちがいると言っていた。いつの日か、俺はこの憎らしい街を去るだろう、いつの日か、友情がなにごとかを意味する土地に帰るだろう、そしてほんとうにやつはいなくなり、「メンフィス・キッド」とサインされたポストカードがテキサスのフォートワースから送られてきた。

「ブック・オブ・ザ・マンス・クラブ」の会員のハイルマンという男がいた。腕は丸太のようでズボンはぴたぴたの大柄な男だった。銀行の窓口係として働いていた。イリノイのモリーンに妻がいて、息子はシカゴ大学に通っていた。ハイルマンはアメリカの南西部が大嫌いだった、大きな顔から憎しみが膨れあがっていた、けれど健康状態は良好とは言えず、彼に与えられた選択肢はここにとどまるかすぐに死ぬかの二択だった。西部にかんするあらゆるものを鼻で笑っていた。アメリカンフットボールの地区対抗戦で東のチームが負けるたびに機嫌が悪くなった。誰かがトロージャンズ〔南カリフォルニア大学のスポーツチーム〕の話をするたび、いまいましげにつばを吐いた。太陽を憎み、霧をののしり、雨を謗（そし）り、いつも中西部の雪を夢見ていた。月に一度、郵便受けに大きな小包が届いた。いつもロビーで本を読んでいた、僕には一度も貸してくれなかった。

「ポリシーだからね」ハイルマンはそう説明した。

でも、「ブック・オブ・ザ・マンス・クラブ・ニュース」という、新刊紹介の小冊子ならプレゼントしてくれた。毎月、僕の郵便受けに入れておいてくれた。

あとはセントルイス出身の赤毛の娘、こいつはいつもフィリピン人について質問してきた。彼らはどこに住んでるの？　何人くらいいるの？　フィリピン人の知り合いはいる？　やせこけた赤毛の娘、ドレスの襟の下に茶色いそばかすが散らばっていて、セントルイスからカリフォルニアくんだりまでやってきた。いつだって緑色の服を着て、赤銅色の髪はきれいと言うにはあまりにも強烈だった。顔のほかの部分とくらべて、灰色の瞳だけがやたらと存在感を放っていた。クリーニング屋の仕事を見つけたけど、給料がひどく安くてすぐに辞めた。彼女もやっぱり、暑い街をぶらぶら歩きまわっていた。一度だけ二十五セントを貸してくれた、切手を貸してくれたこともあった。ひたすらフィリピン人の話をしていた、フィリピン人は気の毒だと言い、偏見をものともしない彼らのことをとても勇敢だと思っていた。ある日を境に、彼女はホテルからいなくなり、それからしばらくして通りで見かけた、日の光を赤銅色の髪にたっぷり吸い込みながら、背の低いフィリピン人と腕を組んで歩いていた。フィリピン人は誇らしげだった。やつはウエストがきつくしぼられた肩パッド入りのジャケットを着ていた、盛り場の最新のファッションスタイルだった、でも、かかとの高い革のブーツをはいているのに、フィリピン人は彼女より一フィートも小さかった。

ホテルにいた人たちのなかで「小犬が笑った」を読んだのはひとりだけだった。到着して間もないころ、僕は何冊もの雑誌にサインして待合室へもっていった。五部だか六部だかを、人目につくようにあちこちに配置した、書き物机、ソファ、はては奥行きの深い革張りの椅子にも置いて、坐りたければ雑誌を手にとらなければいけないように工夫した。誰も読まなかった、見向きもしなかった、ただひとりを別にして。数週間にわたって雑誌はあちこちに点在していた、しかし触れられた形跡はほとんどなかった。清掃係の日本人の青年さえ、雑誌の位置をずらすことなく待合室の掃除を済ませた。夕方になると住人たちは待合室でブリッジをして遊んだ、古株の面々はおしゃべりするために集まってくつろいだ時間を過ごしていた。僕はそこに忍びこみ、空いている椅子を見つけ、観察した。がっくりきた。奥行きの深い椅子に腰かけた大柄の女は、雑誌をどかそうともせずに、そのまま上に坐ってしまった。ある日のこと、日本人の青年があちこちの雑誌を集め、書き物机の上にきれいに積みあげた。雑誌は塵をかぶっていった。僕は数日おきにハンカチで塵を払い、また雑誌をあちこちに散らばした。雑誌は毎回、手つかずのまま書き物机の上にきれいに積みなおされていた。ホテルの連中は僕がそれを書いたことを知っていて、わざと避けていたのかもしれない。ただたんに、どうでもよかったのかもしれない。いつも読書しているハイルマンさえ読まなかった。家主さえ読まなかった。僕は頭を振った。こいつらみんな、大ばかだ。これはこの人たちの中西部の話なのに、コロラドと吹雪の話なのに、この連中は根を抜かれた魂を抱えて顔を日に焼かれ、燃えるような砂漠のなかで死のうとしていて、だけどかつて暮らしていた寒い故郷はすぐ手の届くところに、その小さな文芸誌のページのなかにあるというのに。そして思った、まあいいさ、昔からこうだったんだ、ポーも、ホイットマンも、ハイネも、ドライサーも、そしていま、そこにバンディーニが加わったんだ。そう思うと、そんなに落ちこまなかった、そんなに孤独ではなかった。

僕の作品を読んだ人物の名はジュディ、姓はパーマーだった。あの日の午後、彼女は僕の部屋の扉を叩いた、僕は扉を開けて彼女と対面した。彼女の手には雑誌が握られていた。まだ十四歳で、茶色い前髪を垂らし、頭の上で赤いリボンを蝶結びにしていた。

「バンディーニさんですか?」

その眼差しから、「小犬が笑った」を読んだのだと洞察した。たちまちのうちに洞察した。「僕の作品を読んだんだね?」僕は言った。「どうだった?」

彼女は雑誌を胸に押しつけ、そして笑った。「素晴らしかったです。ええ、ほんとうに、素晴らしかった!　ハーグレイヴズさんが、あなたが書いたと教えてくださったんです。あなたに頼めば、一部もらえるだろうって」

喉元で心臓が鼓動していた。

「どうぞ、入って!　椅子に坐って!　きみの名前は?　もちろん一部献呈するよ。もちろんだよ!　でも、とにかく入って!」

部屋のなかに駆けていって、いちばんいい椅子を彼女のために用意した。彼女は優しく腰をおろした、子ども用のワンピースはひざにも届いていなかった。「水、飲むかい?　今日は暑いからね。喉が渇いてるだろ?」

水はいらないと彼女は言った。そわそわしていた。僕の態度が、彼女を怯えさせているようだった。僕は感じよくしようと努めた、怖がらせて出ていかれてはかなわなかった。あのころはまだ、手持ちにいくばくかの余裕があった。「アイスクリームは好き?　チョコがかかったやつとか、なにか買ってこようか?」

「すぐに戻らないと」彼女は言った。「お母さんに叱られるから」

「ここに住んでるの？　きみのお母さんも僕の作品を読んだのかな？　きみの名前は？」僕は誇らしげに笑みを浮かべた。「もちろんきみは、もう僕の名前を知っているね」そして言った。「僕は、アルトゥーロ・バンディーニ」

「ええ、そう！」息を詰まらせながら彼女は言った、その瞳は讃嘆に満ちていて、僕は彼女の足もとに身を投げておいおいと泣きじゃくりたい気分だった。むせび泣きを誘発するこそばゆい衝動が、喉元までせりあがってきていた。

「ほんとうに、アイスクリームはいらないの？」

素晴らしく行儀の良い少女だった、ピンクのあごをきゅっと引き、小さな手にしっかりと雑誌を握りしめて坐っていた。「けっこうです、バンディーニさん」

「コーラはどう？」

「ありがとう、大丈夫」

「サイダーは？」

「大丈夫です、ありがとう」

「きみの名前は？　僕の名前は――」二度目の自己紹介をする前にどうにか口を閉ざした。

「ジュディです」

「ジュディ！」僕は言った、その名を幾度も繰り返した。「ジュディ、ジュディ！　なんていい名前なんだ！　映画女優みたいな名前だ。これまで聞いてきたなかで、いちばん素敵な名前だよ！」

「ありがとうございます！」

雑誌がしまわれている化粧だんすの引き出しを開けた。ストックはまだまだある、十五部は残っている。「まっさらなのを一部あげよう。サインを入れるね。なにか気の利いた文句を書かないとな、とびきり最高のやつを書くよ！」

ジュディの顔が喜びに染まる。この可憐な少女は僕をからかいに来たのではない。ほんとうに感動したのだ、彼女の喜びはよく冷えた水のように、僕の顔をさっぱりと洗い流した。「二部あげるよ」僕は言った。「両方にサインするよ！」

「大人の男性に、こんな親切にしてもらって……」インクつぼを開ける僕を、ジュディはじっと見つめていた。「作品に書かれているとおりの方なんですね」

「大人なもんか。ジュディ、きみとたいして変わらないよ」あまり年長だと思われたくなかった。

「ええっ、ほんとうに？」ジュディは驚いていた。

できるかぎり若く見られたかった。だから嘘をついた。「まだ十八歳さ」

「あと二か月で十九になる」

二冊両方に、格別に力を込めた献辞を書き入れた。具体的な文面は覚えていない、だけどあれはすごく良かった、僕が書いたあの献辞、あれは心から湧き出た言葉だった、だって僕はほんとうに、心から感謝していたから。でも僕はさらに求めた、息をしているのかも定かでないほどの小さな声を聞くために、できるかぎり長くジュディを部屋に引きとめておくために。

「きみがひとつお願いを聞いてくれれば、僕はすごく誇らしい気持ちに、信じられないくらい幸福になれると思うんだ。ジュディ、いまここで、僕の作品を朗読してもらえないかな？　これまで一度もそういうことはなかった、でも、僕はたまらなく聴きたいんだよ」

「ええ、喜んで！」そう言って、ジュディは背筋を伸ばして坐りなおし、真剣な面持ちで姿勢を正した。僕はベッドに身を投げて枕に顔をうずめた、可憐な少女が甘く柔らかな声で僕の物語を読みあげる、冒頭の百語を読み終えたころにはもう、僕は涙を流していた。夢みたいだった、天使の声が部屋を満たしていた。やがてジュディもすすり泣きを始めた、息を飲んだり声をつまらせたりして朗読が途切れがちになり、そのたびに弱音をもらした。「もう読めません」ジュディが言う。「できません」すると僕は振り返り懇願する。「だめだよ、ジュディ。ああ、お願いだよ！」

　ふたりが感情の絶頂に達しつつあったその瞬間、長身の、苦々しげに唇をゆがめた女性が、ノックもなしにいきなり部屋に入ってきた。ジュディの母親に違いなかった。ものすごい目つきでまず僕を、それからジュディをにらみつけた。ひとことも発さぬままジュディの手をとり、扉の方へ引っぱっていった。可憐な少女は華奢（きゃしゃ）な胸に雑誌を押しつけ、涙でいっぱいのさよならを肩ごしに伝えた。唐突にやってきて、唐突に去っていった、僕は二度とジュディに会えなかった。これには家主も困惑していた。なにしろ母娘（おやこ）は着いたその日に出発し、ただの一夜もそこで過ごさなかったのだから。

第八章

郵便受けにハックマスから手紙が届いていた。ハックマスの手紙だとわかっていた。僕は一マイル先からでもハックマスの手紙を見分けられる。ハックマスの手紙であることは肌でわかった、まるで脊椎を滑り落ちていくつららだった。ハーグレイヴズさんが手渡してくれた。ひったくるようにして受けとった。

「いい報せ？」ハーグレイヴズさんが訊いてきた、というのも、僕は相当な額の家賃を滞納していたから。「それは誰にもわかりません」僕は言った。「でも、偉大な人物からの手紙です。白紙の便箋でもいいんです、それだって僕にはいい報せなんです」

もっとも、ハーグレイヴズさんが言うところの「いい報せ」でないことはわかっていた、だって僕はあの偉大なるハックマスに、ひとつも作品を送っていないのだから。数日前に長い手紙を書いたから、その返事をくれただけのことだ。彼は、あのハックマスは、じつに機敏な男だった。その素早さは驚嘆に値する。通りの角のポストに手紙を投函してきたばかりなのに、ホテルに戻るともう返事が届いているという具合なのだ。だけど、ああ、彼の手紙はいつも短かった。こっちは四十ページも書いたのに、返事は短いパラグラフひとつだった。でもそれで良かった、その方が簡単に文面を覚えられるし、いつでもそらんじることができるから。彼には彼のやり方がある、彼には、あのハックマスには、彼ならではの流儀がある。受け手はそこから多くを学ぶ、気ままに跳ねまわるコンマやセミコロンからさえ、なにがしかの教訓を受けとれる。僕はよく、封筒の切手をそっとはがして、その下になにか書かれていないかと調べたものだった。

ベッドに腰かけて封を開けた。いつもどおりの短いメッセージで、五十語にも満たない程度だった。こんな内容だった。

親愛なるバンディーニさま
あなたさえよければ、あなたの長い手紙の冒頭と末尾のあいさつを削除した上で、私の雑誌に短篇として掲載します。たいへんよく書けていると思いました。タイトルは「長く失われた丘」が好適かと。小切手を同封します。ご自愛を。
J・C・ハックマス

手紙が指のあいだをすり抜け、ひらひらと床に落ちた。立ちあがり、鏡を見つめる。口があんぐりと開いていた。反対側の壁にかかっているハックマスの写真に歩み寄り、僕を見つめる厳(いか)めしい顔に指先で触れた。手紙を拾い、また読んだ。窓を開け、またぎ越え、青々とした丘の草地に横になった。指が草をつかんでいる。腹ばいになり、地面に口をうずめ、歯で草の根を引っこ抜いた。そして叫んだ。ああ、神よ、ハックマスよ！　どうすればそんなにも素晴らしい人間でいられるのですか？　どうしてそんなことが可能なのですか？　窓から部屋のなかに戻り、手紙に同封してある小切手を確認した。百七十五ドル。僕はまたカネ持ちになった。百七十五ドル！　僕はアルトゥーロ・バンディーニ、「小犬が笑った」と「長く失われた丘」の著者。

また鏡の前に立ち、挑むように拳を振った。おい、お前たち、僕を見ろ。偉大なる作家を見ろ！僕の目をよく見るんだ。偉大なる作家の目だ。あごを見ろ。偉大なる作家のあごだ。この手を見ろ。「小犬が笑った」と「長く失われた丘」を生んだ手だ。僕は荒々しく人さし指を突きつけた。あとはきみだ、カミラ・ロペス、僕は今夜きみに会いたい。きみと話したいんだ、カミラ・ロペス。きみに忠告する、カミラ・ロペス、きみの前にいるのはアルトゥーロ・バンディーニであることを覚えておけ、作家であることを覚えておけ。覚えておけ、頼むから。

ハーグレイヴズさんは小切手を現金に換えた。僕は滞納していた家賃を支払い、さらに二か月分を先払いした。ハーグレイヴズさんは全額分の領収書を書いてくれた。僕は受けとろうとしなかった。「気遣いは無用ですよ、ハーグレイヴズさん。僕はあなたを、心の底から信じてますから」。向こうも引き下がらなかった。僕は領収書をポケットに入れた。それから、フロントのデスクに追加の五ドルを置いた。「あなたにです、ハーグレイヴズさん。いつもほんとうに良くしてもらっているから」。彼女は拒んだ。押し返してきた。「冗談でしょう！」彼女は言った。でも僕は受けとらなかった。そのまま出ていくとハーグレイヴズさんが追いかけてきて、通りで僕をひっつかまえた。

「バンディーニさん、これはぜったいに受けとれません」

はっ、たかが五ドル、はした金じゃないか。僕は頭を振った。「ハーグレイヴズさん、僕は断固として拒否しますよ」。熱い陽射しが照りつける歩道の真ん中で僕らは押し問答した。ハーグレイヴズさんは頑（かたく）なだった。五ドルを引き取るよう懇願してきた。僕は穏やかに笑みを浮かべた。「いいえ、ハーグレイヴズさん、申し訳ありませんが。僕の意思は変わりません」

ハーグレイヴズさんは去っていった、怒りで顔面蒼白になっていた、五ドル札を指でつまんでいた、まるで死んだネズミを運んでいるみたいだった。僕は頭を振った。五ドル！　アルトゥーロ・バンディーニからすれば、J・C・ハックマスのために数多（あまた）の短篇を手がけてきた作家からすれば、とんだはした金だ。

僕はダウンタウンの方へ歩いていった、暑さに痙攣（けいれん）する通りを踏破し、メイカンパニー百貨店の地階までやってきた。これまでの人生で一度も着たことのないような上等なスーツを買った、スラックスが二本ついた茶のピンストライプのスーツだった。これで身だしなみの不安は消えた。茶と白のツートンカラーの靴、何枚ものシャツ、何足もの靴下、それに帽子をひとつ買った。僕にとってはじめての帽子、色はダークブラウンで、本物のフェルト生地が使われ、白い絹の裏地がついていた。スラックスは丈直しをする必要があった。僕は急ぐように言った。作業はすぐに終わった。カーテンの仕切りの向こうで着替えた、身につけるものすべてが新品だった、仕上げに頭に帽子をかぶった。店員は僕の古い服を箱に詰めた。もういらなかった。救世軍を呼んで寄附するように、そして、購入したほかの品はホテルに届けるように店員に言（こと）づけた。店を出る途中でサングラスを購入した。午後の残りは買い物をして時間をつぶした。タバコ、菓子、砂糖漬けのフルーツを買った。高価な原稿用紙の包みをふたつ、輪ゴム、クリップ、メモパッド、小さな書類だな、穴あけパンチを買った。安物の時計、ベッドランプ、櫛（くし）、歯ブラシ、歯磨き粉、ヘアローション、シェービングクリーム、スキンローション、救急箱も買った。紳士向けの雑貨店に立ち寄って、ネクタイ、新しいベルト、時計のチェーン、ハンカチ、バスローブ、寝室用のスリッパを買った。日が暮れた、もうこれ以上はもてなかった。タクシーを呼んでホテルに帰った。

くたくただった。新しいスーツの下で汗がしたたり、足をつたってかかとの方へ流れ落ちる。だけど楽しかった。シャワーを浴びて、肌にローションを擦（す）りこみ、新しい歯ブラシと歯磨き粉で歯を磨いた。それから新しいクリームでひげをそり、髪にローションをふりまいた。スリッパにバスローブという恰好で、しばらくのあいだぼうっとしていた。新しい紙と文房具を片づけ、上質で新鮮なタバコを吸い、菓子を食べた。

メイカンパニーの配達員が、購入品が入った大きな箱を運んできた。開けてみると、新しく買った品だけでなく、古い服も入っていた。ごみ箱に放りこんだ。さあ、あらためて着替えの時間だ。新しい下着、まっさらのシャツと靴下、それにもう一本のスラックス。ネクタイを締めて新しい靴をはいた。鏡の前に立つと、目にかかるように帽子を傾け、自分の姿を検分した。鏡に映る像は、どこかよそよそしい感じがした。新しいネクタイが気に入らなかったので、ジャケットを脱いで別の一本を試してみた。そっちもだめだった。突然、なにもかもが僕に歯向かってきた。堅いカラーが首を絞める。靴が足を圧迫する。服屋のにおいが染みついたスラックスは、股のあたりが窮屈すぎる。帽子が頭蓋を締めつけているあたりから汗が噴き出る。急に全身がかゆくなり、僕が動くとすべてが紙袋のよう

にかさかさと音を立てた。鼻孔がローションの強烈なにおいを捉え、僕は顔をしかめた。天にましま
す聖母よ、あのバンディーニに、「小犬が笑った」の作者に、いったいなにが起きたのですか？　四
つ足を縛られて息もたえだえのこの道化が、「長く失われた丘」の著者なのですか？　僕はすべてを
脱ぎ捨て、髪についたにおいを洗い流し、大急ぎで古い服に手足を通した。僕のもとに戻ってこられ
て、やつらも嬉しそうだった。涼やかな喜びとともに服は僕の体に寄り添い、痛みを強いられていた
僕の足は、柔らかな春の草を踏むようにして、古い靴のなかに滑りこんだ。

第九章

タクシーでコロンビア・ビュッフェへ。運転手はカーブを曲がると、開け放しにされたドアの真正面に停車した。車をおりて二十ドル札を渡した。釣り銭がないと言われた。僕は嬉しかった、というのも、小さな額の札をようやく見つけて支払いを済ませているとき、ちょうどカミラがドアのそばに立っていたから。コロンビア・ビュッフェの前にタクシーがとまることはそうそうない。カミラに軽くうなずいてみせたあと、店に入ってすぐの場所にあるテーブルについた。カミラが話しているあいだ、僕はハックマスの手紙を読んでいた。

「私のこと、怒ってる？」

「僕が知るかぎり、ノーだね」

カミラは背中に両手をまわし、自分の足もとを見おろした。

「ねえ、なにか気づかない？」

かかとの高い、新品の白いパンプスをはいていた。

「うん、とてもいいね」そう言って、僕はまたハックマスの手紙に戻った。カミラは僕を見て口をとがらせた。僕は視線を上げてウィンクした。「ああ、失敬」僕は言った。「仕事なんだ」

「なにか注文する？」

「葉巻を。ハバナ産の上等なやつを頼む」

カミラは箱ごともってきた。僕はそこから一本を選んだ。

「これ、高いよ」カミラは言った。「一本で二十五セント」

僕は笑い、一ドル札を手渡した。

「釣りはとっといてくれ」

カミラはチップの受けとりを拒んだ。

「もらえない。あなた、貧乏だもの」

「昔はね」僕は葉巻に火をつけた。背もたれに寄りかかり、天井を見つめながら、口から転げ出る煙を見送る。「この値段にしては、悪くないな」

店の奥では女の演奏家たちが、「波濤を越えて」で客の耳を攻め立てている。僕は顔をしかめ、葉巻の釣り銭をカミラの方へ押しやった。「シュトラウスを演るように言ってくれ。なにかウィーン風のやつをね」

カミラは二十五セントだけ手にとったが、僕はぜんぶもっていくように言った。演奏家は唖然としていた。カミラが僕の方を指さした。女たちは手を振り、顔を輝かせた。僕は威厳をもって首を縦に振った。演奏家は勢い込んで「ウィーンの森の物語」に取りかかった。新しい靴のせいでカミラは足が痛いようだった。いつもの生彩が感じられなかった。歩くときは顔を引きつらせ、歯を食いしばっていた。

「ビールにする?」

「スコッチのハイボールを。セントジェームスで」

バーテンダーとなにやら話し合ったあとで、カミラはテーブルに戻ってきた。

「うちにセントジェームスはないって。バランタインならある。すごく高いけど。四十セント」

僕は自分のために一杯、バーテンダーふたりにもそれぞれ一杯ずつ注文した。「そんなお金の使い方したらだめだよ」カミラが言った。バーテンダーの乾杯の合図に応えたあとで、自分のハイボールに口をつけた。僕は顔をゆがませた。

「安酒だな」

カミラはポケットに手を突っこんで所在なげにしている。

「新しい靴、気に入ってもらえると思ったのに」

僕はすでに、ハックマスの手紙に視線を戻していた。

「ああ、似合ってるよ」

カミラは客が帰ったばかりのテーブルにおぼつかない足どりで歩いてゆき、空になったビールジョッキを回収しはじめた。傷ついていた、その顔はぼんやりとして哀しげだった。僕はハイボールをちびちびとやりながら、ハックマスの手紙を読んで読んで読みつづけた。しばらくして、カミラが僕のテーブルに戻ってきた。

「あなた、変わったね。これまでと違う。前の方が良かった」

僕は笑い、カミラの手を軽く叩いた。それは温かで、滑らかで、茶色くて、指が長かった。「かわいいメキシコのお姫さま」僕は言った。「きみはじつに愛くるしいね、じつに純真だね」

カミラはさっと手を引っこめた。顔から血の気が失せている。

「メキシコ人じゃない！」カミラは言った。「私は、アメリカ人」

僕は頭を振った。

「いいや、違うね。僕からすれば、きみは永遠に、愛しくかわいらしいピオン〔中南米の日雇い労働者〕だよ。古びたメキシコからやってきた花の少女さ」

「あんたこそクソッタレのデイゴじゃないの！」

目の前が真っ暗になった、でも僕は笑いつづけた。カミラは床を踏みならして去っていった、靴のせいで足が痛そうだった、怒れる足を靴が縛りつけていた。気が沈んだ、僕は笑っていたけれど、それは鋲で顔に貼りつけたような笑顔だった。カミラが演奏家のそばのテーブルを拭いている、怒りにまかせて腕をふりまわしている、その顔には黒い炎が燃えさかっている。カミラが僕の方を見たとき、目から憎しみが弾丸のように打ち出され店内の空気を切り裂いた。もうハックマスの手紙なんてどうでもよかった。僕は手紙をポケットに入れて、うなだれて坐っていた。懐かしい感覚だった、記憶をたどって思い出した、これはこの店にはじめて来たときに味わった感覚だ。カミラは仕切りの向こうに姿を消した。戻ってくると、きびきびとして安定感のある、軽やかな歩き方に変わっていた。白い靴を脱いで、古いワラチにはきかえていた。

「ごめんなさい」カミラが言った。

「いや。僕が悪いんだ、カミラ」

「さっき言ったこと、本気じゃないから」

「いいんだ。僕がいけないんだ」

カミラの足もとに視線をやった。

「さっきの白い靴、とてもきれいだった。きみの足はすごく素敵だ、あの靴はきみにぴったりだよ」

カミラが僕の髪に指を通した、カミラの温かな喜びが髪のなかに流れこんだ、僕のなかに流れこんだ、喉が熱くなった、体の奥底から湧き出る幸福が肉のなかに広がっていった。カミラは仕切りの向こうに行き、白い靴をはいてまた出てきた。歩くたびにあごまわりの小さな筋肉が引きつっていたけれど、気丈にも笑みを浮かべていた。働くカミラを僕は見ていた、見ていると沈んだ気分が浮きあがってきた、水に浮かぶ油のように浮力を感じた。しばらくして、車をもっているかとカミラに訊かれた。もっていないと僕は答えた。自分はある、隣の駐車場にとめてあるとカミラは言った、そして車の外観を説明された、駐車場で待ち合わせして海辺までドライブすることになった。店を出ようとして席を立つと、白い顔の背の高いバーテンダーがちらりと僕の方を見た、その視線にわずかな悪意がにじんでいるような気がした。僕は気にせず外に出た。

カミラの車は一九二九年型のフォードのロードスターだった。シートからは馬の毛が飛びだし、フェンダーはへこんでいて屋根がなかった。席に坐って機器をいじくりまわした。所有者の証明書を見つけた。名義はカミラ・ロンバードで、カミラ・ロペスではなかった。

駐車場に入ってきたとき、カミラは誰かといっしょだった。だけど僕には誰だかわからなかった、月明かりもなく薄もやがあたりを覆う真っ暗な夜だったから。ふたりがだんだん近づいてくる、隣にいるのは背の高いバーテンダーだった。カミラが男を紹介した、名前はサミー、物静かで、こちらにはなんの関心も示さなかった。まずは男を自宅へ送った、スプリング・ストリートからファースト・ストリートへ車を走らせ、線路を越えて黒人街へ入っていった。フォードががたがたと音を立てて走り、見苦しい木造家屋やくたびれた杭垣が並ぶ界隈に反響を広げていく。死にかけのコショウボクが地面に茶色い葉をまきちらしているあたりで男はおりた。ポーチに向かって歩いていくあいだ、死んだ葉がやつの足もとでかさかさと鳴っていた。

「あいつ、誰？」

ただの友だちだとカミラは言った、それ以上は話したくないようだった、だけどカミラはあの男のことを心配していた。カミラの顔には、病気の友人の身を案じるような表情が浮かんでいた。それが僕を不安にさせた、急に嫉妬が湧きあがった、僕は矢継ぎ早に質問を浴びせた、間延びしたカミラの返事を聞いてなおさら気分が悪くなった。さっきとは逆方向に踏切を渡り、ダウンタウンの街区を抜けていく。信号の表示が「とまれ」でも、まわりに車がいなければカミラはそのまま突っ切った。誰かに進路をふさがれると、手のひらでクラクションをばんと叩いていつまでも鳴らしつづけた。ビルの峡谷(きょうこく)で遭難した人間が助けを求めて叫んでいるような音だった。ずっとそんな調子だった、鳴らす必要のないところでも鳴らしていた。僕は一度だけ注意した、でも相手にされなかった。

「運転してるのは私でしょ」

車はウィルシャー・ブールヴァードに進入した。この大通りは最低でも時速三十五マイルで走るよう規制されていた。僕らのフォードにそんな速度は出せなかった、なのにカミラは中央車線にしがみつき、パワーのある大型車が僕らをびゅんびゅんと追い越していった。カミラは激昂し、拳を振りながらまわりの車に罵声を浴びせた。一マイルほど走ったところで足が痛いと不平をこぼし、ハンドルをもっててくれと頼んできた。僕がハンドルを支えている横で、カミラは足に手を伸ばして靴を脱いだ。そしてまたハンドルを握って、片足をドアのへりに投げだした。途端、ワンピースが風船のようにふくらみ、カミラの顔をぴしゃりと打った。カミラは尻の下にワンピースを押しこんだ、だけど褐色の太ももは露わなままで、ピンクの下着まで見えていた。この足がまわりの関心を引き寄せた。ドライバー連中は僕らの車に幅寄せしてきて、急にスピードを落とし、窓から顔を出してむき出しの茶色いももをじろじろ眺めた。カミラは怒り狂った。野次馬どもを怒鳴りつけ、見世物じゃないぞと絶叫した。僕は助手席で背中を丸め、激しい風にあおられて赤々と燃えるタバコをどうにか味わおうとしていた。

たくさんの車でごった返すウィルシャーとウェスタンの信号までやってきた。映画館とナイトクラブとドラッグストアから出てきた歩行者で道がひしめく、人通りの多い交差点だ。この信号は無視するわけにはいかなかった、僕らの前にはたくさんの車がいて信号が変わるのを待っていた。カミラは背もたれに寄りかかり、じれったそうに片足をぶらぶらさせている。まわりのドライバーが僕らの方を振り返る、浮かれ騒ぐようにクラクションを鳴らしている、後方の派手なロードスターがそこに加わる、からかうようにぷーぷーしつこくらっぱを鳴らす。カミラがうしろを振り向いた、目がぎらついている、ロードスターの学生に向かって拳を振りあげる。みんなが見ていた、みんなが笑っていた。

僕はひじでカミラをつついた。

「せめて赤信号のときくらい、その足しまえよ」

「黙ってて！」カミラは言った。

僕はハックマスの手紙を取り出し、そこに逃避しようとした。街灯や電飾が通りを明るく照らしているから、字を読む分には問題なかった、だけどフォードはラバのように地面を蹴りつけ、がたごと揺れたり、急にとまったり、屁のように排気ガスをひりだしたりしていた。カミラはこの車を誇りに思っていた。

「エンジンが最高なの」

「ああ、そうみたいだね」揺れに耐えながら僕は言った。

「自分の車、買えばいいのに」カミラが言った。

証明書に書いてあったカミラ・ロンバードについて訊いてみた。結婚しているのかと訊いてみた。

「してない」

「じゃあ、ロンバードってなんだよ?」

「楽しいから」カミラは言った。「仕事するときたまに使うの」

よく意味がわからなかった。

「あなた、自分の名前は好き?」カミラが訊いた。「ジョンソンとか、ウィリアムズとか、そんな名前だったら良かったのにって思わない?」

思わない、自分の名前に満足してると僕は答えた。

「そんなことない」カミラが言った。「わかるもの」

「思ってないって！」僕は言った。

「そんなことない」

ビヴァリーヒルズを越えると霧が晴れた。青みがかった暗闇に街路樹のシュロが緑を添え、道路の白線は火のついた導火線のように僕らの眼前を疾駆している。ふたつみっつの雲が震えたり転げたりしていたけれど、星はひとつも見えなかった。フォードは低い丘を越えていった。道路の両側には背の高い生け垣が張りめぐらされ、そこに青々とした蔓が茂り、野生のシュロや糸杉があちこちに点々と生えていた。

たがいに言葉を発しないまま、海を臨む小高い崖の頂きを走り、パシフィック・パリセーズまでやってきた。冷たい風が横から吹きつけ、おんぼろ車が左右に揺れる。下からは海のうなりが立ちのぼってくる。遠く海上から濃霧が大地に忍びより、幽霊の軍団が腹ばいになって近づいてくる。眼下では、岩に当たって砕けた波が、白い拳で岸辺をめった打ちにしている。引き下がったかと思えば、また戻ってきて拳を浴びせる。波が引くたび、海岸線のにやけた口もとがどこまでも広がっていく。フォードのギアを二速に落として曲がりくねった道をくだる、黒々とした道路に浮かぶ汗を霧の舌が舐めとっている。空気はどこまでも清らかだった。僕らはそれを感謝の気持ちとともに吸いこんだ。ここに塵はなかった。

果てしなく広がる白い砂浜に乗り入れた。砂浜に坐って海を眺めた。崖の下は暖かかった。カミラが僕の手に触れる。「私、泳げないんだ。教えてくれない？」

「今日はむりだろ」

波の高い夜だった。潮が満ちる時間帯で、流れ方も早かった。百ヤード先で波の形になり、陸地に到達するまで崩れなかった。浜辺で砕ける波を見ていた、泡のレースが雷のように四方に弾けた。

「泳ぎを練習するんなら、海が静かなときじゃないと」

カミラは笑い、服を脱ぎはじめた。カミラの肌は茶色かった、でもそれは自然な茶色で、日に焼いた肌の色ではなかった。僕は白くて、幽霊のようで、腹のあたりがでっぷりしていた。カミラに見られたくないので、腹を引っこめた。カミラは僕の白さを見た、股間と脚を見た、そして笑った。海の方へ歩いていってくれたので、僕はほっとした。

砂は柔らかくて温かかった。僕らは海と向き合って坐り、水泳について話した。カミラの前で、基礎の基礎を実演した。カミラはうつぶせに寝そべると、腕を振りまわし足をばたばたと動かした。カミラの顔に砂がかかる、たいした熱意も示さずに僕の真似をしている。カミラは坐りなおした。

「泳ぎを習うの、楽しくない」カミラは言った。

体の前面を砂まみれにしたまま、僕らは手をつないで海のなかに入っていった。海水は冷たかったけれどすぐに慣れた。海に入るのはこれがはじめてだった。肩が水に浸かるまで波に逆らって歩き、それから泳ぎに挑戦した。波が体をもちあげる。近づいてくる波の下に飛びこんでみた。背中に波が落ちてきても、痛くもなんともない。だんだんこつがつかめてきた。今度は大きな波が見えた。波頭に身を投げると、そのままビーチに押し戻された。

しばらくカミラを見ていた。ひざが浸かるまで海水のなかを進み、波が近づいてくるのを見ると砂浜の方へ走って戻る。そしてまた海へ向かう。楽しそうに叫んでいた。波に打たれると悲鳴をあげて、姿を消した。しばらくするとまた現れ、笑いながら絶叫する。大きな波に気をつけるよう、僕はカミラに向かって叫んだ。だけどカミラは、そそり立つ白い波におぼつかない足どりで立ち向かい、波に転ばされて視界から消えた。目を凝らすと、バナナの房のように転がるカミラが見えた。雫に体をきらめかせ、両手で髪をかきあげて、カミラは砂浜へ歩いてゆく。僕は疲れるまで泳ぎ、それから陸に上がった。潮水のせいで目がひりひりした。仰向けに横になり肩で息をした。数分たって体力が戻ってきたので体を起こした、タバコが吸いたくなった。カミラの姿が見当たらない。車にいるのかと思って見にいった。そこにもいなかった。水際に走っていって、泡ぶくが渦巻く海面に目をこらした。カミラの名前を呼んだ。

すると、カミラの悲鳴が聞こえた。ずっと遠くから、大波の背後から、高く深い三角波を越えた先の濃霧から聞こえてきた。優に百ヤードは離れている。カミラがまた叫んでいる。「助けて！」海中に歩を進め、肩で波をかきわけ、それから泳いだ。波のとどろきでカミラの声が聞こえなくなった。「いま行く！」僕は叫んだ。叫んで、叫んで、また叫んでから、泳ぐ体力を残しておくために叫ぶのをやめた。大きな波は簡単だった、その下に潜ればいい、だけど小さな波には手を焼いた、顔を打たれて息が詰まった。とうとう、三角波が立つあたりまでやってきた。小さな波が口のなかに飛びこんでくる。カミラはもう叫んでいない。僕は水中で腕を振りまわしながら、次の悲鳴が聞こえるのを待った。悲鳴は聞こえなかった。僕は叫んだ。僕の声は弱々しかった、水のなかで出す声のようだった。

不意に、全身の力が抜けた。小さな波が僕の上に覆いかぶさる。水を飲みこみ、沈んでいった。僕は祈った、うめいた、水と闘った、水と闘ってはいけないと知っていた。このあたりは海が静かだった。もっと陸に近い方から、波のとどろきが聞こえる。呼んで、待って、また呼んだ。返ってくるのは、僕の腕がばちゃばちゃいう音と、小さな波の音だけだった。そのとき、右足のつま先に異変が起きた。弾丸を撃ちこまれたような感覚だった。水を蹴ると、ももに鋭い痛みが走った。生きたかった。主よ、いまはまだ早すぎます！　僕は岸に向かってしゃにむに泳いだ。

　すると、僕はまた大波のなかにいた、耳もとで波が吠えていた。もう手遅れだ。泳げなかった、腕が動かなかった、右足がひどく痛んだ。息を吸うことしか考えられなかった。水中で生じた急流が、僕を転がして引きずっていく。なら、これがカミラの終わりなのか、これがアルトゥーロ・バンディーニの終わりなのか、それでも僕はすべてを書きとめていた、タイプライターの用紙にこの光景を見ていた、書きながら尖った砂粒の上を滑っていた、生きては帰れないと確信していた。気づくと水は腰の高さまでしかなかった、足がもつれた、状況に対処するにはあまりに遠くに行っていた、なすべもなく歩を進めたが心は澄んでいた、頭のなかですべてを組み立てようとした、形容詞が多すぎやしないかと不安だった。しつこい波に下半身をしたたかに打たれ、深さ一フィートのあたりまで引きずられた、両手両ひざを使って脱出した、ひょっとしてここから詩が詠めないかと考えた。そこでようやくカミラのことを考えた、むせび泣いた、海の水より自分の涙の方が塩辛いことに気がついた。でも、ここで寝ころがっている場合ではない、誰かに助けを求めなければ、だから僕は立ちあがり、残った気力をふりしぼって車の方へ歩いていった。ひどく寒くて、歯がかちかちと鳴っていた。

　振り返って海を見た。距離にして五十フィートもないところで、腰のあたりまで水に浸かったカミラが、浜辺に向かって歩いていた。笑っていた、笑いすぎて息を詰まらせていた、これはカミラが演出した傑作のジョークだった、目の前に波が迫ってくると、カミラはアシカのような優美さでなめらかに水中に飛びこんでみせた、僕はちっとも笑えなかった。カミラの方へ歩いていった、一歩進むごとに力が戻ってきた、カミラのもとまでやってくると、その体をそっくりもちあげてやった、僕の肩より高かった、カミラが悲鳴をあげている、僕の頭を引っかいて髪を引っぱっている、だからどうした。腕を目いっぱい伸ばしてカミラを高くもちあげ、深さ二、三フィートの水たまりに投げこんでやった。地面に叩きつけられた衝撃で、カミラは息ができなくなった。僕はまた近づいていき、両手でカミラの髪の毛をひっつかみ、泥のような砂に顔と口を押しつけてやった。そのまま放っておいた、カミラは四つんばいになって泣きながらうめいていた、僕は車に戻った。カミラはさっき、補助席(ランブルシート)に毛布があると言っていた。僕はその毛布を引っぱり出し、体を包み、温かい砂の上に横になった。

すこしして、カミラが砂に足をとられつつ近づいてきて、毛布をかぶって坐っている僕を見つけた。水滴をたらす清らかな肉体が僕の前に立っている、自分を見せびらかしている、自分の裸を誇りに思って、くるくるとまわっている。

「まだ、私のこと好き?」

僕はカミラを横目で見た。言葉が出なかった、だからうなずいて笑顔を作った。カミラは毛布を踏んで、場所を空けてくれと僕に言った。ずれてやると、カミラが毛布の下に入ってきた、カミラの体はすべすべでひんやりしていた。抱いてくれと言われたので抱きしめた、カミラにキスされた、唇は湿っていて冷たかった。ふたりで長いあいだ横になっていた。不安で、怖くて、なんの欲求も湧かなかった。僕らのあいだに、なにか灰色の花のようなものが育っていた、思考が目に見える形を帯びて、僕らを隔てる深い亀裂について語っていた。その亀裂の正体が僕にはわからなかった。カミラが待っているのを僕は感じた。カミラの腹や足をなでた、自分自身の欲求を捜しもとめた、僕の情熱はどこにあるのかと呆けた頭で考えていた、カミラが待っているあいだ懸命に捜しつづけた、寝返りを打ち、髪をかきむしり、頼むから出てきてくれと懇願した、だけどどこにもなかった、影も形もなかった、あるのはハックマスの手紙への逃避と、書かれるために居残っている思考だけだった、でも性欲はなかった、カミラへの恐れしかなかった、あとは恥じらいと、みじめさと。そして僕は自分を呪った、ののしった、その場を離れて海に入りたくなった。カミラは僕の気後れを感じとった。冷ややかな笑みを浮かべて体を起こし、濡れた髪を毛布でふいた。

「私のこと、好きなのかと思ったのに」

返事が出てこなかった。肩をすくめて立ちあがった。ふたりとも服を着て、車でロサンゼルスに戻った。一度も口をきかなかった。カミラがタバコに火をつけて、妙な目つきでこっちを見てきた。唇がゆがんでいた。タバコの煙を僕の顔に吹きかけてきた。カミラの口からタバコをとりあげ、道路に放り捨ててやった。カミラは新しいタバコに火をつけてものうげに煙を吸った、面白がりつつ、見くだしていた。カミラが憎らしくなった。

夜明けの光が東の山を這いのぼった、黄金色の光線がサーチライトのように空を切り裂いていた。ハックマスの手紙を取りだしてまた読んだ。ニューヨークの東部では、いまごろハックマスが自分のオフィスに入っていくころだろう。そのオフィスのどこかに、「長く失われた丘」の原稿がある。愛がすべてじゃない。女がすべてじゃない。作家は精力を蓄えておかなきゃいけない。町についた。自分がどこに住んでいるかカミラに伝えた。

「バンカーヒル?」カミラは笑った。「あなたにぴったり」

「完璧だよ」僕は言った。「メキシコ人はお断りのホテルだからね」

ふたりとも嫌な気分になった。ホテルの前まで来るとカミラはエンジンを切った。僕は座席に坐ったまま、なにかほかに言うことはないかと考えていた。なにもなかった。車からおりて、うなずいて、ホテルの方へ歩いていった。肩甲骨のあいだに、カミラの視線がナイフのように突き立てられているのを感じた。玄関前までやってきたとき、カミラに呼ばれた。僕は車に引き返した。

「おやすみのキス、してくれないの?」

だからキスした。

「そうじゃなくて」

カミラが僕の首に両腕を絡ませた。僕の顔を引き寄せて、僕の下唇に歯を立てる。刺すような痛みが走り、顔を引き離そうともがいた。ホテルへ入ってゆく僕を、助手席に片腕をまわしたカミラが笑顔で見送る。僕はハンカチを取りだして唇に当てた。ハンカチを離すと、血の染みがついていた。灰色の廊下を通って部屋に向かう。扉を閉めた途端、さっきまでどこにも見当たらなかった欲望に襲われた。それは頭蓋をがんがん叩き、指をちくちくと刺してきた。僕はベッドに身を投げ出し、枕をずたずたにした。

第十章

一日中、それが頭から離れなかった。カミラの褐色の肢体とキス、海から出て間もないせいでまだ冷たかった唇の味を思い出していた、白くて童貞くさい自分を思い浮かべた、ぽちゃっとした腹を引っこめていた、股間を隠して砂浜に立っていた。部屋のなかを行ったり来たりした。午後遅くにはくたくたになっていた、鏡に映る自分の姿に我慢がならなかった。タイプライターの前に坐ってそれについて書いた、そうなるべきだったことを吐きだした、持ち運び式のタイプライターが僕から離れてテーブルを横切っていくほどに激しく打ちまくった。紙の上で、虎のようにカミラのことを追いまわし、地面に打ちつけ、負け知らずの膂力（りょりょく）で圧倒した。最後の場面、カミラは砂にまみれてはいつくばり、瞳から涙を流し、僕に慈悲を請うていた。すばらしい。傑作だ。だが、通して読むと俗悪で退屈だった。原稿用紙をびりびりに破いて捨てた。

ヘルフリックが部屋のドアをノックした。青白い顔で震えていた、肌が濡れた紙のようだった。しばらく前から飲んでいないらしかった。もう二度と酒は飲まないと言っていた。やつは僕のベッドのふちに腰かけ、骨ばった指を組み合わせていた。肉について、カンザスシティでお目にかかるような古き良きステーキについて、あの素晴らしきTボーンステーキや柔らかなラムチョップについて、懐かしそうに語っていた。だが、永久なる太陽が照りつけるこの土地では、死んだ草と日光しか牛のエサがないこの場所では、肉に蛆が湧き、血のしたたる赤を演出するには人工的な色をつけなければならないこの町では、そんなステーキを口にする機会はついぞなかった。さて、ものは相談だが、五十セントを貸してもらえないだろうか？　僕はヘルフリックにカネを渡した、やつはその足でオリーブ・ストリートの肉屋に行った。じきに戻ってくると、レバーとたまねぎの強烈なにおいがホテルの下層階に充満した。ヘルフリックの部屋に行ってみた。皿の前に腰かけて、口いっぱいに肉をほおばりむしゃむしゃとやっている。やつは僕に向かってフォークを振った。「青年よ、喜びたまえ。カネは千倍にして返してみせよう」

こっちまで腹が減ってきた。エンジェルズ・フライトのそばのレストランに行って、同じものを注文した。僕はゆっくりと夕食を味わった。だが、コーヒーの前でいくらぐずぐずしてみたところで、どうせ最後はエンジェルズ・フライトをくだってコロンビア・ビュッフェに行くのだとわかっていた。唇のできものに触れるだけで、怒りがあおられ、欲望が湧きあがってくるのを感じた。

いざ店の前に着いたら、なかに入るのが怖くなった。通りを渡って、ガラス越しにカミラを見た。白い靴ははいてなかった、いつもと変わらないように見えた、ビールを載せたトレーをもって、楽しく忙しそうにしていた。

いいことを思いついた。早足で二区画を歩き、電報局に向かった。用紙を前にして椅子に坐った、心臓が激しく脈打っていた。言葉が紙の上でくねくねとのたくっている。カミラ愛してる結婚したいアルトゥーロバンディーニ。支払いを済ませているとき係員が宛先を確かめ、十分後には届くだろうと告げた。僕は急いでスプリング・ストリートに取って返し、影に沈む戸口の前で電報局の配達員がやってくるのを待ち受けた。

配達員が角を曲がるのを目にした瞬間、自分がえらいへまをやらかしたことに気がついた。僕は通りを駆けていって青年を呼びとめた。その電報を書いたのは自分であり、もう配達してほしくないのだと説明した。「間違えたんだ」僕は言った。配達員は聞く耳をもたなかった。にきびだらけの、背の高い若者だった。十ドル払おうと僕は言った。配達員は首を横に振ってにっこり笑った。二十ドル、三十ドル。

「一千万ドルでもだめです」若者が言った。

僕は暗がりに引き返し、配達員が電報を届ける様子を見守った。カミラは電報を受けとって驚いていた。自分のことを指さして、怪訝(けげん)そうな顔をしている。受領のサインをしたあとも、電報を手にもったまま、配達員の背中をじっと見つめていた。カミラが電報の封を開けるとき、僕はぎゅっと目を閉ざした。目を開くと、カミラは電報を読んで笑っていた。バーカウンターの方に行って、血色の悪いバーテンダー、この前の晩に車で家まで送ってやった男に電報を手渡した。男はぴくりとも表情を変えずに電報に目を通した。それから、もうひとりのバーテンダーに電報をまわした。こっちもやっぱり、なんの反応も示さなかった。僕はこのふたりにたいし、深い感謝の念を抱いた。そのあとカミラが電報を読み返していて、これも僕にはありがたかった、でも、男どもがグラスをあおっているテーブルにカミラが電報をもっていくのを見て、僕は開いた口がふさがらなくなり、ひどく気分が悪くなった。通りを挟んで向かい側にいる僕のもとまで、男どもの笑い声が伝わってきた。肩をすくめ、足早にその場を去った。

シクスト・ストリートの角を曲がって、メイン・ストリートの方へ歩いていった。腹を空かせたみすぼらしい浮浪者の群れを横目に、あてどもなくあたりをうろつく。セカンド・ストリートでふと足をとめた、フィリピン人の踊り子が客の相手をするダンスホールの前だった。壁に貼られたポスターが、四十人の美しい女たち、ロニー・キルラ率いるメロディック・ハワイアンズの夢の調べ、と雄弁に語りかけてくる。音楽が反響する階段をのぼり、店の入り口で入場券を買った。ホールでは四十人の女が壁ぎわに一列に並んでいた。ぴったりとしたイブニングドレスでめかしこみ、ほとんど全員がブロンドだった。誰も、ただのひとりも踊っていない。ステージでは五楽器編制のオーケストラが激しく音をかき鳴らしている。僕を含めた数人の客が、女たちと反対の壁ぎわで、籐(とう)を編んだ背の低い仕切りの手前に立っている。女たちが手招きしている。じっくりと観察し、僕の好みのドレスを着ているブロンドの女を見つけたあとで、数枚のダンスチケットを購入した。目当てのブロンド女に手を振った。女はまるで、長い付き合いの恋人のように僕の腕に飛びこんできた。オーク材の床を踏みならして、僕らは二回分のダンスを踊った。

女は甘い声音で話し、僕のことを「ハニー」と呼んだ、だけど僕は通りを二本隔てた先にいるあの子のことだけを考えていた、砂の上であの子に嘘をつき、自分自身をこけにした僕のことだけを考えていた。こんなことをしていても仕方がなかった。甘ったるいブロンド娘に手持ちのチケットを押しつけると、ホールから出てまた通りを歩いていった。自分はなにかを待っているらしかった、通りで時計を見かけるたびに時間を確かめていることに気がついた、なにを待っているのかようやくわかった。僕は十一時を、コロンビア・ビュッフェの閉店時間を待っている。

十一時まであと十五分というころ、僕はそこにいた。僕はそこに、駐車場にいて、カミラの車に向かって歩いていた。詰め物が飛びだしたシートに坐って待った。駐車場の一角に小屋があり、そこで管理人が帳簿をつけている。小屋の先には、赤いネオンの時計がある。時計に視線を固定させ、十一時に突進していく分針の姿を見守った。すると、カミラと顔を合わせるのが怖くなった、シートの上でじたばたと身もだえしているとなにかやわらかいものが指先に触れた。カミラの帽子だ、ウールのベレー帽だ、色は黒くて、てっぺんにふわふわした小さな房がついている。指で触れて鼻で嗅いだ。帽子についている化粧の粉が、カミラ自身のようだった。これこそ僕が求めていたものだ。帽子をポケットに突っこんで、駐車場から歩き去った。エンジェルズ・フライトの階段をのぼりホテルに帰った。部屋に着くと、帽子を取り出してベッドの上に放り投げた。服を脱ぎ、明かりを消して、両腕で帽子を抱きしめた。

新しい朝がきた、詩だ！　彼女に詩を書くんだ、お前の想いを甘美な律動でふりまくんだ。でも僕は詩の書き方を知らなかった。僕といっしょに愛（ラヴ）と鳩（ダヴ）、ひどい韻、見るもあわれなこの詩情。ああ、天にましますキリストよ、僕は作家でもなんでもありません。ささやかな四行詩さえ詠（よ）めません、この世のなんの役にも立ちません。窓辺に立って空に向けて手を振った。この役立たずめ、ちんけなまがいものめ。作家でもなけりゃ恋する男でもない、魚肉でもなけりゃ鶏肉でもない、謎の肉め。

で、それがなんだって言うんだ？

朝食をとり、バンカーヒルの外れにある小さなカトリック教会を訪ねた。司祭館は木造の教会の裏手にある。ベルを鳴らすと、看護婦が使うようなエプロンを着た女が扉を開けた。両手が小麦粉とパン生地にまみれている。

「司祭さまに会いたいんです」

四角いあごの女は、灰色の鋭い目に敵意をにじませていた。

「アボット神父はお忙しいんです」女は言った。「どういったご用件で？」

「会わなけりゃいけないんです」

「忙しいと言ってるでしょうに」

司祭が玄関までやってきた。ずんぐりしていて屈強そうな、葉巻をくわえた五十がらみの男だった。

「何事かな？」

ふたりきりで話したいのだと僕は言った。僕は心に問題を抱えているのです。女はばかにするように鼻を鳴らし、廊下の奥へ姿を消した。司祭は部屋のドアを開き、僕を書斎へ招じ入れた。本と雑誌に埋めつくされた小さな部屋だった。目玉が飛び出そうになった。部屋の一角に、ハックマスの雑誌が山と積まれている。ただちにそこへ歩み寄り、「小犬が笑った」が収録されている号を引っぱり出した。司祭はすでに坐っていた。「これは偉大な雑誌です」僕は言った。「あらゆる雑誌のなかで、もっとも偉大です」

司祭は足を組み、葉巻の位置をずらした。

「腐敗してるね」司祭は言った。「芯まで腐敗してる」

「賛同しかねます。打ち明けますと、僕はこの雑誌の主たる寄稿者のひとりなんです」

「きみが？」司祭が聞き返してきた。「それで、なにを書いたんだね？」

司祭の眼前にあるテーブルで、「小犬が笑った」のページを開いた。誌面を一瞥してから、司祭は雑誌をわきに除けた。「その話なら読んだよ」司祭は言った。「駄作だな。それと、聖体について書いた部分は、愚劣きわまりない虚偽だ。きみは自分を恥じるべきだよ」

司祭は背もたれに寄りかかりながら、自分はお前を好ましく思っていないという明白なメッセージを伝えていた。怒りに満ちた眼差しを僕の額に固定させ、口の片端からもう片端へと葉巻を転がしている。

「それで？」司祭は言った。「私に会って、きみはなにがしたいのかな？」

僕は立ったままだった。司祭の態度には、この部屋のいかなる家具も僕に使わせるつもりはないという強固な意志が見てとれた。「ある女性にかんすることです」僕は言った。

「その人に、なにをしたんだい？」

「なにも」僕は言った。でも、その先は言葉にならなかった。司祭が僕の意気をくじいた。駄作！

文章のはしばしに滲むニュアンス、とびきり上等な会話、あの輝かしい叙情性、やつはそれを「駄作」と呼んだ。耳を閉ざして、どこか遠くへ、いかなる言葉も語られることのない場所へ去った方がよさそうだった。駄作！

「気が変わりました。いまは、それについて話したくありません」

司祭は立ちあがり、ドアの方へ歩いていった。

「たいへんけっこう」司祭は言った。「良い一日を」

外に出た、ぎらつく太陽が視界を奪った。アメリカ文学史における最良の短篇、それをあの人物は、あの司祭は、あろうことか「駄作」と呼んだ。なるほどたしかに、聖体にかんする記述は完璧に正確とは言えないかもしれない。実際には、あんなことは起きなかったかもしれない。だけど、ああ、そこに込められた心理的な価値を見過ごすとは！　あの散文を、あの純粋な美しさを見過ごすとは！

部屋に戻るなりタイプライターの前に腰かけ、復讐を計画した。論説を、教会の愚鈍さにかんする仮借（かしゃく）ない攻撃をものしてやる。タイトルを打ちこんだ。「カトリック教会の運命は潰（つい）えた」。すさまじい勢いで打ちまくった、ページがどんどんと積み重なる、気づけば六ページに達していた。いったん手をとめて読み返した。ろくでもない、目も当てられない文章だった。原稿を破り捨ててベッドに身を投げた。まだカミラへの詩を書いてなかった。横になっていると詩想が舞いおりてきた。忘れないうちに文字に起こした。

僕は多くを忘れてしまった、カミラよ！　風とともに去った、
バラを投げ捨てた、豊かに咲き乱れるバラを、
踊りながら、きみの青白い、失われたユリを心から追い払うため。
でも僕はさみしくて、かつての情熱に病んでいる、
そう、ずっと、だってダンスは終わらないから。

ねえカミラ、僕は僕なりの仕方で、きみに忠実であったんだ。
アルトゥーロ・バンディーニ

電報で送った、誇らしかった、電報局の係員が文面を読むところを見ていた、カミラへ送る僕の詩、アルトゥーロからカミラへ、すこしの不滅をおすそわけ、僕は係員に代金を支払い、おなじみの暗がりの戸口まで歩いていって、そこで待った。前回と同じ青年が自転車に乗ってやってきた。青年が電報を届けるところを見ていた、フロアの真ん中でカミラが電報を読むところを見ていた、カミラが肩をすくめて電報を破るところを見ていた、床に敷かれたおがくずの上に紙片が舞い落ちるところを見ていた。僕は首を振り、歩き去った。アーネスト・ダウスンの詩であっても、カミラにはなんの効果も発揮しないのだ、そう、あのダウスンであっても。

ああ、そうかよ、てめえなんざ地獄に落ちろ、おいカミラ、お前だよ。簡単に忘れてやるよ。こっちにはカネがあるんだ。この町は、お前が僕に与えられないものであふれている。だからメインストリートへ、フィフス・ストリートへ、長く薄暗いバーカウンターへ、キング・エドワード・セラーへ、そこでは黄色い髪で病気持ちの若い女が笑顔を浮かべていた。彼女の名前はジーン、痩せぎすで結核に冒されている、だけど熱心でもある、僕からカネをしぼりとろうと熱意を燃やしている、生気のない唇が僕の唇に重ねられ、長い指が僕のズボンの上を這い、病んだ愛くるしい瞳が僕のカネをじっと見ている。

「じゃあ、きみはジーンっていうんだ」僕は言った。「うん、いいね、いいね、素敵な名前だ」。踊ろうよ、ジーン。スウィングを踊ろうよ、だけどきみは知らないんだ、青いドレスを着た美しいお嬢さん、きみが踊っている相手は落ちこぼれさ、人間社会の除け者さ、魚肉でもなけりゃ鶏肉でもない、燻製ニシンにさえなれない男さ。僕たちは酒を飲み、踊り、また酒を飲んだ。バンディーニさんっていい人ね、そこでジーンはオーナーを呼んだ。「こちらはバンディーニさん。こちらはシュウォーツさん」。これはこれは、握手握手。「素敵な店ですね、シュウォーツさん、じつに素敵な女性たちだ」

グラスが一杯、二杯、三杯。ジーン、きみはなにを飲んでるの？ 味見してみた、茶色い液体を、ウィスキーのように見える、ウィスキーであるに違いない液体を、まったくジーンの表情ときたら、可愛らしい顔をあんなにもゆがませて。それはウィスキーではなかった、紅茶だった、ただの紅茶で四十セントもとっていた。ジーン、偉大な作家をかつごうとするちっちゃな嘘つき。だまそうとしてもだめだよ、ジーン。バンディーニ、人も獣もひとしく愛するこの男を、そう簡単にだませるもんか。ほら、五ドルだ、とっておきな、飲まなくていいよジーン、きみは坐っていればいい、ただ坐って、僕の瞳がくまなくきみの顔を調べるのを受け入れてほしい、だってきみの髪はブロンドで黒くないから、きみはあの子に似てないから、きみは病気でテキサスからやってきた、体の不自由な母親を支えてやらなくちゃいけない、きみはあまり稼げない、一杯につき二十セントぽっち、今夜アルトゥーロ・バンディーニから稼いだのはたった十ドル、可愛い可哀想な女の子、赤ん坊のような愛くるしい瞳と盗っ人の魂を併せもった、可愛い可哀想な腹ぺこの女の子。きみの船乗りのところに行っておいで、お嬢さん。あいつらは十ドルなんてもってない、だけど僕が、バンディーニが、魚肉でも鶏肉でも燻製ニシンでもない男がもっていないものをやつらはもってる、さよなら、ジーン、良い夜を。

さて、別の店、別の女だ。ああ、なんて孤独なんだろう、遠くミネソタからやってきた彼女は。しかも良家の生まれだった。もちろんだよ、お嬢さん。僕のくたびれた耳に、きみの立派な家族の話を聞かせてやってよ。たくさんの資産があった、そしてあの恐慌がやってきた。なるほどね、悲しいね、悲劇だね。そしていま、きみはここで、フィフス・ストリートの安酒場で働いている、きみの名前はエヴリンだ、可哀想なエヴリン、家族もこっちに引っ越してきた、きみにはとびきりかわいい妹がいる、このあたりでよく見かける乞食女じゃない、目の覚めるようなお嬢さんだ、そしてきみは僕に尋ねる、妹に会いたくない？　もちろんだとも。エヴリンは妹のところへ行った。可愛い無垢なエヴリンがホールを横切り、やかましい船乗りのテーブルから可愛い可哀想なヴィヴィアンを引っぱってきて、僕のいるテーブルまで連れてきた。やあヴィヴィアン、僕はアルトゥーロ。こんにちはアルトゥーロ、わたしヴィヴィアン。ねえ、その口はどうしたのヴィヴィアン、誰かにナイフでえぐられたの？　目が真っ赤に充血してるよ、甘い吐息から下水のような臭いがするよ、可哀想な娘さんたち、栄光あるミネソタからこんなところへやってきて。あら違うわ、私たちはスウェーデン人じゃない、どうしてそんなふうに思ったのかしら？　名字はモーテンセン、でもこれはスウェーデンの名字じゃないし、私たちの一族は何世代にもわたってアメリカ人よ。もちろんだとも。わが同胞たる二人組のお嬢さん。

ねえ、知ってる？　エヴリンが話している、可愛い可哀想なヴィヴィアンは、もう半年近くこの店で働いてるのに、あの人でなしどもは一度もシャンパンのボトルを頼んだことがないの、そしてここには僕がいる、バンディーニがいる、あなたってほんとうに素敵、ヴィヴィアンは可愛いでしょう、そうでしょう、ひどいと思わない、この子はこんなに純真なのに、ねえこの子のためにシャンパンのボトルを開けてくれない？　親愛なる可愛いヴィヴィアン、ミネソタの青々とした平野からこの土地までやってきた、きみはスウェーデン人じゃない、すんでのところで処女でもない、処女でいるにはふたりだか三人だかの男が余計だった。この贈り物を捧げることを、拒める者などいるだろうか？シャンパンをもってきてくれ、安いやつだ、パイント瓶だ、三人で飲むにはじゅうぶんだ、一ボトルたった八ドル、あらっ、こっちではワインてそんなに安いの？　ミネソタのダルースだと、シャンパンは十二ドルはするのよ。

ああ、エヴリン、ヴィヴィアン、僕はきみたちが大好きだ、大好きだ、だってきみたちは悲しい人生を送っているから、夜明けに家に帰るころには、からっぽの悲嘆を抱えているから。きみたちも孤独なんだ、でもきみたちはアルトゥーロ・バンディーニとは違う、魚肉でも鶏肉でも燻製ニシンでもない男とは違う。だからシャンパンを飲もう、だって僕はきみたちが大好きだから、そうだよ、きみもだよヴィヴィアン、たとえきみの唇が、とがった爪でえぐられたように見えたとしても、老いた子どものようなきみの瞳が、いかれたソネットに歌われているように、血のなかを泳いでいたとしても。

第十一章

だけどこれは高くついた。落ちつくんだ、アルトゥーロ。お前はあのオレンジの日々を忘れたのか？　いくら残ってるか数えてみた。二十ドルと数十セント。ぞっとした。なににいくら使ったのか、脳みそを酷使して振り返った。残り二十ドルなんて……ありえないだろ！　盗まれたんだ、どこかに置き忘れたんだ、これはなにかの間違いだ。部屋中を探してまわった、ズボンのポケットも引き出しのなかも、だけどこれでぜんぶだった、怖くなった、不安になった、仕事しようと決心した、手早く一篇を書いてしまおう、そんなにも迅速に書かれたものには、なにがしかの美質が宿るに違いないから。タイプライターの前に坐った、途方もない無力感にとらわれた、拳で頭を叩き、ずきずきと痛む尻の下に枕を敷いて、か細い苦悶（くもん）の声をもらした。だめだった。どんな形でも構わない、僕はカミラに会わなきゃいけない。

　駐車場でカミラを待った。十一時、曲がり角にカミラが見えた、隣にはバーテンダーのサミーがいた。ふたりとも遠くから僕に気がつき、カミラは声のトーンを落とした。車までやってきたときサミーは僕に「やあ」と言った、だけどカミラはこう言った。「なにしてんの？」

「会いたかったんだ」僕は言った。

「今夜はむり」

「このあと、もっと遅い時間ならいいだろ」

「むり。忙しいから」

「そんなわけあるか。会えるよ」

カミラは車のドアを開けて僕をおろそうとした、でも僕は動かなかった、するとカミラは言った。

「おりてよ、お願いだから」

「お断りだね」

サミーが笑った。カミラの顔が怒りに染まる。

「おりろって言ってんの！」

「ぜったいに動かないぞ」

「カミラ、ほっとけよ」サミーが言った。

カミラは僕を車から引きずりおろそうとした。僕のセーターをつかんで、引いて、引っぱった。

「なんでこんなことするの？」カミラが言った。「もうかかわりたくないってこと、わからないの？」

「僕は動かないぞ」

「このばか！」

サミーは通りへ歩いていった。カミラはサミーを追いかけていって、そのままふたりで歩き去った。

僕は駐車場でひとりだった、なにも考えられなかった、自分がしたことを思い返して力なく笑っていた。ふたりの姿が見えなくなると、すぐに車からおりて、エンジェルズ・フライトの階段をのぼり自分の部屋に戻った。なんであんなことをしたのか、自分でもわからなかった。ベッドに腰かけ、この件を頭から追い払おうと努めた。

そのとき、ドアをノックする音が聞こえた。どうぞと言うより早くドアが開いた。振り返ると戸口に女が立っていた、僕を見つめて妙な笑みを浮かべていた。大柄ではなく美人でもない、だけど成熟していてどこか引きつけられるものがある、神経質そうな黒い瞳の女だった。その瞳は輝きを放っていた、バーボンを飲み過ぎた女の目だ、ひどく明るくて、くすんでいて、どこまでも横柄な瞳だった。部屋に入ることも言葉を発することもせずに、女はただじっとしていた。知性を感じさせる身なりだった。毛皮のえりがついた黒いコート、黒い靴、黒いスカート、白のブラウスに小ぶりなハンドバッグ。

「どうも」僕は言った。

「なにをしてるの?」

「坐ってるだけです」

僕は怯えていた。この女の姿が、近しさが、四肢から自由を奪っていた。たぶん、あまりに唐突な訪問に動揺していたのだろう、たぶん、自分のみじめな心境のせいだったのだろう、だけど女を近くに感じ、狂気をはらんだ女の瞳のにぶいきらめきを前にして、ベッドから飛びあがり彼女を叩きのめしてやりたくなった、僕は必死に自分を抑えた。この感覚は長くは続かず、すぐに消えてしまった。黒い瞳でぶしつけに僕を見つめながら、女は部屋のなかに入ってきた、僕は窓の方へ顔を逸らした、女の厚かましさにひるんだのではなく、弾丸のように僕を貫いていった感情に怯えていた。部屋のなかに香水の匂いが広がる、高級ホテルのロビーで女とすれ違うときに感じる匂いだ、なにもかもが不安を誘い、僕から落ち着きを奪っていく。

女がそばまでやってきても僕は立ちあがろうとせず、ゆっくりと息を吸い、それからようやく視線を戻した。鼻先が丸くつぶれていたが醜いというわけではなく、口紅が引かれていないでっぷりとした唇はピンクに近い色合いだった。だが、僕の視線を捉えたのはその瞳だった。その輝き、その精気、その奔放さだった。

女は僕のデスクに近づいていって、タイプライターから原稿用紙を取りあげた。なにが起きているのかわからなかった。僕は口を開かなかった、だけど女の息が酒臭いことはわかった、なんとも独特で、ほかとは取り違えようのない腐蝕（ふしょく）のにおい、甘ったるくて鼻につく老いのにおい、老いの途上にある女のにおいだ。

女は文章に軽く目を走らせた。気に入らなかったらしく、肩ごしに紙を放り、原稿用紙はひらひらと床に落ちた。

「ぜんぜんだめ」女は言った。「あなたには書けない。なにも書けない」

「それはどうも」

用件を聞こうかと思ったが、質問を受けつけるタイプではなさそうだった。ベッドからおりて、この部屋にある唯一の椅子を女に勧めた。女は坐らなかった。椅子を見て、次に僕を見て、すこし考えこんでから、坐ることへの完全な無関心を笑顔で示した。それから、壁に貼られている文章を読んでまわった。それは僕がタイプした、メンケンやエマソンやホイットマンからの引用だった。女はすべてを鼻で笑った。ふん、ふん、ふふん！　ばかにするように指を振り、唇をひん曲げている。ベッドに腰をおろし、ひじまでコートを脱ぐと両手を腰に当てて、抑えきれない軽蔑の念を込めて僕を見据えた。

ゆっくり、劇的な調子で、女は朗唱を始めた。

予言者か嘘つきでないとしたら、私はいったいなんであろう
レプラコーンを母にもち、修道士を父にもつこの私は？
十字架をしゃぶり、水のなかでゆらゆらと育てられた
この私は、悪魔の子でなくてなんであろう？

ミレーだ、すぐにわかった、女はそのまま朗唱を続けた。ミレー本人よりもミレーを深く知っていた、ついに朗唱を終えると顔を上げ僕を見て、そして言った。「これが文学！　あなたは文学のことなんてなにひとつわかってない。ただのばかよ！」僕は詩行の精神のなかに転落していた、女からいきなり糾弾されて、またしても途方にくれた。

僕はなにか言おうとしたが遮られた、悲劇を演じるバリモアのように女は語った。まずは低く太い声で、それからささやくような調子に変えて、なにもかもが哀れであること、なにもかもがばかげていること、僕のような未来のないへぼ作家がカリフォルニアの、よりにもよってロサンゼルスの安ホ

テルに生き埋めになってつまらない文章を書き、世界の誰からも読んでもらえず、ゆえに忘れてもらう機会さえないことの滑稽さを言いつのった。

女は仰向けに横になり、頭の下で手を組んで、天井を向いて夢見るように言葉を継いだ。「今夜、私たちは愛し合うのよ、ばかな作家さん。そう、あなたは今夜、私を抱くの」

僕は言った。「なあ、これはいったい、どういう状況なんだ?」

女はほほえんだ。

「なにか問題ある? あなたは何者でもない。私はひょっとしたら、何者かになっていたかもしれない。なら、私たちふたりの道は愛でつながる」

女の匂いが濃密になって部屋全体に充満していた、いまではここは彼女の部屋で僕が闖入者だった、外に出た方がいいと思った、そうすれば彼女も夜の空気を吸うことができる。僕は女に、ホテルのまわりを軽く歩かないかと提案した。

女は素早く身を起こした。「ほら! おカネ、おカネならあるの! どこかの店で飲みましょう!」

「いいね!」僕は言った。「いい考えだ」

セーターを着た。振り返るとすぐ横に女が立っていて、指の先を僕の唇に当てた。女の指から発散される謎めいた甘い臭気があまりにも強烈で、僕はたまらずドアの方へ歩いてゆき、女が出ていくまでドアを開けて待っていた。

階段をのぼってロビーまでやってきた。フロントの前も通ったが、女主人はすでに就寝していて姿が見えず、僕はほっと胸をなでおろした。とくに理由はないのだが、ハーグレイヴズさんにこの女といっしょにいるところを見られたくなかった。忍び足でロビーを通り抜けるように僕が言うと、女は言われたとおりにした。ちょっとした冒険に挑むみたいに、ひどく楽しんでいる様子だった。女はスリルに興奮しながら、僕の腕をぎゅっとつかんでいた。

バンカーヒルは濃い霧に包まれていたが、ダウンタウンはそうでもなかった。通りには人けがなく、女のヒールが歩道を打つ音が古い建物のあいだに反響していた。女が僕の腕をぐいと引いた、女のささやきを聞きとるために僕は背中を丸めた。

「あなたの未来は明るいわ！」女が言った。「最高よ！」

「いいから、いまは歩こう」

女は酒を飲みたがった。ぜったいに飲むのだと言って譲らなかった。ハンドバッグを開けて十ドル札をひらひらさせた。「ほら、おカネ！　おカネならたくさんあるの！」

僕がよくピンボールをして遊んでいる、通りの角のソロモンズ・バーまでやってきた。ほかに客はおらず、オーナーのソロモンだけが、店の経営を心配しながらカウンターで頬杖をついていた。通りに面したボックス席を選んだ、僕は女が坐るのを待った、だけど女は僕が先に席に着くようにと言い張った。ソロモンがオーダーをとりにやってきた。

「ウィスキー！」女が言った。「ウィスキーをたくさんお願い」

ソロモンは顔をしかめた。

「ビールを、グラスで」僕は言った。

ソロモンは女のことを、不審そうにじろじろ見ていた。眉間に寄っていたしわが、はげの部分に移動していた。僕はこのふたりから同じ民族のにおいを嗅ぎとった、そして、この女もユダヤ人だなと見当をつけた。ソロモンは飲み物を用意しに戻っていった、女は椅子に坐って目をぎらぎらと燃やし、テーブルの上で指を組んだりほどいたりしていた。僕は自席で、この女からどう逃れようかと思案していた。

「飲めば気分が良くなるよ」僕は言った。

そうと気づく前に、女が僕の首にかぶりついていた、だけど乱暴な仕方ではなく、僕の唇について、僕の見事な唇について語りながら、長い爪と短い指を僕の肉に突き立てていた。ああ、もう、なんて素晴らしい唇なの。

「キスして!」女が言った。

「いいとも」僕は言った。「でも、まずは飲もうか」

女は歯をぎしぎし鳴らした。

「じゃあ、あなたも私のこと知ってるのね! あなたもほかの連中と同じ。私の傷のことを知ってるのよ、だから私にキスしたくないのよ。私が気持ち悪いんでしょ、そうなんでしょ!」

僕は思った、こいつ狂ってるな。早くここから出ていかなければ。女がキスしてきた、女の唇はレバーソーセージのライ麦パンサンドイッチの味がした。女は坐りなおし、安堵のため息をもらした。僕はハンカチを取りだして、額に浮かんだ汗をふいた。ソロモンが飲み物をもって戻ってきた。僕はカネに手を伸ばしたが、女が素早く支払いを済ませてしまった。釣り銭のためにソロモンはカウンターへ引き返した、だけど僕に呼び戻されて僕から札(さつ)を渡された。女は文句を言い、不平を唱え、かかとで床を、こぶしでテーブルをばんばん叩いた。ソロモンは降参だと言うように両手を上げ、おとなしく女のカネを受けとった。ソロモンが僕らのテーブルに背を向けたとき、僕は女に向かって言った。「どうぞごゆっくり。僕はもう行かないと」女は僕の袖を引っぱって椅子に坐らせ、両腕を絡めてきた。僕らはしばらく揉み合っていたが、ばからしくなってやめた。坐りなおして、ほかの逃走手段について考えた。

ソロモンが釣りをもって戻ってきた。僕はそこから五セント硬貨をつまみとり、ピンボールをしたいのだと女に言った。女は身ぶりで同意を示し、僕は立ちあがって機械へ向かった。女は僕を血統書つきの犬でも見るように眺め、ソロモンは女を犯罪者でも見るように眺めていた。ゲームに勝つと、僕はソロモンを呼んでスコアをチェックしてくれと頼んだ。

僕は小声でささやきかけた。「なあ、あの女は何者なんだ?」

ソロモンも知らなかった。夕方の早い時間にここに来て、すさまじい量を飲んでいったらしい。裏口から出たいと僕は伝えた。「右手のドアだ」ソロモンが言った。

女はすでにウィスキーを飲みほして、空になったグラスでテーブルを叩いていた。僕はテーブルに戻り、ビールのグラスに軽く口をつけ、すこしだけ席を外すと女に伝えた。親指で、男子トイレの方を指し示す。女は僕の腕を軽く叩いた。ソロモンが見守るなか、僕は男子トイレと反対側のドアを開けた。それは物置につながっていて、数歩先には路地に通じるドアがあった。霧が顔を包みこむなり、僕は気分が良くなった。できるだけ遠くへ行きたかった。腹は減っていなかったけど、一マイル歩いてエイト・ストリートのホットドッグスタンドに行き、コーヒーを注文して時間をつぶした。僕がいなくなったことに気づいたら、女は僕の部屋に戻ってくるだろう。なにかが僕に、あの女はまともじゃないと告げていた。ひょっとしたら飲み過ぎなだけかもしれない、でもそんなことはどうだっていい、僕はもうあの女に会いたくなかった。

部屋に戻るころには、午前二時をまわっていた。女の存在感、老いが発する謎めいたあのにおいがまだ部屋のなかに居坐っていて、ぜんぜん僕の部屋という感じがしなかった。心地よい孤独が台なしにされたのは、これがはじめてのことだった。この部屋のあらゆる秘密が暴露された気分だった。ふたつの窓を全開にして、霧のかたまりが悲しげに転がりこんでくるのを眺めていた。だいぶ寒くなってきたので窓を閉めた。部屋は霧のせいでじっとりとして、本や原稿用紙も湿り気を帯びていたが、においの痕跡は歴然としていた。枕の下からカミラの帽子を取りだした。帽子にもにおいが染みついているようだった。口に帽子を押しつけてみると、あの女の黒髪に口をつけているような気がした。僕はタイプライターの前に腰かけ、力なくキーを叩いた。

書きはじめてすぐ、廊下から足音が聞こえ、女が戻ってきたのだとわかった。急いで明かりを消して暗がりのなかでじっとしていた、でも手遅れだった、ドアの下からもれる光を、女は見ていたに違いないから。ノックの音が聞こえたけれど黙っていた。またノックしている、だけど僕は椅子から動かずタバコを吸っていた。やがて女は、拳で激しくドアを叩きはじめ、開けないなら扉を蹴飛ばしてやる、ひと晩中蹴りつづけてやると大声でわめきだした。そしてほんとうに蹴りはじめた、いまにも崩れ落ちそうなホテルに恐ろしい騒音が響きわたった、僕は大急ぎでドアを開けた。

「やっと会えた！」女はそう言って、腕を伸ばしてきた。

「おいおい」僕は言った。「いい加減にしてくれよ。うんざりしてるのがわからないのか？」

「どうして置いていったの？　どうしてあんなことしたの？」

「ほかに用事があったんだ」

「ねえ、あなた、なんでそんな嘘をつくのよ？」

「ああ、くそっ」

女は部屋のなかに入ってきて、またタイプライターから原稿用紙を抜きとった。そこに記されているのは意味をなさない言葉の連なり、ふたつみっつの警句、繰り返される僕の名前、それにわずかな詩だった。ところが、今度は女の顔に笑みがあふれた。

「なんて素敵！　天才だわ！　私の恋人にこんな才能があったなんて」

「ものすごく忙しいんだ」僕は言った。「出ていってもらえるかな？」

僕の声は届いていないようだった。ベッドに腰をおろし、コートのボタンを外して、足をぶらぶらさせている。「愛してるの」女が言った。「あなたは私の最愛の人。あなたはもうすぐ私を抱くのよ」

「ああ、いつかね。でも今夜じゃない。疲れてるんだ」

あの甘ったるいにおいが漂ってきた。

「まじめに言ってるんだ。帰った方がいい。きみを窓から放り出すのは気が引けるから」

「私、ひとりぼっちなの」女が言った。

そう、たしかに言った。なにかが彼女を苦しめていた、苛んでいた、それはこの言葉といっしょに彼女から漏れ出ていた、あんなにもつらく当たったことが僕は恥ずかしくなった。

「わかったよ」僕は言った。「すこし話そうか」

僕は椅子を動かしてそこにまたがり、背もたれにあごを乗せた。視線の先では、女がベッドに倒れこんでいる。僕が思っていたほど、女は酔っていなかった。女はなにか問題を抱えている、でもその「なにか」はアルコールじゃない、それがなんなのか僕は見きわめたくなった。

聞かされた話は常軌を逸していた。女は僕に名前を告げた、ヴェラという名前だった。カリフォルニアのロングビーチで、裕福なユダヤ人家庭の家政婦をしていた。だけどヴェラは家政婦でいることに飽き飽きしていた。出身はペンシルヴェニアだった、この土地へ流れてきたのは夫の不実な振る舞いのせいだった。この日、ヴェラはロングビーチからロサンゼルスへやってきた。オリーブ・ストリートとセカンド・ストリートの交差点にあるレストランで僕を見かけた。ヴェラは僕のあとをつけてホテルまでやってきた、なぜなら僕の瞳に「魂を貫かれた」から。だけど僕には、店で彼女を見かけた覚えはなかった。あの突然の訪問より前に、ヴェラと会ったことは一度もない。僕がどこで寝泊まりしているのか突きとめると、ヴェラはソロモンの店に行って酒をあおった。一日中飲んでいた、でもそれは勇気を奮い起こすため、向こう見ずにも僕の部屋をノックするためだった。

「自分がどれだけ迷惑か、わかってる」ヴェラは言った。「あなたは傷のことを知っている、服の下に恐ろしいものが隠れていることを知っている、そうでしょう？　でも、私の醜い体のことは忘れてほしいの、だって心はきれいなのよ、ほんとうにきれいなのよ、あなたがうんざりした分も、悦（よろこ）びで返してあげる！」

僕は言葉を失っていた。

「体のことは忘れて！」ヴェラが僕の肩に両腕を乗せる、涙が頬を流れ落ちていく。「心を見て！　心はほんとうにきれいなの、あなたにたくさんのものをあげられるの！　心は体のように汚くはないの！」

ヴェラは前後も忘れて泣きわめいた、顔をつっぷし、両手で黒髪をまさぐっている、僕はなにもできなかった、彼女がなんの話をしているのかわからなかった。ああ、ねえ、そんなふうに泣かないで、泣いてはだめだよ、僕は彼女の熱を帯びた手を握り、こんなことを話していても堂々めぐりであることをわからせようとした。くだらないよ、きみが話していることは、自分で自分をいじめてどうするんだよ、まったくもってくだらないよ、僕はそんなふうに話した、身ぶり手ぶりを交えながら、あれこれと言葉を並べた。

「だって、きみはほんとうに素敵な女性なんだから。それに、きみの体はとてもきれいだ、きみが言っていることはぜんぶ思いこみだよ、子どもじみた妄想さ、自分を嫌うあまりおかしくなってるんだ。心配しなくていいし泣かなくていい、じきにきれいに忘れられるから。だいじょうぶ、きっと忘れられる」

だけど僕は無力だった、ヴェラの苦しみはなおいっそう深まった、というのも彼女はみずから創りだした地獄にはまっていたから、彼女は僕からあまりに遠いところにいて、僕の声は大地の亀裂をさらに広く深くするだけだった。そこで僕は話題を変えようとした、僕の妄想を笑ってもらおうとした。ほら、ねえ、妄想ならアルトゥーロ・バンディーニも負けてないよ！　そして、小さな房のついたカミラの帽子を枕の下から取りだした。

「見てよ！　これが僕の病気なんだ。僕がなにしてるかわかる？　この小さな黒い帽子といっしょにベッドに入って、帽子を抱きしめて、そして言うんだ。〈ああ、愛してる、愛してる、美しい姫君よ！〉」そしてさらに言葉を連ねた。ああ、僕は天使でもなんでもない。魂のあちこちに、ねじれたり曲がったりしてる部分があるんだ。だからひとりぼっちだなんて思わないで。きみにはたくさんの仲間がいるんだから。きみにはアルトゥーロ・バンディーニがいるんだから、彼もまたどうしようもなく病んでいるんだから。そうだ、この話を聞かせてあげるよ。とある晩、ぼくがなにをしたかきみにわかる？　アルトゥーロが、すべてをありのままに告白しよう。僕がやらかしたおぞましいこと、きみにわかる？　とある晩、この世のものとは思えないほど美しい女が、香水の翼を広げて僕のそばを通り過ぎた、僕はがまんできなかった、彼女がどこの誰かは知らない、赤い狐皮のコートと垢抜けた小さな帽子を身にまとう女だった、バンディーニは彼女のあとをつけた、だって彼女は夢よりも良かったから、女が入った店はバーンスタイン・シーフードレストランだった、カエルとマスが泳いでいる窓越しに、恍惚としながら彼女を見ていた、彼女がひとりで食べているところを見ていた。そして、彼女が食事を終えたとき、僕がなにをしたかきみにわかる？　だから泣かないで、だってきみはまだなにも聞いていないんだから、だって僕は穢（けが）らわしいんだから、そう、僕の心はインクのように真っ黒なんだ。僕は、アルトゥーロ・バンディーニは、まっすぐシーフードレストランに向かい、まさしく彼女が坐っていた椅子に坐ったんだ、喜びに身を震わせ、彼女が使っていたナプキンを触り、そしてテーブルには口紅の染みがついたタバコの吸いさしがあったんだ、そこで僕がなにをしたかきみにわかる？　きみが抱えている問題なんて笑っちゃうほどちっぽけだよ、だって僕は、吸いさしを食べたんだ、がつがつと噛み砕いて、タバコの葉も巻き紙もぜんぶいっしょに飲みこんだんだ、そして僕はおいしいと思ったんだ、だって彼女はすごくきれいだったから、皿のわきにはスプーンがあった、僕はそれをポケットに入れた、ときどきポケットからスプーンを取りだして舐めたものさ、だって彼女はすごくきれいだったから。低予算で収まる愛、持ち帰り自由の無料のヒロイン、すべてはアルトゥーロ・バンディーニの黒々とした心のため、マスとカエルの足といっしょに窓越しに泳いでいた姿を僕の記憶にとどめておくため。だから、ねえ、泣かないで。涙はアルトゥーロ・バンディーニのためにとっておいて、だって彼はたくさんの問題を抱えているから、のっぴきならない問題だから、そしてまだひとことも話せてないけど、とある晩に砂浜で茶色い王女とのあいだに起きた出来事について話してもよかったんだ、意味なんかない彼女の肉体、死んだ花のような彼女のキス、僕の欲望の庭になんのにおいもしなかったことについて、きみに話してもよかったんだ。

　だけどヴェラは聞いてなかった、よろよろとベッドから離れ、僕の前でひざまずき、気色悪くないと言ってくれと懇願してきた。

「言ってよ！」ヴェラは泣きじゃくっていた。「言ってよ、ほかの女と同じようにきれいだって」

「当たり前だろ！　きみはほんとうに、とてもきれいだ！」

　僕はヴェラを立たせようとした、けれど彼女は狂乱の態で僕の足にしがみつき、僕はただ彼女をなだめることしかできなかった、でも僕は無力だった、能なしだった、ヴェラは僕を飛びこえて深みへと落ちていった、それでも僕はめげなかった。

それからヴェラはまたしても傷について、そのぞっとするような傷について話しはじめた、この傷が彼女の人生を台なしにした、芽生える前に愛を摘んだ、彼女の夫を別の女のもとに走らせた、これらすべてが僕には奇怪で理解不能だった、だってきみにはきみなりの魅力があるんだから、きみの体には欠陥も欠損もないんだから、きみを愛する男ならいくらだっているはずだよ。

ヴェラはよろよろと立ちあがった、顔が髪に覆われて、涙のすじがついた頬に髪の束が張りついていた。狂気の宿る充血した瞳が、苦しみで煮えたぎっている。

「見せてあげる！」ヴェラが絶叫した。「自分の目で確かめればいいわ、この嘘つき！　嘘つき！」

ヴェラは両手で黒いスカートをつかんでずりおろした、スカートはかかとのあたりで鳥の巣のような形になった。スカートから足を抜くと、白いスリップ姿のヴェラはほんとうにきれいだった、だから僕はそう言った。「でも、きみはきれいだよ！　さっきから言ってるだろ、きれいだよ！」

ブラウスの留め金と悪戦苦闘するあいだもヴェラは泣いていた、もう脱がなくていいと僕は言った。きみがきれいだということには、いかなる疑問も差しはさむ余地がない、だからこれ以上、自分を傷つける必要なんてない。

「だめ」ヴェラは言った。「自分の目で確かめて」

ヴェラは背中の留め金を外せずにいた、だから僕に背中を向けて外してくれと言ってきた。僕は手を振った。「頼むから、もうやめてくれ」僕は言った。「僕はもう納得したよ。ストリップショーなんて見たくない」ヴェラは涙にかきくれ、薄手のブラウスを両手でつかんでひと息に体から引き剥がした。

スリップがヴェラの体から離れる直前、僕は彼女に背を向けて窓辺の方へ歩いていった、なにか不快なものを見せられるとわかっていたから、そんな僕をヴェラは嗤い、金切り声で冷やかし、不安げな僕の顔に向かってべろを出した。「ほら、やっぱり！　そうだと思った！　あなたは知ってるんだ！　ぜんぶ知ってるんだ！」

意を決して振り返ると、ストッキングと靴のほかには一糸まとわぬヴェラがいた、そして僕は傷を見た。それは股のあたりにあった。痣かなにかのようだった、それか火傷か、焦げているようでもあった、肉が消え去ったからっぽの部位が痛ましく乾燥していた、ももが急に細くすぼまり、肉が死んでいるように見えた。僕は歯を食いしばり、そして言った。「ふーん……で？　それでぜんぶなの？　なんだ、ぜんぜんたいしたことないじゃないか」。でも僕は言葉を失いつつあった、急いで口にしなければならなかった、さもなければ二度と文になりそうになかったから。「くだらないね」僕は言った。「よっぽど目をこらさなきゃわからないよ。きみはきれいだ、ほんとうに素敵だって！」

僕の言うことが信じられず、ヴェラは自分の体をまじまじ見つめた、それからまた僕を見た、でも僕は彼女の顔から視線を逸らさなかった、胃から吐き気がせりあがってくるのを感じた、ヴェラから発される濃く甘いにおいを嗅いだ、そして僕はまた言った、きみはきれいだよ、子どもの泣き声のように言葉が口からこぼれていく、きみはなんてきれいなんだ、かわいいきみ、乙女のような女の子、滅多にお目にかかれないほど美しいよ、なにも言わずに、頬を赤らめて、ヴェラはスリップを拾いあげ頭からかぶった、満足した猫のように喉から謎めいた音を鳴らしていた。

ヴェラは急に内気になってしまった、ひどく嬉しそうだった、自分の口から言葉が簡単に出てくるようになったので僕は笑った、そして何度もヴェラの愛くるしさについて語った、彼女がどれほどおばかさんだったか説いて聞かせた。でも早く言え、アルトゥーロ、急いで言うんだ、だってなにかが僕の内側からあふれてくるから、部屋の外に出ないとまずい、ちょっとのあいだ廊下に行かないといけないから、そのあいだに服を着るようにとヴェラに言った。ヴェラは服を握り体に押し当てていた、部屋から去る僕を見送るあいだ、目が喜びのなかを泳いでいた。僕は廊下の突き当たりまで行って、そこから非常階段の踊り場に出た、そしてそこで吐きだした、泣き叫んだ、とめられなかった、なぜって神がどうしようもなくいやらしい詐欺師だから、どこまでも浅ましい卑劣漢だから、あの女をあんな目にあわせた張本人だから。天国からおりてこい、おい神よ、おりてこい、ロサンゼルスの町全体が見てる前でお前の顔をハンマーで叩いてやる、ぜったいに許さないぞ、このあわれでみじめないたずら者め。あんたさえいなければ、彼女の体はあんなふうじゃなかった、世界はこんなふうじゃなかった、あんたさえいなければ、僕は浜辺でカミラ・ロペスをものにできた、それなのに！　あんたの手口はいつも同じだ。自分があの女になにをしたか、カミラ・ロペスへのアルトゥーロ・バンディーニの愛になにをしたか、よく考えてみろ。僕は自分の悲劇がヴェラのそれよりも深刻に思えてきた、だから僕は彼女を忘れた。

部屋に戻ると、ヴェラはすでに身なりを整え、小さな鏡の前で髪をとかしていた。破けたブラウスはコートのポケットに押しこんであった。疲れ果て、けれど晴れやかな幸福に包まれているようだった、僕はヴェラに言った、ダウンタウンまでいっしょに行こう、鉄道の駅まで送るから、そこでロングビーチ行きの列車に乗ればいい。断られた、その必要はないとヴェラは言った。ヴェラは紙の切れ端に自分の住所を書きつけた。

「いつかあなたは、ロングビーチを訪ねてくる」ヴェラは言った。「私はしばらく待つことになるかもしれない、だけどあなたはきっと来る」

ドアの前で別れのあいさつを交わした。ヴェラが片手を差し出した、それはひどく温かで生きいきしていた。「さよなら」ヴェラは言った。「体に気をつけて」

「さよなら、ヴェラ」

ヴェラがいなくなっても孤独は戻らなかった、あの奇妙なにおいから逃れる術(すべ)はなかった。僕はベッドに横になった、カミラ、すなわち、帽子でできた頭ひとつ分の枕でさえも、いまの僕にはひどく遠くに感じられて、呼び戻すことができなかった。欲望と哀しみが、ゆっくりと僕の体を満たしていく。お前はあの女を抱けたんだ、ばか野郎、好きなようにできたんだよ、海でカミラといたときだってそうだ、なのにお前はなにもしなかった。ひと晩中、あの女に眠りをずたずたにされた。あの女が残していった甘い倦怠を吸うために、僕は何度か起きあがった、彼女が触れた家具に触れ、彼女が朗唱した詩について考えた。いつ眠りに落ちたのか覚えていない、目が覚めたら朝の十時で、ろくに疲れがとれていなかった。鼻で息を吸いながら、昨日の出来事について休みなく考えをめぐらせた。僕はヴェラに、もっといろいろなことが言えただろうに、そうすれば彼女は、もっと優しくしてくれただろうに。こんなふうに言えただろうに、ねえ、ヴェラ、いまの状況はあれやこれやで、これまで起きた出来事はあれやこれやで、もしきみがあれやこれやをするのなら、たぶん二度とあんなことにはならないんだ、なぜってあれやこれやの人は僕について、あれやこれやのことを考えていて、それは終わりにしなけりゃいけないから。命と引き換えになるかもしれない、でも終わりにしなけりゃいけないんだ。

だから一日中それについて考えて坐っていた。ほかのイタリア人について、カサノヴァやチェッリーニについて考えた、それからアルトゥーロ・バンディーニについて考えた、頭を拳で打たずにはいられなかった。ロングビーチに想いを馳せた、僕は自分に言い聞かせた、行くだけ行ってみたらいいじゃないか、気が向けばヴェラにも会って、大いなる問題について彼女と話してみたらいいじゃないか。死を思わせるあの部位について、彼女の体の傷について考えた、そのための言葉を見つけようとした、それを原稿用紙に並べようとした。そして自分に言い聞かせた、ヴェラはあの傷によって奇跡を起こすかもしれない、奇跡のあとには新しいアルトゥーロ・バンディーニが生まれ、世界と対峙し、カミラ・ロペスと対峙する、肉体にはダイナマイトを、瞳には火山の炎をたくわえたバンディーニが、あのカミラ・ロペスに会いにゆき、そして言うのだ。わかるかい、お嬢さん、僕はこれまできみにたいしてじつに辛抱強く接してきた、でももう忍耐の限界だ、きみの生意気な態度には我慢がならない、いますぐ服を脱いで僕の願いを聞き入れてもらおうか。ベッドに横になりながら、そんな妄想が天井で展開されるのを見て楽しんでいた。

ある日の午後、ハーグレイヴズさんにこう伝えた、数日のあいだ部屋を空けます、ロングビーチへ、ちょっとした仕事です、そして僕は発った。ポケットにはヴェラの住所が書かれた紙切れが入っている、そして自分に言い聞かせた、バンディーニよ、偉大なる冒険への覚悟を決めろ。征服の精神にわが身を託すのだ。曲がり角でヘルフリックに会った、肉を求めて口からよだれをたらしていた。いくらかカネを渡してやると、やつは肉屋に駆けこんでいった。鉄道の駅まで歩き、ロングビーチ行きの赤い列車に乗りこんだ。

第十二章

郵便受けに書かれた名前はヴェラ・リヴケンだった、これが彼女のフルネームだった。アパートはロングビーチの遊園地のすぐそばで、道路をはさんで向かいには観覧車とジェットコースターがあった。アパートの階下にはビリヤード場が、上階には数戸の住まいがある。ここが目当ての階だとすぐにわかった。その階だけ、例のにおいが充満していたから。廊下の手すりはゆがみ、たわんでいた。灰色の壁紙が膨張していて、ふくらんでいる箇所を親指で押してやると音を立てて弾けた。

ノックすると、彼女がドアを開けた。

「あら、もう?」

彼女を抱くんだ、バンディーニ。キスされても顔をしかめるな、そっと身を離せ、笑え、なにか言え。「今日のきみ、とても素敵だ」僕は言った。話せなかった、また彼女に圧倒された。濡れた蔓（つる）のように僕に絡みついてくる。おびえる蛇の頭のような彼女の舌が僕の口を捜しもとめている。おお、偉大なるイタリア男バンディーニよ、応酬しろ！　おお、ユダヤの娘よ、もしよければ、もうすこしゆっくりと事を進めてもらえないか！　そして僕は解放され、ふらふらと窓辺に近づき、海とそこからの眺めについてなにか話した。「いい眺めだな」僕は言った。だけどヴェラは僕のコートを脱がしにかかり、部屋のすみにある椅子へ僕をいざない靴を脱がした。「どうぞ、ごゆっくりね」そう言うと、ヴェラはその場を離れていった。僕は歯がみして坐っていた、カリフォルニアに何百万とあるだろう部屋を眺めた、ここに木の置物、あそこにじゅうたん、家具調度、天井の蜘蛛の巣と部屋のすみの塵（ちり）、ヴェラの部屋、誰でもない誰かの部屋、ロサンゼルス、ロングビーチ、サン・ディエゴ、日光をはね返す漆喰仕上げの壁。

　ヴェラはキッチンという名の白い穴ぐらにいた、フライパンやグラスがかちゃかちゃと鳴っている、僕は椅子に坐りながら不思議に思っていた、僕が自分の部屋でひとりでいるときに頭のなかにいるヴェラと、現実に隣にいるときのヴェラが、別人のように思えるのはなぜなんだろう？　僕は香（こう）を、あの甘いにおいの出どころを探した。どこかにあのにおいの原因があるに違いない、だけど部屋のどこにも香炉はなかった、あるのは青い布が張られた汚い椅子と、何冊かの本がちらばるテーブルと、折りたたみ式ベッドの鏡板にとりつけられた鏡だけだった。するとヴェラが牛乳の入ったコップをもってキッチンから戻ってきた。「はい」ヴェラが僕にコップを渡す。「冷たい飲み物をどうぞ」

　でも、それはぜんぜん冷たくなかった、むしろ熱かった、そして表面には黄色い膜が張っていた。ひとくち舐めてみると、ヴェラの唇と、ヴェラが食べているにおいの強い食べ物の味がした、ライ麦パンとカマンベールチーズの味だった。「うまい」僕は言った。「すごくおいしい」

　ヴェラは僕の足もとに坐り、僕のひざに両手を重ね、飢えた目で僕を凝視してきた。おそろしい瞳だった、そのなかで迷子になりそうなほど大きかった。はじめて会ったときと同じ恰好、同じ服装だった。室内はがらんとしていて、言われなくても独り身であることがわかった。だけど僕はヴェラが頬にパウダーをのせたり口紅を引いたりする余裕も与えずに来てしまった。いま僕は瞳の下に、頬の向こうに、老いの輪郭を見てとっている。なぜ前の晩は見過ごしたのかと自問した、それから、なにも見過ごしていなかったことを思い出した。口紅とパウダーに覆われていても僕はそれを見てとっていた、でも彼女をめぐる夢と妄想の二日間を過ごすあいだにそれはどこかにいなくなった。そしていま僕はここにいる、来てはいけなかったと痛感している。

僕らは話した、ヴェラと僕は。彼女は僕の仕事について尋ねたがそれはごまかしだった、彼女は僕の仕事に興味があるわけではなかった。僕は訊かれたことを答えたがそれはごまかしだった、僕も自分の仕事には興味がなかった。僕たちが興味があることはひとつしかなかった、そしてヴェラはそれを知っていた、僕はここへ来ることでそれをはっきりと示したのだから。

でも、言葉はいったいどこへ消えた、僕が携えてきたささやかな欲情はどこへ消えた？　あの妄想はどこだ、僕の欲望はどこだ、僕の勇気になにが起きたんだ、なぜ僕はここに坐って面白くもないことに大きな声を立てて笑っているんだ？　立て、バンディーニ、心の欲求を見つけ出せ、本のなかに書かれているみたいに、情熱に身をまかせろ。部屋にふたりの人物がいる。ひとりは女だ。もうひとりはアルトゥーロ・バンディーニ、魚肉でも鶏肉でも燻製ニシンでもない男だ。

長い沈黙、女の頭が僕のひざに乗っている、僕の指が黒い巣のなかをまさぐり、白髪の束を選りわける。目覚めろ、アルトゥーロ！　カミラ・ロペスが見ているぞ、大きな黒い瞳で見ているぞ、お前のほんとうの愛が、お前のマヤの姫君が。なんてこった、アルトゥーロ、お前はすごいよ、傑物だよ！　なるほどお前は「小犬が笑った」を書いたかもしれない、でもカサノヴァの『回想録』はぜったいに書けないだろうな。そこでなにしてんだ、坐ってるだけなのか？　いつか書かれる傑作を夢見てるのか？　ばか野郎、バンディーニ、しっかりしろ！

ヴェラが僕を見あげた、目を閉じている僕を見た、僕がなにを考えているのかヴェラは知らなかった。いや、たぶん知ってた。たぶん知ってたからヴェラは言った。「疲れてるのね。休んだ方がいいわ」たぶん知ってたから、折りたたみ式ベッドを開いて、そこに横になれと強要してきた、ヴェラは僕の隣にいて、僕の腕のなかにヴェラの頭があった。たぶん知ってたから、僕の顔をじろじろ見ながら、ヴェラはこう訊いてきた。「好きな子がいるの？」

「ああ。ロサンゼルスにいる」

ヴェラが僕の顔に触れる。

「知ってる」ヴェラが言った。「わかってる」

「知らないだろ」

それから、なぜ来たのかを話したくなった、言葉が舌の先まで出かかっていた、いまにも口のなかから飛びだしそうだった、でも自分はぜったいに言わないとわかっていた。ヴェラが僕の隣に横になった、ふたりでからっぽの空間を見あげていた、ぜんぶ話してしまおうかという考えをこねくりまわした。僕は言った。「きみに話したいことがあるんだ。たぶん、きみなら僕を救えると思う」でも、その先へは行けなかった。だめだった、言えなかった。でも、そこに横になったまま、ヴェラが自分で突きとめてくれることを期待した、いったいなにを悩んでいるのかとヴェラはしつこく訊いてきた、そうじゃない、そういうことじゃない、僕は首を振り、じれったそうな表情を浮かべた。「この話はやめよう」僕は言った。「きみには言えないことだから」

「その子のこと、話してみて」

むりだった、隣に女がいるときに、別の女を讃えるようなことはできなかった。たぶんそれだから、ヴェラはこう訊いてきた。「その子、きれいなの？」きれいだと僕は答えた。たぶんそれだから、ヴェラはこう訊いてきた。「あなたのことが好きなの？」好きじゃないと僕は答えた。喉のあたりで心臓が激しく鼓動していた、僕が訊いてほしかったことへヴェラがどんどん近づいてくる、彼女に額をなでられながら僕は待った。

「その子はどうして、あなたのことが好きじゃないの？」

きた。僕は答えられただろう、すべてを明瞭にできただろう、なのに僕はこう言った。「ただたんに、好きじゃないんだ。それだけだよ」

「ほかに好きな人がいるのかしら」

「知らない。そうかもしれない」

たぶんこう、たぶんそう、質問、質問、傷を負った賢い女が、暗がりのなかを手探りで、アルトゥーロ・バンディーニの情熱を探索する、これは宝探しのゲームだ、宝を隠したアルトゥーロ・バンディーニは、早く見つけてほしくてうずうずしている。「その子の名前は？」

「カミラ」

ヴェラは体を起こし、僕の唇に触れた。

「私、ひとりぼっちなの」ヴェラは言った。「私のこと、その子だと思って」

「ああ」僕は言った。「そうだ。それがきみの名前だ。カミラだ」

僕が両腕を広げると、ヴェラが胸に飛びこんできた。

「私はカミラ」

「きみはきれいだ。きみはマヤの王女だ」

「私はカミラ王女」

「この土地のすべて、そしてこの海はきみのものだ。カリフォルニアのすべてだ。ここにはカリフォルニアなんてない、ロサンゼルスなんてない、塵にまみれた道路も、安っぽいホテルも、うっとうしい新聞も、東からやってきた根なし草の負け犬も、ごてごてした大通りもない。ここは、砂漠と山と海しかない、美しいきみの国だ。きみは王女だ、きみがすべてを統べるんだ」

「私はカミラ王女」ヴェラは泣いている。「ここにアメリカ人はいない、カリフォルニアもない。あるのは砂漠と山と海だけ、そのすべてを私が支配している」

「そして僕がやってくる」

「そしてあなたがやってくる」

「この僕が。アルトゥーロ・バンディーニが。かつてこの世に生まれたなかでもっとも偉大な作家が」

「ええ、そう」ヴェラが息をつまらせる。「そう、アルトゥーロ・バンディーニ、この星が誇る天才が！」ヴェラは僕の肩に顔をうずめた、彼女の温かな涙が首すじをつたっていく。僕はヴェラを抱きよせた。

「キスして、アルトゥーロ」

でも僕はキスしなかった。まだ終わってない。僕の流儀を貫くか、さもなくばやめるかだ。「僕は征服者だ。エルナン・コルテスだ。コルテスとのあいだに違いがあるとしたら、僕がイタリア人だということだけだ」

ほんとうにそう感じた。それは充実していて、この手で触れられるようだった、喜びが僕の全身を駆けめぐった、窓の向こうに見える青空はこの部屋の天井だった、生きとし生けるものすべてが僕の手のひらのなかに収まっていた。僕は歓喜に打ち震えた。

「カミラ、好きだ、愛してる!」

傷も、乾いた部位も、どこにもなかった。彼女はカミラで、完璧で素敵だった。彼女は僕のもので、世界も僕のものだった。彼女の涙が僕は嬉しかった、それは僕を身震いさせ高揚させた、そして僕は彼女をわがものにした。僕は眠った、晴れ晴れとした疲労に浸かっていた、眠気の霧の向こうで彼女がすすり泣いているような気がしたけれど、どうでもよかった。あの女はもう、カミラじゃない。あいつはヴェラ・リヴケンだ、僕はこの女のアパートにいて、うとうとしていて、ひと眠りしたらすぐに出ていくんだ。

目を覚ますとヴェラは消えていた。彼女が出ていったことは部屋を見ればわかった。窓が開け放しにされ、カーテンが優しく揺れている。クローゼットのドアが半開きになっていて、ノブにハンガーがかかっている。飲みかけの牛乳のコップは、僕が椅子のひじかけに置いたときのままだった。些事がアルトゥーロ・バンディーニを責めたてる、でも眠ったおかげで目はすっきりしていた、早く帰って二度と来ないようにしようと強く思った。通りからメリーゴーラウンドの音楽が聞こえてくる。しばらく窓辺に立っていた。ふたりの女が下を通り過ぎ、僕はその頭を見おろしていた。

帰る前に玄関で立ちどまり、最後に部屋を見まわした。刮目しろ、ここがその場所なのだから。ここでも歴史が創られたのだ。僕は笑った。アルトゥーロ・バンディーニ、世事に通じた憎い男。女のことなら、彼に聞いてみればいい。でも、なんだかこの部屋はひどくかわいそうで、ぬくもりと喜びを欲しているように見えた。ヴェラ・リヴケンの部屋。彼女はアルトゥーロ・バンディーニに親切にしてくれた、そして彼女はかわいそうだった。ポケットから小さな札束を取りだして、一ドル札を二枚抜きとりテーブルに置いた。階段をおりた、肺が空気で満たされていく、僕は絶好調だった、かつてない力が筋肉にあふれていた。

でも、僕の心の裏側に、どす黒く染みた部分があった。通りを歩き、観覧車と屋台の前を通り過ぎると、それはいっそう色濃くなった。なにかが平穏を乱している、あやふやで名前のないなにかが、じわじわと心に広がっている。ハンバーガーの屋台でコーヒーを注文した。それは僕の上を這ってまわった。不安が、孤独が。いったいなにが起きたんだ？　自分の脈をはかってみた。正常だった。コーヒーに息を吹きかけてひとくち飲んだ。うまかった。僕は探した、心が指を伸ばしているのを感じとった、心の裏側にある僕を悩ませているものに触れようとするのだけど、どうしても届かないようだった。それからそれはやってきた、崩れるように雷のように、死のように破壊のように。屋台のカウンターを離れて恐れにとらわれながら歩き去った、板張りの遊歩道を早足で歩いていった、すれ違う人びとは奇妙で亡霊のようだった。世界は神話のようになった、透きとおった平面に立っていた、その上にあるすべてのものは、ほんのいっときここにあるだけだった。僕ら全員、バンディーニもハックマスもカミラもヴェラも、僕ら全員がほんのいっときここにいて、それからまたどこかへうつろう。僕らは生きてさえいない。命あるものに近づいてゆくのだけど、けっしてそこには到達できない。僕らは死ぬ定めにある。誰もが死ぬ定めにある。お前もだぞ、アルトゥーロ、お前もぜったいに死ななければいけないんだ。

僕に襲いかかってきたものがなんなのかわかった。それは大いなる白い十字架で、僕の脳を指し示し、僕が愚かな男であること、だから僕は死ななければいけないこと、僕にできることはなにもないことを伝えていた。わが罪により(メア・クルパ)、わが罪により(メア・クルパ)、わが大いなる罪により(メア・マクスィマ・クルパ)。大罪だぞ、アルトゥーロ。汝(なんじ)、姦淫(かんいん)するなかれ。そういうことだ、これは最期まで続くんだ、僕がしたことから逃れる術(すべ)はどこにもないんだ。僕はカトリックだ。これはヴェラ・リヴケンにたいして犯された大罪だ。

売店の並びが途切れると砂浜が始まる。その先は砂丘(さきゅう)だった。砂丘の背後に隠れている遊歩道に向かって、僕は砂地を苦労して進んでいった。よくよく考えなければいけない。ひざまずきはしなかった。ただ坐って、波が海岸を食(は)む様子を眺めていた。これはまずいぞ、アルトゥーロ。お前はニーチェを読んできた、ヴォルテールを読んできた、いまじゃしっかりわかってるはずだろ。だけど論理は助けにならなかった。頭はやめろと言っていた、でもそれは僕の血から出たものじゃなかった。僕を生かしているのは僕の血だ、僕の体を経(へ)めぐる血が、お前は間違ってると僕に言うんだ。浜辺に坐り、血に没頭し、その流れに乗って僕の始まりである深い海へ泳いでいこうとした。ヴェラ・リヴケン、アルトゥーロ・バンディーニ。そういうことじゃなかったんだ。まるっきり違ったんだ。僕は間違っていた。僕は大罪を犯した。数学的、哲学的、心理学的に説明することならできる。僕の正しさを証明する手段なら一ダースかそこらある、でも僕は間違っていた、だって僕の罪の熱さも律動さえも、否定しようがないのだから。

　魂を病みながら、赦（ゆる）しを求める試練と向き合おうとした。誰に赦してもらうんだ？　神か、キリストか？　そいつらは僕がかつて信じていた神話だ、いまの僕にとっては神話でしかない信仰だ。これは海だ、これはアルトゥーロだ、海は現実だ、そしてアルトゥーロは海が現実だと信じている。それから海に背を向けると、見渡すかぎり砂だった。ひたすら歩いた、砂浜は地平線まで広がっていた。一年、五年、十年が過ぎた、ずっと海を見ていなかった。僕は自分に語りかけた、なあ、海はいったいどうなったんだ？　僕は答えた、海はすぐうしろにあるよ、記憶の貯蔵庫にしまわれてるんだ。海は神話さ。海なんてどこにもない。でも、海はあるだろ！　いいか、僕は海辺で生まれたんだ！　僕は海の水で体を洗ってもらったんだ！　海は僕に食べ物を与えてくれた、平穏を与えてくれた、そのうっとりするような広がりが、僕の夢を育んでくれたんだ！　いいや、アルトゥーロ、海なんてない。夢に見たんだ、願ったんだ、だけどお前は荒れ地を行くんだ。もう二度と、海を目にすることはない。それは、かつてお前が信じた神話だ。でも僕は笑わなきゃいけない、だって海の塩は僕の血のなかにあるから、そして大地には幾千もの道が走っている、でも僕が道に迷うことはない、なぜって僕の心臓の血は、その美しい源へつねに帰ってゆこうとするから。

で、これからどうしよう？　口を空に向けて、おびえる舌でもごもごと、言葉にならない言葉をつぶやくか？　僕のキリストの注意を引くために、胸を開いて太鼓のように騒がしく叩いてみるか？　それとも、そんな目立つ真似はせずに、身を隠してこそこそと消えた方が賢明か？　この先には混乱があるだろう、窮乏があるだろう。この先には孤独があるだろう、悲しみを癒やす濡れた小鳥のような涙だけが、僕の乾いた唇を湿らせてくれるだろう。でもそこには慰めがあるはずだ、死んだ少女の愛のような美しさがあるはずだ。そこには笑いがあるはずだ、節度ある笑いが、静かに待つ夜が、人をあざける、ありあまるほどの死のキスのような夜の、やわらかな恐れがあるはずだ。そして夜になるだろう、僕の海辺からオリーブオイルが流れるだろう、若き日の夢見るような性急さのなかで僕が見捨てた船長たちが、僕の五感にオリーブオイルを注ぎこむだろう。そして僕はそれについても、そのほかのことについても、ヴェラ・リヴケンについても赦されるだろう。ヴォルテールの翼の休みない羽ばたきについても、人の目を奪うあの鳥の姿を見るため、声を聴くため、その場に立ちどまったことについても、そのほかあらゆることについても、海から故郷へ帰るときに赦されるだろう。

立ちあがり、砂に足をとられながら遊歩道の方へ歩いていった。黄昏（たそがれ）が芯まで熟（う）れ、傲慢な赤い球体と化した太陽が海の向こうへ沈んでゆく。空にはどこか、息を詰まらせるような、奇妙な緊張を誘う空気があった。はるか南では、カモメが黒いかたまりとなって、あてどもなく沿岸を飛びまわっている。靴のなかの砂をかき出そうと思っていったん立ちどまった。石造りのベンチに寄りかかり、片足でバランスをとった。

不意に、鈍いうなりが、そして轟きが聞こえた。

石のベンチは僕から離れ、砂のなかにどさりと倒れこんだ。売店が立ちならぶ方へ目をやった。ぐらぐら揺れて倒れている。ロングビーチの海岸線の先を見た。背の高いビルが左右に揺れている。足もとの砂が逃げていく。僕はふらつき、どうにかその場に踏みとどまり、そしてまたふらついた。

地震だ。

まずは悲鳴。次に塵。そしてなにかが崩れる轟音。僕はその場をぐるぐるまわった。僕のせいだ。僕がやったんだ。口を開け、立ちつくし、どうすることもできずにまわりを見ていた。海に向かって数歩だけ駆けていった。そしてすぐに引き返した。

お前のせいだぞ、アルトゥーロ。これは神の怒りだ。お前のせいだ。

地鳴りが続いている。油の上に浮かぶじゅうたんのように、海と大地が波打っている。塵が舞いあがる。どこかで建物が崩れる音がする。悲鳴が聞こえる、サイレンが聞こえる。人びとが家のなかから飛びだしてくる。塵が雲のように立ちこめる。

お前がやったんだ、アルトゥーロ。あの部屋の、あのベッドの上で、お前がやったんだ。

街灯が倒れる。クラッカーが砕けるようにビルが割れる。叫び声、どなる男、悲鳴をあげる女。危険から逃れようと、何百という人びとが建物から走って出てくる。歩道に突っ伏して地面を叩いている女がいる。少年が泣いている。ガラスが粉々になって飛びちる。出火警報。サイレン。クラクション。錯乱と狂気。

大きな揺れは収まった。今度は余震だ。大地の奥深くは揺れつづけている。煙突がぐらつき、れんがが落下して、灰色の塵があたり一面にぶちまけられる。まだ揺れている。男たち女たちが建物から駐車場へ避難する。

急いで駐車場に向かった。蒼ざめた人びとのあいだで老婆が泣いている。男がふたりがかりで死体を運んでいる。年くった犬が腹ばいになり、後ろ脚を引きずりながら進んでいる。駐車場の一角、車庫の隣には、数体の遺体が並べられ、上にかけられたシーツに血が染みだしている。救急車のサイレンが聞こえる。高校生ぐらいのふたりの女が、腕を固く組んで笑っている。通りを眺めた。建物の前面が崩れ落ち、壁からベッドがぶら下がっている。バスルームがむき出しになっている。道路にはがれきが三フィートほども積みあがっている。男たちが大声でなにか指示を出している。余震が起こるたびにがれきが落ちてくる。男たちはわきに寄り、しばらく待ち、そしてまた建物のなかに突進する。

行かなければ。車庫の方へ歩いていった、足もとの地面が揺れていた。車庫のドアを開け、気絶しそうになった。なかには遺体が一列に並べられ、シーツがかぶせられ、そこから血がにじみ出ていた。血、死。僕は車庫から離れ、地べたに坐った。まだ揺れている、終わったかと思うとまた揺れる。

ヴェラ・リヴケンはどこだ？　立ちあがり道路へ向かった。非常線が張られていた。銃剣をもった海兵がロープのまわりをパトロールしている。通りをだいぶ行った先に、ヴェラが住んでいたアパートが見える。磔になった罪人のように、ベッドが壁から垂れさがっている。床が抜けて、壁は一面しか残っていない。僕は駐車場へ引き返した。駐車場の真ん中でたき火が燃えていた。炎が人びとの顔を赤あかと照らしている。ひとりひとりの顔を確認したが、知り合いはひとりもいなかった。ヴェラ・リヴケンはどこへ行った？　年寄りの男どもがお喋りしていた。ひげを生やした背の高い男が、世界の終わりがやってきたと言っている。どうだ、わしが一週間前に予言したとおりになったぞ。髪をほこりまみれにした女がその一団に割って入る。「チャーリーが死んだわ」女はそう言って泣きさけんだ。「かわいそうに、チャーリーは死んだのよ。こんなところ、来るんじゃなかった！　私は行かない方がいいって言ったのに！」老人が女の肩をつかんで、ぐるりと自分の方へ向けた。「お前はなにを言ってるんだ？」老人は言った。女は老人の腕のなかで気絶した。

　その場を離れ、歩道の縁石（ふちいし）に腰をおろした。悔（く）いろ、懺悔（ざんげ）しろ、手遅れになる前に。祈禱（きとう）を唱えた、だけど僕の口のなかにあるのは祈りではなく塵だった。祈るのはやめた。でも、僕の生のなかでなにか変化が生じるだろう。いま、このときから、節度と厚意が生じるだろう。ここが分かれ道だ。これは僕のためだ、アルトゥーロ・バンディーニへの警告だ。

　たき火のまわりにいる連中が賛美歌を歌っている。円になり、図体のでかい女が音頭をとっている。主イエスに面（おもて）を上げよ、イエスは疾（と）く来たらん。みんな歌っている。モノグラムのセーターを着た子どもが賛美歌集を差し出してきた。僕は集団から距離をとった。円の中心にいる女が激しく腕を振りまわし、歌が煙とともに空へ立ちのぼっていく。余震はまだ続いている。僕は踵（きびす）を返して歩き去った。まったく、あのプロテスタントどもときたら！　僕の教会では、安っぽい賛美歌なんて歌わない。僕らが歌うのはヘンデルとパレストリーナだ。

　すっかり暗くなっていた。二、三かそこらの星がまたたいている。余震がやむ気配はなく、数秒ごとに揺れを感じる。海から吹きつける風が冷たくなってきた。あちこちに小さなグループができている。あらゆる方角からサイレンが聞こえる。頭上には飛行機のエンジン音が響き、水兵と海兵の部隊が通りをせわしなく往き来している。担架を運ぶ隊員が、崩壊したビルに駆けこむ。二台の救急車が、バックで車庫に近づいてくる。僕は立ちあがり車庫から離れた。赤十字がなかに入っていく。駐車場の一角に緊急の司令部が置かれていた。赤十字の隊員が、コーヒーが入った大きなブリキ缶を配布している。僕は列に並んだ。

「ロサンゼルスはもっとひどいぞ」僕の前にいる男が話している。「数千人が死んだらしい」

数千人。それはつまりカミラのことだ。コロンビア・ビュッフェは真っ先に崩れるだろう。おんぼろで、壁のれんがにひびが入り、建物全体がもろくなっているから。間違いない、カミラは死んだ。カミラは四時から十一時まで働いている。まさに、店で給仕をしている時間に揺れに襲われたことになる。カミラは死んで、僕は生きのびた。これでいい。カミラの死にざまを思い浮かべた。いまもまだ、そのときのままの姿で横たわっているだろう。こんなふうに目を閉じて、あんなふうに手を握りしめて。カミラは死んで、僕は生きのびた。僕らはたがいにわかりあうことができなかったけど、カミラはカミラなりに僕によくしてくれた。僕はずっと、彼女を忘れないだろう。たぶん僕は、彼女のことを覚えている地上で唯一の男だろう。カミラの愛すべき点ならいくらでも挙げられる。カミラのサンダル、同郷人にたいする恥の感覚、失笑もののちゃちなフォード。

あらゆる種類の噂が駐車場を行き交っている。津波がくる。津波はこない。カリフォルニア全土が被災した。ロングビーチだけが被災した。ロサンゼルスはがれきの山だ。ロサンゼルスの建物は崩れていない。五万人が死んだと誰かが言っている。一九〇六年のサンフランシスコ以来、最悪の地震だ。サンフランシスコ地震より、今回の方がもっとひどい。それにもかかわらず、みんな規律を守っていた。誰もがおびえていたけれど、混乱は起きていなかった。ここにも、向こうにも、笑っている人がいる。勇気ある人びとだ。家から遠く離れたところにいて、それでもその身に勇気を携えている。気丈な人たちだ。なにも、どんなことも恐れていない。

海兵が駐車場の真ん中にラジオを置き、大きな口を開けた拡声器が群衆に語りかける。刻一刻と情報が更新され、惨劇の概要が伝えられる。野太い声が当局からの指示をがなり立てる。法にもとづく命令を、みな素直に受け入れている。新しい情報が入るまで、誰もロングビーチに出入りしてはならない。町には戒厳令がしかれている。津波が発生する恐れはない。危険な時間は過ぎ去った。まだ余震は続くだろうが、大地は落ち着きを取り戻しつつある。過度に不安を覚える必要はない。

赤十字が毛布や、食料や、たくさんのコーヒーを配っている。ひと晩中、僕らは拡声器のまわりに坐りこみ、事の推移に耳を傾けていた。やがて、ロサンゼルスの被害はごく軽微であるという報(しら)せが届いた。死者の長いリストが読みあげられる。だが、そのなかにカミラ・ロペスの名前はなかった。僕は夜通し、コーヒーを飲み、タバコを吸いながら、死者の名前に聞き入っていた。「カミラ」はひとりもいなかった。同じく「ロペス」も。

第十三章

ロサンゼルスに戻ったのは次の日だった。町は変わりなかったけれど、僕は怖かった。通りには危険が満ちている。黒い渓谷を形づくるビルの群れは、大地が揺れたときにお前を殺すための罠だ。道路には深い亀裂が走るだろう。路面電車は倒れるだろう。アルトゥーロ・バンディーニの身になにかが起きていた。平屋建ての建物が並ぶ通りを彼は歩いた。歩道の縁石のすぐそばを歩き、建物から張りだしているネオンサインからは距離をとった。それは僕のなかの、奥深くにあった。振り払うことはできなかった。ビルの谷底にある、暗い路地を歩いていく人たちを見かけた。僕はこいつらの狂気に腰を抜かした。ヒル・ストリートを渡りパーシング・スクエアに入ると、呼吸するのが楽になった。パーシング・スクエアに背の高い建物はない。仮に大地が揺れたとしても、がれきに押しつぶされることはない。

広場で腰をおろしてタバコを吸った。手のひらに汗がにじんでいた。ここからコロンビア・ビュッフェまでは五区画離れている。自分がそこへ行かないことはわかっていた。自分のなかのどこかで変化が生じていた。僕は臆病者だ。自分に向かって、声に出して言った。お前は臆病者だ。僕は気にしなかった。生きた臆病者の方が、死んだ狂人よりマシだ。コンクリートの巨大な建物に出入りする人びと。誰かがこの人たちに警告してやらなきゃいけない。あれはまた起こるだろう。あれは、地震は、かならずまた起きて、町をなぎ倒し永久に壊滅させるだろう。いつ何時（なんどき）起きてもおかしくない。それはたくさんの人びとを殺すだろう、でも僕は別だ。なぜなら僕は危険な通りを避けているから、落下するがれきから離れているから。

バンカーヒルをのぼってホテルまで歩いた。すれ違うすべての建造物をじっくりと観察した。木造の建物は地震にも耐えるだろう。揺れたりぐらついたりはするだろうが、倒れることはないだろう。だが、れんが造りの建物を見るがいい。そこかしこに地震の痕跡が残っている。倒れた壁、崩れた煙突。ロサンゼルスは破滅への道を歩んでいる。ここは呪われた町だ。今回の地震にかんしては難を逃れた。だが、遅かれ早かれ、町は徹底的に破壊される定めにある。

僕がつかまることはない、僕がれんがの建物の内部に閉じこめられることはけっしてない。僕は臆病者だ、だけどこれが僕の流儀だ。そう、臆病者さ、僕は自分に向かって語りかけた、臆病者さ、勇敢なきみは、いかれたきみは、そのまま勇敢に進めばいいさ、大きなビルのあいだを歩きまわっていればいいさ。ビルはきみを殺すだろう。今日か、明日か、来週か、来年か、いずれにせよきみを殺すだろう、そして僕は助かるだろう。

さて、地震を経験した男の話をお聞かせしよう。僕はアルタ・ロマ・ホテルのポーチに坐り、地震について住人に語って聞かせた。僕はこの目ですべてを見た。死人が運ばれていくところを見た。血が流れるところも見たし、怪我人も見た。僕は六階建てのビルにいて、地震が起きる瞬間までぐっすりと眠っていた。急いで廊下に出て、エレベーターまで走っていった。なかはぎゅうぎゅう詰めだった。そのとき、事務所から走って出てきた女性の頭に、スチールの桁が直撃した。僕は人波をかきわけて崩落の現場へ取って返し、女性のもとへ駆け寄った。女性を肩にかついで階段をおりた。六階から地上までおりなければいけなかったが、僕はやり遂げた。ひと晩中、救急隊員のそばで過ごし、ひざまで血と悲嘆に浸かっていた。老婆ががれきの下から彫刻のように真っ白な片手を突き出していた、僕は老婆をがれきから引っぱり出した。バスタブで気絶していた少女を救出するため、煙が立ちのぼる戸口のなかへ身を投げた。怪我人を手当てして、大所帯の救急隊を崩壊した建物のなかへ案内し、死んだ者や死につつある者への道を切り開いていった。もちろん怖かった。でも、誰かがやらなければいけないことだった。いまは緊急事態であり、必要なのは言葉ではなく行動だった。目の前で、大地が巨大な口をぱっくりと開けたかと思うと、すぐにまた、舗道に覆いかぶさるようにして閉じていった。老人が舗道の裂け目に足を引っかけて転倒した。僕は老人のもとへ駆けより、消防隊の斧を舗道に振りおろしながら、気をしっかりもつように声をかけた。だが、一歩遅かった。万力と化した大地は、老人のひざから下を噛みちぎった。僕は老人をかついで避難させた。老人のひざから下は、舗道の裂け目に残されたまま、血のしたたる記念碑となって大地から突き出ていた。僕はこの目ですべてを見た。ほんとうに恐ろしかった。ホテルの住人は僕を信じたかもしれないし、信じなかったかもしれない。僕にとってはどちらでも同じだった。

　僕は自分の部屋に戻り、壁にひびが入っているかどうか調べた。ヘルフリックの部屋も調べた。ヘルフリックはレンジの前で背中を丸め、フライパンでハンバーグステーキを焼いていた。ヘルフリックさん、僕はこの日ですべてを見ました。地震が起きた瞬間、僕はジェットコースターのいちばん高いポイントにいました。コースターは途中で動かなくなりました。僕ら、つまり、僕と女の子は、その場で降車せざるをえませんでした。地上から百五十フィートの位置にいて、彼女を背負い、コースターのレールは舞踏病にでもかかったみたいに揺れていました。それでも僕はやり遂げました。がれきに埋もれて死んでいる小さな女の子を見かけました。自分の車の下敷きになっている老婆を見かけました。ぐしゃぐしゃに押しつぶされて死んでいるのに、腕は右折の手信号を出したままでした。ポーカーテーブルのまわりで、三人の男が死んでいるのを見かけました。ヘルフリックは口笛を吹いた。ええ？　ほんとうに？　なんてことだ、なんてひどい。ところで、五十セントを貸してもらえるかな？　僕は五十セントを渡し、ヘルフリックの部屋のひびを検分した。廊下に出て、ガレージと洗濯室に行ってみた。そこには揺れの痕跡があった、重大なものではないが、いつかかならずロサンゼルスを破壊するであろう大災害を暗示していた。その夜、僕は自分の部屋では寝られなかった。いまなお揺れる大地とともに眠るなんて、むりな相談だった。ヘルフリックさん、僕はむりです。丘の斜面で毛布にくるまり横になる僕の姿を、ヘルフリックは窓越しに眺めていた。きみは狂ってるとやつは言った。だが、僕からカネを借りていることを思いだし、たぶんきみは狂ってない、たぶんきみが正しいとやつは言った。ヘルフリックは明かりを消した、やつの骨ばった体がベッドに横たわる音が聞こえた。

世界は塵（ちり）でできていて、世界はやがて塵に還（かえ）る。僕は朝のミサに通いはじめた。告解に行った。聖体拝領を受けた。選んだのはメキシコ人街のそばにある、どっしりとしてがんじょうそうな木造の教会だった。そこで祈った。新しいバンディーニが。おお、人生よ！　汝、甘くも苦い悲劇よ、我を破滅へ導く蠱惑的な娼婦よ！　数日のあいだタバコをやめた。新しいロザリオを買った。教会の救貧箱に五セントや十セントを入れた。僕は世界に哀れみを寄せた。

　コロラドにいる愛しい母さんへ手紙を書いた。ああ、愛すべき人物、まるで聖処女マリアのような。もう十ドルしか残っていなかったが、そこから五ドルを母さんに送った、実家にカネを送るのはこれがはじめてだった。愛しい母さん、僕のために祈ってください。母さんが寝ずに唱えるロザリオの祈りだけが、僕の血に活力を与えてくれます。ここ数日はひどかった。この世は醜いものであふれています。でも僕は変わりました、そしてもう一度人生が始まるのです。神の御前で、母さんに至福を捧げるために長い時間を過ごしています。ああ、母さん、この苦難の日々にあって、どうか僕のかたわらにいてください！　でも早くこの書簡に封をしないといけません、愛すべき愛しい母さん、だって僕はここ何日か九日間の祈りに取り組んでいるから、夕方五時には祝福された救い主の前で頭を垂れ、その甘美なる慈悲に祈りを捧げるのです。さようなら、お母さん！　母さんの祈りにたいする僕の願いを、心に留めておいてください。すべてを与え、大空で光り輝くあの方に、どうか僕のことをよろしくお伝えください。

　母さんに手紙を送った、手紙をポストに投函した。オリーブ・ストリートを歩いていく、ここにはれんがの建物はひとつもなかった。からっぽの駐車場を突っ切って、建物のない別の通りから、災害の現場を背の低いフェンスで仕切っているだけの通りに出る。そこから先は、背の高いビルが空に向かってそびえる区画だ。だが、この区画は避けて通れない。残された道はひとつ、たいへんな早足で、ときには駆け足で、ビルとビルに挟まれた道路を通過することだけだ。通りの突き当たりに小さな教会があり、僕はそこで祈りを捧げ、九日間の祈り(ノヴェナ)を続行した。

一時間後に教会を出た。気分がすっきりして、落ちついて、精神が高揚していた。来たときと同じ道を引き返した、ビルのあいだを急いで通り過ぎ、フェンスのかたわらを歩き、からっぽの駐車場をのんびり進み、路地のそばに生えるシュロの木立に神の御業(みわざ)を見いだした。オリーブ・ストリートを北上し、黄土色の木造家屋を横目に歩いていく。世界のすべてを手に入れたとして、引き換えにみずからの魂を失ったのなら、いったいなんの意味があろう？　あのささやかな詩を思い出してみるといい。地上の喜びをひとつ残らずかき集め、かぎりない時間を費やして何倍にも増やしたところで、天国で過ごす一分の価値にさえおよばない。なんという真理！　なんという真理！　天にまします光よ、私に道を示してくださったあなたに、心からの感謝を捧げます。

窓を叩く音がする。うっそうと茂る蔓(つる)に覆われた薄暗い家の窓を、誰かが叩いている。窓の方を振り返ると、そこに顔が見えた。きらめく歯、黒い髪、妖しい目つき、長い指を使ったなにかの合図。僕の腹で雷鳴がとどろいているのはどういうわけだ？　思考が麻痺するのを、血の奔流(ほんりゅう)が感覚をよろめかせるのを、どうやって防いだらいい？　でも、僕はそれを欲しているんだ！　それなしでは生きられないんだ！　だから、僕はきみのもとへ行こう、窓辺の女よ。僕を魅了するきみ、歓喜と慄き(おののき)と悦楽で僕を殺すきみ、すぐに行くから、いまにも崩れそうなこの階段をのぼって。

なら、悔悛になんの意味がある、美徳を尊重してなんになる、万が一地震で死ぬのなら、そんなことを誰が気にする？　僕はダウンタウンを歩いていく、そこには高いビルがある、地震が来るならそれでいい、僕と僕の罪が埋まるならそれでいい、そんなことを気にかけるやつがどこにいる？　神にも人にも益なき男が、なぜ、いつ、どんなふうに死んだのか、地震なのか、つるし首なのか、あるいはもっと別の仕方なのか、そんなことはどうだっていい。

　そして、それは夢のようにやってきた。それは僕の絶望からやってきた、着想が、はじめての稀有(けう)なる着想が、わが生涯におけるはじめての、濃く、清涼で、強力な着想が、一行また一行、一ページまた一ページと、ヴェラ・リヴケンをめぐる物語が。

　執筆に向かうと、文字がすらすらと流れでてきた。でも、それは思考とか熟考の類いではなかった。それは調和からひとりでに生じ、血のように噴きだしてきた。きたぞ、これだ。僕はついに手に入れた。ここからだ、僕に構うな、ああなんて愛(いと)しい、ああなんて愛(うるわ)しい、きみだ、カミラだ、きみだ、きみだ。ここからだ、なんていい気分だ、甘くて暖かくて柔らかい、最高だ、有頂天だ。川を越えて海の向こうへ、これがきみでこれが僕だ、大きくて豊かな言葉、小さくて豊かな言葉、大きくて痩せた言葉、ああ、すごい、すごい。

　息ができない、頭が沸騰してる、終わりが見えない、なにか大きなものになろうとしている、何時間も打ちまくった、いつしかそれは肉のなかに入りこんでいた、僕に覆いかぶさっていた、骨にとりつき、僕からしたたり、僕を弱らせ、僕の視界を奪いとった。カミラ！　あいつを、あのカミラをものにするんだ！　僕は立ちあがりホテルを出て、バンカーヒルをくだってコロンビア・ビュッフェに向かった。

「また来たの？」

僕の瞳を覆う膜のような、僕に絡みつくクモの巣のような。

「いけないのか？」

アルトゥーロ・バンディーニ、「小犬が笑った」の著者にしてアーネスト・ダウスンの剽窃者、そしてプロポーズ電報の発信者。彼女の瞳は笑っているか？　だが忘れろ、エプロンの下の黒い四肢を思い出せ。僕はビールを飲みながらカミラの仕事ぶりを眺めていた。ピアノのそばにいる男たちといっしょにカミラが笑っているのを見て、僕は鼻で笑った。そのうちのひとりがカミラの尻を触ったとき、僕はげらげらと笑った。このメキシコ人め！　クソ野郎、お前のことだよ！　僕はカミラに合図した。カミラは手空きになってからやってきた、合図してから十五分がたっていた。感じよくしろ、アルトゥーロ。自分を偽れ。

「なにかご用？」

「カミラ、元気かい？」

「ええ、たぶん」

「仕事が終わったあと、会いたいんだ」

「ほかの予定が入ってるから」

優しく、丁寧に。「その予定は、延期できないのかな？　とても大切なことなんだ、会って話したいんだよ」

「ごめんなさい」

「頼むよ、カミラ。今夜だけだから。ほんとうに大切なことなんだ」

「むりなの、アルトゥーロ。ほんとうにむり」

「きみは僕と会う」

カミラは歩き去った。僕は椅子を押して立ちあがった。カミラを指さし、大声で叫んだ。

「きみは僕と会うんだ！　チンケで生意気なビアホールのカスめ！　お前は僕と会うんだよ！」

そうとも、お前はかならず僕に会うことになる。なぜって、僕は待つんだから。なぜって、僕は駐車場に行って、フォードのドアの踏み板に坐って待つんだから。なぜって、アルトゥーロ・バンディーニとの逢瀬を拒絶できるほど、お前はやり手ではないんだから。なぜって、神かけて、僕はお前の度胸が憎いんだから。

やがてカミラはやってきた、隣にはバーテンダーのサミーがいた。立ちあがる僕を見てカミラは立ちどまった。サミーの腕をつかみその場に引きとめる。なにかささやき合っている。なら、ここから先は腕くらべか。いいだろう。来いよ、間の抜けたバーテンのかかし野郎、僕にちょっとでも触れたなら、てめえの背骨をまっぷたつにへし折ってやる。両の拳を固く握りしめ、僕は待った。ふたりが近づいてくる。サミーはなにも言わない。僕を迂回するようにして、サミーは車に乗りこんだ。僕は運転席のかたわらに立っていた。カミラはまっすぐ前を見据え、車のドアを開けた。僕は首を振った。

「お前は僕と行くんだよ、メキシコ女」

僕はカミラの手首をつかんだ。

「放して！　汚い手で触んないで！」

「お前は僕と行くんだ」

サミーが座席から身を乗り出す。

「こいつはそういう気分じゃないみたいだぜ、坊や」

カミラをつかんでいるのは右手だった。僕は左の拳をかかげて、サミーの顔に向かって振ってみせた。「おい、よく聞け」僕は言った。「前からてめえは気に入らなかったんだ。いいからそのうっとうしい口を閉じろ」

「落ちつけよ」サミーは言った。「たかが女ひとりのために、なんでそこまでかりかりするんだ？」

「こいつは僕と行くんだ」

「行くわけないでしょ！」

カミラは僕の手を逃れようとした。僕はカミラの腕をぐいとつかみ、ダンサーのように放ってやった。カミラは駐車場をこまのようにくるくると回ったが、地面に倒れこみはしなかった。それから、金切り声をあげて突進してきた。僕は両腕でがっちりとカミラを抱きしめ、ひじを押さえつけた。カミラは足をじたばたさせ、僕のすねをひっかこうとした。サミーはもううんざりだというふうに僕らを見ていた。もちろんうんざりするだろうさ、だけどこれが僕のやり方だ。カミラは叫び、暴れ、しかしどうすることもできず、足を力なく揺らし、腕を締めつけられたままでいた。カミラに疲れが見えてきたので、僕は彼女を自由にした。カミラはワンピースのしわを伸ばした、憎しみのあまり歯をかちかちと鳴らしていた。

「きみは僕と行くんだ」

サミーが車からおりた。

「どうかしてるぞ、こいつ」サミーはカミラの腕をつかんで通りの方へ歩いていった。「もう行こう。ほっとけ」

遠ざかるふたりの背中を見つめていた。サミーは正しい。バンディーニはばかだ、犬だ、スカンクだ、道化だ。でも、ほかに選択肢はなかったんだ。フォードの証明書を見ると、カミラの住所が書いてあった。二四番通りとアラメダ・ストリートの交差点のあたりだ。ほかに選択肢はない。僕はヒル・ストリートまで歩いていって、アラメダ・トロリーに乗りこんだ。自分でも不思議だった。僕という人間の新たな一面、闇にうごめく獣のような、新生バンディーニの計り知れない深みを感じた。でも、数ブロックも行ったころには、その気分は霧のように蒸発していた。貨物置き場のそばでトロリーをおりた。バンカーヒルから二マイルも離れていたが、僕は歩いて戻った。部屋に戻ると、これでカミラ・ロペスとは終わりだとひとりごちた。ばか女め、僕が有名になってから後悔しても遅いからな。僕はタイプライターの前に坐って、ほとんど夜通し書きつづけた。

脇目も振らずに、仕事に没頭した。たしか季節は秋だったが、気候が変わったことにも気づかなかった。来る日も来る日も太陽が照りつけ、暮れ方は紺青の空が頭上を覆った。たまに霧があたりを包んだ。僕はまた果物を食べていた。日本人が支払いをつけにしてくれたから、僕は露店から好きな果物を選ぶことができた。バナナ、オレンジ、洋ナシ、プラム。たまにセロリも食べた。タバコの葉の缶と新しいパイプを買った。コーヒーはなかったが、気にしなかった。やがて、書店の雑誌棚に僕の新作が並んだ。「長く失われた丘」！「小犬が笑った」のときのような興奮はなかった。ハックマスが送ってくれた見本誌にも、ろくに目を通さなかった。それでも、自分の冷めた反応が、僕はむしろ嬉しかった。いつの日か、発表した作品は数え切れないほどになり、どの作品がどこに掲載されたのかも覚えていられなくなるだろう。「バンディーニさん、こんにちは！今月の『アトランティック・マンスリー』に載った短篇、素晴らしかったです」バンディーニは困惑する。「私の作品が『アトランティック』に？ああ、そうでしたか」

「肉食者」ことヘルフリックは、借りたカネをいっこうに返そうとしなかった。羽振りが良かった時期はずいぶんな額を貸してやったが、僕がふたたび貧しくなったいま、やつは僕に物々交換を持ちかけてきた。古いレインコート、スリッパ、箱詰めの石鹸、こうした品々で負債を帳消しにしようとした。僕は拒絶した。「勘弁してくださいよ。欲しいのはカネです。中古品なんていりませんから」。やつの肉への熱狂はとどまるところを知らなかった。毎日のように、安物の肉を炒める音が聞こえ、ドアの下からにおいが這い寄ってきた。おかげでこっちまで、肉が食いたくて仕方なくなった。僕は何度かヘルフリックの部屋を訪ねた。「ヘルフリックさん、僕にもステーキをわけてもらえませんか？」ステーキはフライパンからはみ出るほどに大きかった。だが、やつは図々しくしらを切った。「これが二日ぶりの食事なんだよ」僕はやつに罵倒を浴びせた。じきに、ヘルフリックにたいするあらゆる敬意を失った。やつはむくんだ赤ら顔を横に振り、哀れみに満ちた瞳で僕を見つめた。それでも、皿に残った食べカスさえ分け与えようとはしなかった。ポークチョップ、グリルステーキ、フライドステーキ、カツレツ、レバーのたまねぎ炒め、そのほかあらゆる肉のじらすようなにおいに煩悶しながら、僕はひたすら書きつづけた。

そんなある日、やつの肉への熱狂は不意に静まり、ジンへの熱狂が帰ってきた。まる二日にわたって、昼も夜もなく飲みつづけた。やつが足をよろつかせ、床のボトルを蹴飛ばし、なにかひとりごとを言っているのが聞こえた。そしてやつはどこかへ出かけた。翌日の晩も戻らなかった。帰ってきたとき、やつの年金はすっからかんで、どこかで、どうにかして、自分でも細かくは覚えていないとのことだったが、とにかく車を購入していた。僕はやつに連れられてホテルの裏手に行き、その車を見た。大きなパッカードで、二十年以上前の型式だった。霊柩車のごとくその場に鎮座し、タイヤはすり減り、安っぽい黒の塗料が直射日光にさらされてぷつぷつと泡立っていた。メインストリートで、誰かがヘルフリックに売りつけたらしい。いまではやつは素寒貧で、手持ちの資産はこの大きなパッカードだけだった。

「きみになら売ってもいい」やつは言った。

「まさか。冗談でしょ」

やつは落胆した、二日酔いで頭が破裂しそうだと言っていた。

その晩、ヘルフリックは僕の部屋にやってきた。ベッドに腰かけ、長い腕をだらりと床に垂らしている。中西部を恋しがっていた。兎を追ったあの山、魚を釣ったあの川、古き良き少年時代についてやつは語った。それから、肉の話題を切り出した。「大きな分厚いステーキはお好きかな？」だらしなく唇を半開きにしてやつは言った。二本の指を大きく広げる。「これくらいの厚さだ。あぶり焼きにして、バターをたっぷり乗せる。風味をつける程度の、ごく軽い焼き加減だ。どうだい、食べたくはないかい？」

「ええ、そりゃ、食べられるもんなら」

やつは立ちあがった。

「来なさい。いっしょに調達しよう」

「カネはあるんですか？」

「カネなんて必要ないさ。私は腹が減ってるんだ」

僕はセーターをひっつかみ、ヘルフリックのあとをついて廊下を進み路地に出た。やつは車に乗りこんだ。どうも気乗りしなかった。「どこに行く気ですか？」

「いいから」やつは言った。「私に任せなさい」

僕は助手席に坐った。

「面倒事はごめんですよ」

「なにをばかな！」やつは鼻で笑った。「どこに行けばステーキが手に入るか教えるだけだよ」

月が皓々（こうこう）と照るなか、ウィルシャーからハイランドへ向かい、そこからカフエンガ峠をのぼった。峠の反対側には、サンフェルナンドバレーの平野が広がっている。人も車も通る気配のない未舗装の道路に進入し、背の高いユーカリの木立を抜けて、農家や牧草地が点々と散らばるあたりにやってきた。さらに一マイルも進むと道が途切れた。ヘッドライトの光のなかに、有刺鉄線と柵柱が浮かびあがる。ヘルフリックはどうにか車を方向転換させ、僕らが迂回して通らずにきた舗装された道路に向けた。運転席からおりて、バックドアを開け、後部座席の下にある自動車用の工具をがさごそとやっている。

僕は後方に身を乗り出してヘルフリックに声をかけた。

「どうしたんですか？」

やつは立ちあがった。その手には削岩機（さくがんき）が握られている。

「ここで待っていなさい」

やつは有刺鉄線の下をくぐり、牧草地を歩いていった。百ヤード先では、月明かりが家畜小屋をぼんやりと照らしている。こうして僕はヘルフリックの意図を察した。車から飛びだしてやつに呼びかけた。ヘルフリックは怒気をこめて、黙るようにと合図を返した。家畜小屋の入り口へ忍び足で近づくやつを、僕は離れた場所から見つめていた。やつを罵倒し、はらはらしながら成り行きを見守った。ややあって、「モー」という牛の鳴き声が響いた。哀れを誘う叫びだった。それから、「どさっ」という音と、ひづめを引きずる音が聞こえた。家畜小屋の戸口からヘルフリックが出てきた。ずしりと重たそうな黒いかたまりを肩にかついでいる。そのあとを、絶えず「モーモー」と鳴きながら、雌牛が追いかけてくる。ヘルフリックは走ろうとするのだが、肩にのしかかる黒いかたまりのせいで、せいぜい早足で歩くことしかできない。雌牛はなおも追いすがり、ヘルフリックの背中に鼻を押しつけている。やつは振り返り、乱暴に蹴りを入れた。雌牛は立ちどまり、家畜小屋の方を見て、また「モー」と鳴いた。

「ばか野郎、ヘルフリック、このばか野郎！」

「いいから手伝え」

僕は有刺鉄線の緩い箇所をもちあげて、ヘルフリックが肩の荷もろとも下をくぐれるようにしてやった。黒いかたまりの正体は子牛だった、両耳のあいだにできた深い切り傷から血がほとばしってい た。子牛は大きく目を見開いていた。そこに月の光が反射しているのを僕は見た。血も凍るような殺しの罪だ。僕は気分が悪くなり、戦慄（せんりつ）した。ヘルフリックが後部座席に子牛をどさりとおろしたときは、胃がよじれるような思いだった。まずは体が、次に頭がシートにぶつかる音を聞いた。気分が悪かった、ひどく悪かった。これは純然たる殺しの罪だ。

帰り道、ヘルフリックはずっと浮かれていた、だけどハンドルは血でべとついていた、一度か二度、子牛が後部座席を蹴る音が聞こえた気がした。僕は両手で顔を覆い、子牛の母親の悲しげな呼び声を、死んだ子牛の優しそうな顔を忘れようとした。ヘルフリックはすさまじい速度で車を走らせた。ビヴァリー・ブールヴァードで、のろのろ走っている黒い車を追い越した。それは警察のパトカーだった。僕は歯を食いしばり、最悪の瞬間を待ち受けた。だが、警察は追ってこなかった。ほっとため息をつこうにも、気分が悪すぎて息が吐けなかった。ひとつ確かなことがある。ヘルフリックは殺し屋だ、やつと僕の関係はこれで終わりだ。バンカーヒルに到着すると、ホテルに続く細い路地に入り、ホテルの壁に隣接した駐車スペースに車をとめた。ヘルフリックが車からおりた。

「それじゃ、きみに肉のばらし方を教えるとしようか」

「ぜったいにごめんだね」

やつが子牛の頭を新聞紙で包み、肩に担いで、薄暗い廊下から自室へ急ぎ足で向かうあいだ、僕は見張り役を務めていた。汚い床に新聞を広げてやると、やつはその上に子牛をおろした。血まみれのズボン血まみれのシャツ血まみれの腕を見て、やつはにたりと笑った。

僕は哀れな子牛を見おろした。毛皮には黒と白の斑点があり、足首はひどくほっそりとしていた。わずかに開いた口からはピンクの舌が覗いていた。僕は目を閉じ、ヘルフリックの部屋から走って出てゆき、自分の部屋の床に身を投げた。横になったまま震えていた、月明かりに照らされた草地にひとりたたずむ雌牛のことを、自分の子牛を思って鳴いているあの雌牛のことを考えていた。殺し屋め！　ヘルフリックと僕の関係はこれで終わりだ。僕がやつに貸したカネは、もう返ってこなくていい。血で汚れたカネなんて、こっちから願い下げだ。

あの夜から、ヘルフリックにたいする僕の態度は冷淡そのものになった。僕は二度とやつの部屋を訪ねなかった。何回か、やつが僕の部屋をノックする音が聞こえたが、やつが押し入ってこないように錠はかけたままにしていた。ロビーで会っても、たがいにうなり声を発するだけだった。やつには三ドル近く貸していたが、回収する気はもうなかった。

第十四章

ハックマスから届いた良いニュース。よその雑誌が「長く失われた丘」のダイジェスト版を掲載したいと言っている。謝礼は百ドル。僕はまたリッチになった。過去を救済するための埋め合わせの時期。母さんに五ドル送った。感謝の手紙が届いたとき、僕は泣いた。急いで返事を書くあいだ、瞳からぽろぽろと涙がこぼれた。そしてまた五ドル送った。僕は自分に満足していた。僕にもいくばくかの美質がある。未来が見える、僕の母さん、車椅子に乗ったひどく年老いた女性が、伝記作家と話をしている。ほんとうに良い息子でした、私のアルトゥーロ、あの子は一家の稼ぎ手でした。

アルトゥーロ・バンディーニ、作家。短篇を書くことで、みずからのペンで稼ぐ男。いまは長篇を手がけている。とんでもない一冊だ。刊行前から話題沸騰。瞠目（どうもく）すべき散文。ジョイス以後、最大の事件。僕は毎日、ハックマスの写真の前に立って作品を朗読した。朝から晩まで献辞を書いて過ごした。私を見いだしてくれたJ・C・ハックマスへ。J・C・ハックマスへ、讃嘆を込めて。天賦の才を備えし男、ハックマスへ。未来が見える、ニューヨークの批評家たちが、とあるパーティーの席でハックマスのまわりに群がっている。あれは前途有望ですな、あなたが西海岸で発掘した、あのバンディーニという青年は。ほほえみを浮かべるハックマス、きらめきを放つその瞳。

六週間にわたって、毎日のように、甘美な数時間を、馥郁(ふくいく)たる三、四、五時間を執筆に費やした、ページはどんどん積みあがり、ほかのあらゆる欲求は休眠していた。地上を歩く亡霊になった気分だった、人も獣もひとしく愛する男だった、道行く人びとと言葉を交わし、彼らと交わりをもつあいだ、心地よい慈愛の波が押し寄せてきた。全能の神よ、親愛なる主よ、お願いします、甘い言葉を語る舌をお与えください、この悲しく孤独な人びとに私の話を聞いてもらい、幸せになってもらいたいのです。かくのごとく日々は過ぎた。夢のような、光あふれる日々、ときおり、偉大で静謐(せいひつ)な喜びがやってくると、僕は部屋の明かりを消して泣いた、するとたいてい、死にたいという奇妙な欲求にとらわれた。

かくのごとく、バンディーニは執筆に没頭した。

ある晩、ドアをノックする音がした、そこには彼女が立っていた。

「カミラ！」

カミラは部屋のなかに入ってきてベッドに腰かけた、腕になにかを、紙の束を抱えていた。僕の部屋をぐるりと見まわし、そして言った。ふーん、こういうところなんだ。どんな部屋に住んでるのか、前から気になってたの。部屋のなかを歩きまわり、窓の外に目を凝らしてまた歩きまわる。美しい娘、背の高いカミラ、黒々とした温かい髪、僕はその場に突っ立ってカミラを眺めていた。でも、なにをしに来たんだろう？　僕の疑問を感じとると、カミラはベッドに腰をおろして笑みを浮かべた。

「ねえ、アルトゥーロ。私たちって、どうしていつも喧嘩になっちゃうのかな」

そんなの僕だって知らなかった。気性がどうとか僕は答えた、だけどカミラは首を振って足を組んだ、もちあげられた見事なふとももの香りが僕の心に重くのしかかった、濃くて窒息しそうだった、あのふとももをこの手につかみたいという熱い欲求が繁茂した。カミラのあらゆる仕種、かすかにねじられた首、カフェの制服の下から突き出る大きな乳房、ベッドに置かれたきれいな手、広がる指、それが僕を当惑させ、甘くて苦い重みが僕を昏迷へ引きずっていった。そしてカミラの声の響き、控えめで、軽くあざけりの気味のある声が、僕の血と骨に語りかけてくる。ここ数週間の平穏を思い起こした、すべて作り物のように思えた、自分で自分を催眠にかける日々だった、なぜなら、いまこの時間こそが生きているから、カミラの黒い瞳に見入るいま、希望や高慢な優越感でもってカミラのさげすみと相対するいまこそが、生きている時間だから。

　この訪問にはわけがある。それがなんなのかはすぐにわかった。

「サミーのこと、覚えてる？」

　当然だろう。

「あなたは彼が気に入らなかったみたいだけど」

「別に。いいやつだと思ってるよ」

「悪い人じゃないの、ほんとうに。もっとよく知ったら、きっと好きになると思う」

「だろうね」

「サミーはあなたを気に入ってる」

　駐車場での乱闘を考慮するなら、にわかには信じがたい話だった。僕は記憶を掘り返して、カミラとサミーの関係について想像をめぐらせた、仕事の最中にカミラがサミーに向けた笑顔、いっしょに家まで送ったときに見せたサミーへの気遣い。「あいつにほれてるんだろ?」

「そういうことじゃないんだけど」

カミラは僕から目をそらし、視線を泳がせた。

「いいや、ほれてるね」

不意にカミラが憎くなった、だって僕を傷つけたから。ばか女め！　こいつは僕が贈ったダウスンの詩を破り捨てた、コロンビア・ビュッフェのみんなに僕の電報を見せてまわった。こいつはビーチで僕をこけにした。こいつは僕の男らしさを疑った、その疑念は瞳に宿るあざけりと同じくらいはっきりしていた。僕はカミラの顔と唇を見つめた、こいつを殴ってやりたかった、こいつの鼻面に思い切り拳をお見舞いしてやれたらどんなにか気持ちいいだろうと考えた。

カミラがまたサミーについて話している。サミーはこれまで、なにひとついいところのない人生を送ってきた。あんなにも病弱でなければ、何者かになれたかもしれないのに。

「どこが悪いんだよ?」

「結核なの」

「そりゃ気の毒に」

「もう、長くはないと思う」

僕にはどうでもよかった。

「誰だっていつかは死ぬさ」

この女を窓から放り出して、こんなふうに言ってやろうかと考えた。あいつの話をするために来たんならさっさと消えろ、僕にはなんの関係もないことだろうが。さぞかしいい気分だろうと僕は思った。カミラに出ていけと命令する、彼女ならではの美しさにあふれるカミラに、出ていけと命令して追い払うのだ。

「サミーはもうここにいない。町を離れたの」

僕がサミーの行方を知りたがると思っているなら、とんでもない勘違いだ。僕は机に足を乗せてタバコに火をつけた。

「それで? ほかの恋人の具合はどうなんだ?」僕のなかから言葉が飛びだしてきた。すぐに後悔した。言葉のとげを隠すために笑みを作った。カミラは唇の端で応答した、けれど表情は引きつっていた。

「恋人なんていないない」

「もちろんさ」軽い皮肉を込めて僕は言った。「もちろんさ、わかってる。軽率な指摘を許してほしい」

カミラはしばらく黙っていた。僕は口笛を吹き、なにも気にしていないふりをした。それからカミラが口を開いた。「なんでそんなにいじわるなの?」

「いじわる?」僕は言った。「親愛なるお嬢さん、僕は人も獣もひとしく愛する男なんだ。僕の体には、ひとかけらの悪意も含まれちゃいないさ。そもそも、性悪であり、かつ偉大な作家であるなんて不可能だからね」

目が僕をばかにしている。「あなた、偉大な作家なの？」

「きみには永遠にわからないだろうけど」

カミラは下唇を噛んだ、白くて鋭い二本の歯を唇に突き立て、罠にかかった獣のように窓とドアを交互に見てから、また笑みを浮かべた。「今日は、作家さんに会うために来たの」

カミラがひざの上で大きな封筒をがさごそとやっている、僕はそれを見て興奮した、カミラの指がカミラのふとももに触れている、カミラの指がふとももに横たわり、カミラの肉の上を這っている。封筒はふたつあった。そのうちのひとつをカミラは開いた。なにかの原稿らしかった。カミラから手渡された。局留め郵便、サンフアン、カリフォルニア、「サミー」ことサミュエル・ウィギンズの手になる短篇だった。タイトルは「コールドウォーター・ガトリング」で、作品の出だしはこんなふうだった。「コールドウォーター・ガトリングは面倒事を好む人物ではない。だが、アリゾナの牛泥棒どもが相手となれば話は別だ。この手の輩を見かけたときは、ピストルを腰にしっかりしまい、身を低くしているに越したことはない。じつにもって面倒なのは、面倒事の方がコールドウォーター・ガトリングを追い求めてやまないということだった。アリゾナではテキサス・レンジャーは評判が悪い。結果として、コールドウォーター・ガトリングはまず発砲し、仕留めたあとで自分が誰を撃ったのか確認するという次第だった。これが一つ星州テキサスのならわしだ。そこでは男が男でいられ、廉直な馬乗りであるコールドウォーター・ガトリングのような、革のジャケットに身を包む、界隈でももっとも屈強な男のためなら、女たちは料理することを厭わなかった」

これが冒頭のパラグラフだった。

「ひどいな、これ」

「お願い、彼を助けてあげて」

カミラによれば、サミーの命はもってあと一年というところだった。サミーはロサンゼルスを離れ、いまはサンタアナ砂漠の外れにいる。粗末な小屋で寝起きして、とりつかれたように書いているらしい。これまで生きてきてずっと、書きたいという思いを募らせてきた。いま、こんなにも残り時間が少なくなって、ようやく機会がめぐってきた。

「僕になんの得があるんだ?」

「でも、彼は死ぬのよ」

「死なないやつがどこにいる?」

僕はふたつめの封筒を開けてみた。おおよそ似たような代物だった。僕は首を振った。「どうしようもないな」

「わかってる」カミラが言った。「でも、なにかできることはない? 彼、おカネの半分はあなたに渡すと思う」

「カネなんていらない。僕には自分の収入がある」

カミラは僕の前に立ち、僕の肩に両手を置いた。顔を下に向けている、カミラの温かな吐息が僕の鼻孔(びこう)に甘く香った、カミラのひどく大きな瞳に僕の頭が映っている、カミラを欲するあまり意識がもうろうとして気分が悪くなってきた。「私のためなら、やってくれる?」

「きみのため?」僕は言った。「ああ、きみのためなら……いいよ」

カミラがキスしてきた。バンディーニに、引き立て役に。これから為される仕事への報いとしての、ずしりと重く温かなキス。僕はそっとカミラを押しやった。「キスなんかしなくていい。僕にできることをするから」

だが、この件にかんしてはちょっとした妙案が浮かんでいた、カミラが鏡の前に立って口紅を引きなおしているとき、僕は原稿に書かれた住所を見ていた。サンファン、カリフォルニア。「原稿の感想を手紙に書いて、彼に送るよ」僕は言った。カミラは鏡越しに僕を見て、口紅を引く手をとめた。僕をからかうような笑みを浮かべている。「必要ない、そんなこと」カミラが言った。「私が取りに来て、自分でポストに入れる」

カミラはそう言った、だが、僕をこけにしようったってそうはいかないぞ、おいカミラ、人をばかにしたようなその顔に、ビーチの夜の記憶が書きこまれているのが見えるんだよ、なんて憎たらしいんだ、ちくしょう、どこまでいけ好かない女なんだ！

「わかった。たぶん、それがいちばんいいな。明日の晩、また来てくれ」

カミラは僕を嗤（わら）っていた。顔でもなく、唇でもなく、内面からそれが伝わってきた。「何時に来たらいい？」

「仕事は何時に終わるんだよ？」

カミラはこちらを振り返り、ハンドバッグの口を閉じ、そして僕を見つめた。「何時に終わるか、知ってるでしょ」

目にもの見せてやるぞ、カミラ、覚悟しとけ。

「じゃあ、そのあとに」僕は言った。

カミラはドアの方に歩いてゆき、ドアノブに手をかけた。

「おやすみなさい」

「ロビーまで送ってく」

「ばか言わないでよ」

ドアが閉まった。僕は部屋の真ん中で、階段をのぼるカミラの足音を聞いていた。自分の顔から血の気が引いていくのがわかる、なんという屈辱、僕は逆上した、髪のなかに手を突っこみ、髪の毛を引っぱって、喉が裂けるほどに叫びまくった、カミラを憎み、拳を打ち鳴らし、腕で胴体を叩きながら部屋のなかをうろついた、ぞっとするようなカミラの記憶と闘い、カミラを意識から締め出して、憎しみのあまり息を切らした。

だが、こっちにも手立てはある、砂漠にいる病人には相応の報いを受けさせてやる。目にもの見せてやるぞ、サミー。お前をばらばらに刻んでやる、とっくの昔に死んで焼かれていた方がましだったと思わせてやる。ペンは剣よりも強いのだよ、サミーくん、そして、アルトゥーロ・バンディーニのペンはなおいっそう強いのだ。わが時は来たれり。いまこそ報いを受けるがいい。

椅子に坐りサミーの作品を読んだ。一行、一文、一段落読むごとに、細かくメモを書き入れる。まったくもってひどい文体だった、はじめての作品、不器用で、ぼんやりして、とりとめがなく、滑稽きわまりない成果物。何時間も椅子に坐って何本ものタバコを消費し、サミーの作品をげらげらと笑ってやった、ざまあみろと思いながら、大喜びで手をもみ合わせた。さあ、あいつをぶちのめしてやれ！　椅子から飛びあがり、シャドーボクシングの華麗なステップを踏んだ。これでも食らえ、サミーめ、どうだっ、左のフックをお見舞いしてやる、右のクロスで沈めてやる、バキッ、ドカッ、バンッ、ゴキッ、バターン！

振り返りベッドのしわを見た、カミラが坐っていた場所に官能的な線が描かれていた、シェニール織りの青いベッドカバーに、ふともももと尻がやわらかく沈んだ跡が残っている。そして僕はサミーを忘れた、強い思慕とともに、ベッドのしわの前で荒々しくひざをつくと、そこにうやうやしくキスを捧げた。

「カミラ、愛してる！」

じきにこの感覚は擦り切れて虚無へと蒸発した、僕は立ちあがった、自分にうんざりしていた、黒くてげすなアルトゥーロ・バンディーニ、黒くて卑しいくそ野郎。

椅子に戻り、冷厳なる決意をもって、サミーに宛てた批評の手紙を書きはじめた。

サミーへ

昨日、あのちんけな娼婦がここに来た。誰のことかわかるだろ、サミー、最高の体とからっぽの脳みそがセットになった、ちゃちなグリーザーのご婦人だよ。あの女は、きみが書いたとかいう文章らしきものを見せてきた。おまけに、死神の大鎌がいまにもきみの首に振りおろされそうなのだとも言っていた。通常の状況下なら、悲劇的な事態と呼びたくなるところだ。だが、きみの原稿に含まれる苦い胆汁(たんじゅう)に触れたあとでは、世界に向けて広く、ひと息に言いたい気分なんだ、きみとの離別は誰にとっても僥倖(ぎょうこう)である、と。きみには書けないよ、サミー。僕としては、この最期の日々、きみとの離別に世界が安堵のため息をもらす前に、きみは自身の愚鈍な魂を整えることに専念した方がいいと思う。ああ、きみが逝(い)ってしまうのはつらいことだと、心から言うことができたなら。きみもまた僕のように、この地上に、きみが生きた日々を記念するなにかを、後世に遺すことができたなら。だが、それが叶わぬ望みであることはあまりにも明白なので、僕はただきみに向けて、最期の日々は恨みつらみを忘れて過ごすようにとだけ言っておきたい。なるほどたしかに、運命はきみにたいして冷淡だった。全世界と同様に、僕もまたこう推測している、もうすぐすべてが終わることに、きみ自身も感謝しているのだろう、きみがまきちらしたインクの染みが、多くの人の目に触れることはけっしてないだろう。分別と良識を備えたすべての市民を代表して言わせてもらうが、きみは即刻、この原稿、というより、文字で書かれた肥やしの山を火にくべて、もう二度とペンとインクには近づかない方がいい。もしタイプライターをもっているなら、それについても同断だ。なぜなら、たとえタイプで打たれていたとしても、この原稿が恥辱であることに変わりはないから。それでも、書きたいという憐(あわ)れむべき願望が消えないのなら、たいへんけっこう、きみの手になる与太話をどうか僕に送ってくれ。とりあえず、きみが愉快な人物であることはわかった。もちろん、意図してのことではないだろうけど。

よし、終わりだ、圧倒的だ。僕は原稿を束にしてまとめ、手紙といっしょに大きな封筒のなかに入れた。それから封をして、サミュエル・ウィギンズ、局留め郵便、サンフアン、カリフォルニアと宛先を書きこみ、切手を貼って、ズボンの後ろポケットに封筒をねじこんだ。階段をのぼり、ロビーから外に出て、通りの角のポストに向かう。三時を少し過ぎたあとの、滅多にない朝だった。空と星の青と白はまるで砂漠の色彩のようで、その胸を震わせる優しさに僕は思わず足をとめ、こんなにも美しいことがありえるのかと驚嘆した。汚れたシュロの葉はそよとも揺れず、なんの音も聞こえなかった。

その瞬間、僕のうちにある善良な部分がすべて、心のなかで沸き立った、僕の存在の深くあいまいな意味において、僕が望んでいたすべてのものが。大都市にも無関心なまま、永遠に沈黙する自然の静けさがそこにあった。道路の下、道路のまわりには砂漠が広がり、都市が息絶えるのを待っている、時間を超越した砂が、ふたたび都市を覆うのを待っている。恐るべき感覚が僕を襲った、人間の生の意味と痛ましい運命について理解できた気がした。砂漠はつねにそこにある、それは我慢強い白い獣だ、やつは人が死ぬのを待っている、文明がちらちらと明滅して、いつか暗闇に落ちるのを待っている。不意に人間が勇敢な存在に思えてきた、自分もそのなかのひとりであることが誇らしくなった。世界にはびこるすべての悪は、悪でもなんでもないように思えてきた、それは砂漠を抑えつけるための終わりなき闘いの一部分、避けがたく、善良な一部分なのだと思えてきた。

大きな星々が輝いている南の方角を見た、その方角にサンタアナ砂漠が広がっていること、大きな星々の下の粗末な小屋で自分と同じような男が寝ていることを僕は知っていた、その男はたぶん僕よりも早く砂漠に飲みこまれるだろう、そして僕の手には彼の作品が握られている、それはいままさに彼が叩きつけられている、手のつけようのない沈黙にたいする闘争の表現だ。殺し屋だろうがバーテンダーだろうが作家だろうが、誰だろうが関係ない。彼の宿命は全員の宿命で、彼の終わりは僕の終わりなんだ。今夜、家々の窓が暗がりに沈むこの町には、彼のような、僕のような人間が無数にいる。僕たちと死にゆく草と、いったいなんの違いがあるだろう。生きることはそれだけで骨が折れる。死ぬことは究極の骨折りだ。そしてサミーはもうすぐ死ぬ。

ポストのかたわらに立ち、そこに頭をもたせかけた、サミーのために、僕のために、すべての生者と死者のために悲嘆に暮れた。許してくれ、サミー！　この愚かな道化を許してくれ！　僕は部屋に引き返し、三時間を費やして、僕に書きうるかぎりの最良の批評を執筆した。ここが悪いとか、あそこがだめだとか、そういうことは書かなかった。僕はただ、僕の考えではこうすればもっと良くなる、ああすればもっと良くなるとだけ指摘した。寝たのは六時ごろだった、でもそれは心地よい、幸福な眠りだった。ほんとうに、僕はなんて素晴らしいんだ！　やわらかな言葉を話す、優しくて偉大な男、人も獣も隔てなく、あらゆるものを愛する男。

第十五章

それからの一週間、カミラは一度も顔を見せなかった。そのあいだにサミーから手紙が届いた、僕の批評にたいする感謝が記されていた。カミラが真の愛を捧げる男、サミー。手紙にはアドバイスも書かれていた。あのメキシコ女、スピックの小娘とは、うまくやってるのかい？　あいつは悪い女じゃない、部屋の明かりを消してるときはなにひとつ悪くない、問題はきみだよ、バンディーニくん、きみはあの女のあしらい方がわかってない。あの手の女と付き合うには、きみは上品に過ぎる。きみはメキシコの女がどういう生き物かわかってない。あいつらは、人間並みの扱いを受けることを嫌うんだ。あの連中に優しくしたら、つけあがる一方だぞ。

僕は本の執筆を進めた。ときおり休憩をはさんで、サミーの手紙を読みなおした。ある晩、手紙を読んでいるとき、カミラがまたやってきた。日付が変わるころで、ノックもせずに入ってきた。

「ひさしぶり」カミラが言った。

「やあ、おばかさん」

「仕事してるの？」

「見ればわかるだろ」

「怒ってる?」

「いや。うんざりしてるだけだ」

「私のせい?」

「当たり前だろ。自分をよく見ろよ」

カミラはコートの下に、店の白い制服を着ていた。あちこちに染みがあった。ストッキングが片方だけ緩くなって、かかとのあたりでだぶついている。くたびれた顔つきで、ところどころ口紅が落ちかかっている。コートは糸くずとほこりにまみれている。木の枝にとまる鳥のように、安物のハイヒールにちょこんと足を乗せている。

「アメリカ人みたいにしようと必死なんだな」僕は言った。「なんでそんなことするんだ? 自分を見てみろ」

カミラは鏡の前に行って、自分の姿をまじまじと検分した。「つかれてるの」カミラは言った。「今夜は忙しかったから」

「その靴」僕は言った。「自分の足がはきたがってるものをはけよ。ワラチをはけよ。それと、顔に塗りたくってる化粧。ひどい顔だぞ、アメリカ女の安っぽいまがいものだ。みっともないんだよ。もし僕がメキシコ人なら、きみをぶちのめしてるところだ。きみは同胞の面汚しだからな」

「そういうあんたはどうなのよ? あんたがアメリカ人なら私だってそう。なによ、自分だってぜんぜんアメリカ人らしくないくせに。自分の肌を見なさいよ。イタ公みたいにくすんでるじゃないの。

それにその目、その黒い目！」

「茶色だ」

「茶色じゃない。黒よ。髪も黒」

「茶色だ」

カミラはコートを脱いでベッドに身を投げ、タバコを口にくわえた。手探りでマッチを探している。マッチの箱は僕のすぐ横、机の上にある。カミラはその場から動かず、僕がマッチを差し出すのを待っている。

「手も足もあるんだから、自分でとれ」

カミラはタバコに火をつけ、天井を見つめたまま黙って吸いはじめた。鼻から立ちのぼる煙が、右に左にと音もなく揺れている。窓の外には霧がおりている。はるか遠くから、パトカーのサイレンが聞こえる。

「サミーのこと考えてるのか？」

「かもね」

「わざわざここで考えなくていい。いつでも帰ってくれていいからな」

カミラはタバコの火を消して、タバコをねじってぐしゃぐしゃにした。それから、タバコにたいしてしたことを、言葉でもって繰り返した。「ほんと感じ悪い。きっとすごくみじめなのね」

「頭おかしいんじゃないか」

カミラは足を組んで横になっている。丸まったストッキングの上の部分に覗く、一インチか二インチの茶色い肌が、白い制服がどこで終わっているかを伝えている。インクボトルがひっくり返ったみたいに、枕に黒髪が広がっている。カミラは横向きになり、枕に顔を沈めながらこちらを見ている。笑っている。手をあげて、僕に向けてひらひらと指を振っている。

「来てよ、アルトゥーロ」カミラは言った。温かな声だった。

僕は手を振った。

「いや、いい。このままで快適なんだ」

五分間、窓の外を凝視する僕をカミラは見ていた。僕はカミラに触(さわ)れたはずだ、この腕に抱けたはずだ。そうだ、アルトゥーロ、お前はただ椅子から立ちあがり、カミラの隣で横になるだけで良かったんだ、だけどビーチでの夜は、破り捨てられたソネットは、愛の電報はいったいどうなる、部屋を満たす悪夢のように、記憶が頭のなかを浮遊している。

「怖いの？」

「きみが？」僕は笑った。

「怖いんだ」

「怖くない」

カミラは両腕を開いた、カミラのすべてが僕にたいして開かれているように見えた、なのに僕はいっそう自分の奥深くへ閉じこもった、あのときのカミラの姿を携(たずさ)えて閉じこもった、ああ、なんて豊かでやわらかいんだ。

「見ろ。僕は忙しいんだ。これを見ろよ」僕はタイプライターの横にある原稿の束を叩いてみせた。

「でも、怖いんでしょ」

「なにが?」

「私が」

「はっ」

沈黙。

「あなたのおかしいところ、わかったかも」カミラが言った。

「なんだよ?」

「ホモなんでしょ」

僕は立ちあがり、カミラを見おろした。

「そんなわけあるか」

並んでベッドに横になった。カミラのあざけりのせいでそうなった、カミラがキスしてきた、丸くすぼめられた唇、瞳に宿る侮蔑、僕が木彫りの人形のようになるまで、僕のなかにカミラへの恐怖と戦慄のほかなんの感覚もなくなるまで、カミラの美しさは僕の手に負えない、カミラは僕よりもはるかに美しい、カミラは僕よりも深くしっかりと根を張っているという感覚しかなくなるまで。カミラのせいで僕は僕にとってよそものになった、カミラはあの穏やかな夜のすべてだった、背の高いユーカリの木、砂漠の星、大地と空、窓の外の霧のすべてだった、そして僕は、作家になるということ以外になんの目的もなくここへ来た、作家になってカネを稼ぐため、有名になるため、そのほかあらゆるくだらない目的のためにここへ来た。カミラは僕よりもずっと素敵だ、ずっと誠実だ、おかげで僕は自分が嫌になった、カミラの温かな瞳を直視できなかった、僕の首に絡みついた茶色い腕と僕の髪に差しいれられた長い指がもたらす震えを抑えつけた。僕はカミラにキスしなかった。カミラが僕に、「小犬が笑った」の著者にキスをした。それからカミラが僕の手首を両手でつかんだ。僕の手のひらにカミラの唇が押し当てられた。僕の手はカミラの胸の谷間に導かれた。カミラは僕に唇を向けて待った。そしてアルトゥーロ・バンディーニは、この偉大なる作家は、色とりどりの想像力にどっぷりと浸かっていた、恋する男アルトゥーロ・バンディーニ、その口には才気走った言いまわしがぎっしりと詰まっている、やがて彼は言った、弱々しく、子猫のように、ただひとこと、「やあ」「やあ?」耳を疑うようにカミラが応じた。「やあ?」そしてカミラは笑い出した。「やあ……元気?」

おお、アルトゥーロ、千の物語を紡ぐ男よ!

「ばっちりさ」彼は答えた。

それでどうする? 情熱と欲望はどこにある? カミラはあとすこしで帰るだろう、情熱と欲望がやってくるのはそのあとだろう。ふざけんな、アルトゥーロ。ぜったいにそれはだめだ! 栄光ある先達の事績を想起しろ、その高みまでのぼってみせろ! カミラの手が僕のからだをまさぐっている、僕の手はそれを思いとどまらせようと励んでいる、情熱的な恐れをもってカミラの手をつかんでいる。またカミラがキスしてきた。冷めたゆでハムにキスしてるのかとカミラは錯覚したかもしれない。みじめだった。

カミラは僕を押しやった。

「どいて。もう帰る」

反感、恐怖、恥辱が僕のなかで燃えあがり、帰してたまるかという気になった。カミラにしがみつき、僕の唇の冷たさをカミラの暖かさに押しつけた、僕から逃れようとしてカミラは暴れた、僕はカミラをがっちりと抱いたまま横になっていた、顔はカミラの肩に埋めていた、いま顔を見られるのは恥ずかしかった。じたばたと暴れるうち、カミラのあざけりが憎しみに育っていくのを僕は感じた、そしてようやく僕はカミラが欲しくなった、僕はカミラを抱きしめて懇願した、カミラがどす黒い怒りを込めて体をよじるたびに僕の欲望は高まった、幸せだった、心のなかでアルトゥーロに喝采を送った、喜びと強さ、喜びを通じた強さ、その甘美なる感覚、歓喜にまみれた自己満足、もし自分が望むならカミラを支配できるのだと知れたことの、飛びあがらんばかりの嬉しさ。でも僕はそれを望まなかった、僕には僕の愛があったから。アルトゥーロ・バンディーニの力と喜びがまぶしかった。僕はカミラを解放し、カミラの口から手を放して、ベッドから飛びおりた。

カミラはベッドに坐っている、唇の端にこびりついた白いつば、かちかちと鳴る歯、長い髪をせわしなく整える手、叫びたくてたまらないのを必死にこらえている顔、でもそんなことはどうだっていい。叫びたいなら叫べばいいさ、アルトゥーロ・バンディーニはホモじゃない、アルトゥーロ・バンディーニはなにひとつおかしくない。ホモなわけないだろう、彼には六人分の情熱がある、全身から情欲を発散させてる。たいしたやつだ、偉大な作家だ、たぐいまれな色事師だ、世界とも散文とも正常な関係を築く男だ。

服のしわを伸ばすカミラを見ていた、立ちあがり、息を切らし、おびえた表情を浮かべ、鏡の前に行き、そこに映るのはほんとうに自分かと確かめるように見つめているカミラを見ていた。

「最低」

僕はベッドに腰かけたまま爪をかんでいた。

「良い人だと思ってたのに。乱暴な男って、だいきらい」

乱暴。はっ。こいつにどう思われようと知ったことか。重大な事実が証明された。僕はカミラを支配できる、それについてカミラがなにを思おうと関係ない。僕は偉大なる作家であるうえに、何者かでもあるわけだ。もうカミラなんて怖くない。男が女の顔を見つめるときにするように、僕はカミラの顔を見つめられる。カミラはその後、ひとことも発することなく部屋を去った。僕はしばらくベッドにとどまり、歓喜の夢に、心地よい信頼の狂宴にふけっていた。世界はこんなにも大きくて、従えるべきものにあふれている。ああ、ロサンゼルスよ！　きみの孤独な道々に降りつもる塵と霧よ、僕はもう孤独じゃない。いまに見てろ、この部屋に住まうすべての亡霊よ、いまに見てろ、それはもうすぐ現実になるから、彼女は、あのカミラは、安っぽい短篇と胸くその悪い散文もろとも、愛しのサミーと砂漠で結ばれることもあるかもしれない、だけどカミラが僕を味わってみるまで待っていろ、だってそれは現実になるから、天国に神さまがいるのと同じくらい確実なことだから。

記憶がはっきりしない。一週間か、あるいは二週間が過ぎた。カミラが戻ってくることはわかっていた。だから待たなかった。僕は自分の人生を生きた。何ページか原稿を書いた。何冊か本を読んだ。晴れやかだった。カミラはきっと戻ってくる。来るとしたら夜だろう。僕はカミラを、日の光の下で考えるべきものとして捉えたことはなかった。もう何度も会ってきたのに、昼間に会ったことは一度もない。月が昇るのを待つように、カミラがやってくるのを待った。

そしてカミラはやってきた。今回は、窓ガラスにこつこつと小石がぶつかる音が聞こえた。窓を大きく開けてやると、白い制服の上にセーターを着込んだカミラが、丘の斜面に立っていた。かすかに口を開けて、僕を見あげている。

「なにしてるの?」

「坐ってるだけだよ」

「私のこと、怒ってる?」

「いや。きみは怒ってるのか?」

カミラは笑った。「ちょっとだけ」

「なんで?」

「意地悪だから」

車に乗って町に出た。銃の撃ち方を知っているかとカミラに訊かれた。知らないと答えた。僕らはメインストリートにある射撃場へ向かった。カミラは射撃の名手で、この店のオーナー、革ジャンを着た若造とも知り合いだった。僕の弾はどこにも当たらなかった、真ん中の大きな的にかすることさえなかった。カネはカミラが払っていて、僕の醜態にいらついていた。カミラなら、わきの下にリボルバーを構えて、大きな的の中心を射抜くことができただろう。僕は五十発撃ち、すべて外した。するとカミラが、銃の持ち方の手本を僕に見せようとした。カミラに銃をとられまいと、僕はなんの用心もなしに、銃身をぶんぶんと振りまわした。革ジャンのオーナーはカウンターの下に身を隠した。

「気をつけろ！」彼は叫んだ。「危ないだろ！」

カミラのなかで、苛立ちが屈辱に変わっていった。チップがたくさん入ったポケットから、カミラは五十セントを取り出した。「もう一回」カミラは言った。「今度こそ外さないで。でなきゃ払わない」僕にはカネの持ち合わせがなかった。僕はカウンターに銃を置き、それ以上撃つことを拒んだ。

「もういいよ、くだらない」僕は言った。

「めめしいやつでしょ、ティム」カミラが言った。「詩を書くしか能がないの」

ティムは明らかに、銃の撃ち方を心得ている人間だけを好む男だった。なにも言わずに、汚いものでも見るように僕を見ていた。僕はウィンチェスターライフルに持ち替えて、狙いを定め、続けざまに引き金を引いた。大きな的は六十フィート先、地上から高さ三フィートの位置にあり、弾が当たると合図で知らせる仕組みだった。的の中心に当たるとベルが鳴ることになっている。なにも聞こえなかった。弾倉がからっぽになると、僕は鼻を刺す火薬のにおいを嗅いで顔をしかめた。ティムとカミラが、めめしい男のことを笑っている。いつの間にか、通りに人だかりができていた。この連中はカミラの苛立ちを共有していた、それは伝染性の感情で、僕にまで伝わってきた。カミラはうしろを振り返り、人だかりを見て、恥ずかしさのあまり赤面した。カミラは僕が恥ずかしくて、うんざりしていて、僕のせいで傷ついていた。もう出ようと、カミラが押し殺した声でささやきかけてきた。カミラは野次馬を押しのけ、早足で、僕の六フィート先を歩いていった。僕はのんびりついていった。まったく、くそいまいましい銃の撃ち方を知らないからってなんだってんだ、暇人どもに笑われたからってなんだってんだ、この連中、この愚図な豚ども、にやにやといやらしい笑いを浮かべるメインストリートの腐ったばかどものなかに、「長く失われた丘」のような短篇を書けるやつがひとりでもいるか？　いいや、いないね！　こんなやつらに笑われたって、こっちは痛くもかゆくもないんだ。

　車はカフェの前にとめてあった。僕が着いたときにはもうエンジンがかけてあった。乗りこんだが、カミラは僕が坐るまで待たなかった。さげすみの笑いを浮かべたまま、ちらりとこちらを一瞥すると、カミラはすぐさまクラッチを切った。僕はシートに叩きつけられ、それからフロントガラスに頭をぶつけた。僕らの車の前後には、ほとんど隙間なく二台の車がとまっていた。カミラは前方の一台に車をぶつけ、それから後方の一台にもぶつけた、そうすることで、僕がどれほど間抜けであるかを思い知らせようとしていた。ようやく歩道の縁石から離れて車道に滑りこむと、僕はため息をついてシートにもたれかかった。

「やれやれ、やっとか」

「いいから黙って！」

「なあ、そんなふうにかりかりするなら、もうここでおろしてくれよ。僕は歩いて帰るから」

　返事もせずに、カミラはアクセルを踏みこんだ。僕らの車はダウンタウンを疾走した。僕はシートにしがみつき、適当なところで飛びおりた方がいいんじゃないかと考えていた。やがて、車もまばらな区域にやってきた。町の東部の、工場やビールの醸造所が立ちならぶあたりで、バンカーヒルからは二マイルかそこらの距離だった。カミラは速度を緩めて歩道に寄せた。通りに沿って、背の低い黒いフェンスがはりめぐらされ、その先には鋼鉄のパイプが積まれていた。

「なんでとめた？」僕は訊いた。

「歩きたいんでしょ」カミラは言った。「おりて。歩いて帰って」

「やっぱり車で帰りたい気分だな」

「おりて。本気だから。どんなへたくそでもあんたよりはうまく撃てる！　ほら、さっさとおりて！」

僕はタバコに手を伸ばし、カミラに一本差し出した。

「まあ、話し合おうか」

カミラはタバコの箱を僕の手からひったくり、地面に投げつけ、激しい敵意を込めてにらみつけてきた。「だいっきらい。もう、ほんとだいっきらい！」

僕がタバコを拾いあげるあいだ、夜と人けのない工場地区が、カミラの嫌悪に震えていた。僕にはわかっていた。カミラはほんとうは、アルトゥーロ・バンディーニが憎いのではない。カミラが求める規範に、彼が合致していないという事実が憎いのだ。アルトゥーロを愛したいのに、カミラにはそれができない。カミラは彼に、サミーのようであってほしいと思っている。無口で、物静かで、無表情で、銃の撃ち方を心得ていて、カミラをたんなるウェイトレスとしてしか扱わない良きバーテンダーであってほしいと思っている。僕は車からおりた、にやにやと笑みを浮かべた、その方がカミラが傷つくとわかっていたから。

「おやすみ」僕は言った。「気持ちのいい夜だからね。歩いて帰るのも悪くないよ」

「途中でぶっ倒れたらいいのに。明日の朝、死体になったあんたがどぶで見つかればいい」

「行けるところまで行くさ」

車が走り去るとき、カミラの喉から嗚咽が聞こえた、痛みに満ちた泣き声だった。ひとつ確かなことがある。アルトゥーロ・バンディーニは、カミラ・ロペスにはふさわしくない。

第十六章

豊かな日々、実りある日々、一枚、また一枚と、原稿が積み重なる。豊潤なる日々、僕には語るべきことがある、ヴェラ・リヴケンの物語、ページが積みあがる、僕は幸福に包まれる。素晴らしき日々、家賃を支払い、財布にはまだ五十ドル残っていて、書くことと、書くことについて考えることだけに、昼も夜も没頭する。ああ、甘美なる日々、僕自身が、僕の本が、僕の言葉が成長してゆく、手塩にかけて育ててやる、重要な作品になるだろう、時代を超越する作品になるだろう、それでも僕の作品であることに変わりはない、すでにその第一作の奥深くへ沈潜している、不屈のアルトゥーロ・バンディーニ。

そして日が沈む、さてなにをしよう、言葉の水浴(すいよく)からあがったばかりで魂が冴えざえとしている、足は大地をしっかりと踏みしめている、ほかのみんなは、この世界に生きる僕以外の人たちは、いったいなにをしているんだろう？　店に行って彼女に会おう。カミラ・ロペスに会おう。

僕は行動に移した。以前と同じだった、僕らは相手に気づくなり、視線を交叉(こうさ)させて火花を散らした。だけどカミラは変わっていた、やせこけて、血色が悪く、唇の両端にひとつずつ吹き出物ができていた。僕らはたがいに、あいさつがわりの笑みを浮かべた。チップを渡すと礼を言われた。僕は蓄音機に五セント硬貨を何枚か入れて、カミラの好きな曲を流した。カミラはもう、給仕するあいだ踊らなかった。かつてのように、ちらちらと僕を見てくることもなかった。たぶん、サミーが原因だ。たぶん、カミラはサミーが恋しいのだ。

僕は尋ねた。「あいつ、どうしてる?」

カミラが肩をすくめる。「元気なんじゃないの、たぶんね」

「会ってないのか?」

「会ってるけど」

「きみは元気じゃなさそうだな」

「そんなことない」

僕は席を立った。「じゃあ、もう行くよ。きみがどうしてるか知りたかっただけなんだ」

「ありがとう」

「別に。きみもたまには、僕に会いにきたらどうだ?」

カミラは笑った。「ええ、そのうち。いつかの晩にね」

愛しいカミラ、とうとうきみはやってきた。窓ガラスに小石を投げ、僕が部屋まで引きあげてやった、きみの吐く息はウィスキーのにおいがした、軽く酔った状態でタイプライターの前に坐り、適当にキーボードを叩いてくすくすと笑うきみを見て、僕はただ当惑していた。それからきみは僕の方を振り返った、きみの顔が明かりに照らされてはっきり見えた、下唇が腫れて、左目のまわりには黒と紫のあざができていた。

「誰にやられた?」僕が訊くと、きみは答えた。「車の事故で」そして僕は言った。「サミーの運転にやられたってわけか」するときみは泣いた、酒に酔い、心に深い傷を負って。あのとき、僕はきみに触れることができた、欲望にわずらわされることはなかった。きみといっしょにベッドに横になり、きみを抱きしめることができた、サミーは自分が嫌いなのだときみは言った、きみは仕事が終わったあと砂漠まで車を走らせた、サミーは二度もきみを殴った、寝ている彼を午前三時に起こしたから。

僕は言った。「でも、なんで会いに行くんだよ?」

「好きだから」

きみがハンドバッグから取りだしたボトルを、僕たちはいっしょに飲んだ。まずはきみ、次は僕の順番で。ひと晩中、ボトルがからになると、僕は丘の下のドラッグストアでもう一本、大きなボトルを買ってきた。ひと晩中、僕たちは泣いて飲んだ、飲んでいたから、心のなかで沸き立つ言葉を僕は口にすることができた、あの素晴らしい言葉のすべて、あの巧みな比喩のすべてを、だってきみはほかの男のために泣いていて、僕の言葉なんてひとつも聞いていなかったから、でも僕は自分でそれを聞いていた、あの晩のアルトゥーロ・バンディーニはじつに良かった、なぜなら彼は、彼のほんとうの愛に語りかけていたから、そしてそれはきみじゃない、ヴェラ・リヴケンでもない、それはただ、彼のほんとうの愛としか言いようのないものだった。でもね、カミラ、僕はあの晩、素敵なことを言ったんだ。ベッドの上で、きみの隣でひざをつき、きみの手を握って言ったんだ、「ああ、カミラ、迷える少女よ！　その長い指を広げて、くたびれた僕の魂を返してくれ！　その唇でキスしてくれ、だって僕はメキシコの丘のパンに飢えているから。失われた都市の香りを、熱に浮かされた僕の鼻孔に吹きこんでくれ、そしてここで死なせてほしい、なかば忘れられた南の海岸の白さのような、きみの喉のやわらかな線に触れたまま。その不安げな瞳に希求を宿し、秋のトウモロコシ畑を滑空する孤独なツバメに与えてくれ、なぜってカミラ、僕はきみを愛しているから、そしてきみの名前は、見返りのない愛のために笑みを浮かべて死んでいった、勇敢な王女の名前のように神聖だから」

ねえ、カミラ、あの晩僕は酔っていた、七十八セントのウィスキーを飲んで酔っ払った、そしてきみも酔っていた、ウィスキーと悲嘆に酔いつぶれた。僕はいまでも覚えている、きみは部屋の明かりを消したあと裸になった、唯一脱がずにいた片方の靴に僕はまごついた、僕はきみを抱きしめて眠った、きみのすすり泣きを聞きながら安らかに眠った、だけどきみの瞳から僕の舌へ温かな涙がこぼれ落ちてきて、その塩気を感じ、サミーの顔と、その救いようのない原稿のことを思うと腹が立ってきた。あんなやつがきみを殴るなんて！　ばか野郎が、句読点の打ち方すら知らないくせに。

目を覚ますと朝になっていて、ふたりとも吐き気を催していた、きみの唇はいっそう不気味に腫れあがり、瞳のまわりの黒い染みは緑に変わっていた。きみはベッドから起きあがると、ふらふらと洗面台に向かい顔を洗った。きみのうめく声が聞こえた。きみが服を着るところを僕は見ていた。きみがさよならと言うあいだ、額にきみのキスを感じた、すると僕はまた吐き気に襲われた。きみは窓から外に出た、よろよろと丘をのぼる足音が聞こえた、草がくぐもった音を立て、きみの頼りない足に踏まれて小枝が折れる音がした。

どうにか時系列に沿って思い出すように努力している。冬か、春か、夏か、ろくに変化のない日々だった。夜はいい、暗闇には感謝している、夜がなければ一日がどこで終わり、次の日がどこから始まるのか知りようがない。原稿は二百四十ページに達し、ついに終わりが見えてきた。ここまで来れば、あとは穏やかな海を進むだけだ。僕の手を離れたあとはハックマスのもとへ向かう、ルルル、ラララ、そして苦悶（くもん）の時が始まるのだ。

　カミラと僕が、ふたりでターミナルアイランドに行ったのはそのころだった。そこは人工の島で、長い指のような形の地面がカタリナ島の方へ伸びている。土と缶詰工場に魚の臭い、日本人の子どもでいっぱいの茶色い家、傾斜のある白い砂地と黒いアスファルトの舗道、日本の子どもは通りでフットボールをして遊んでいた。カミラはいらついていた、すでに相当な量の酒を飲んでいた、その瞳は老婆のこわばった目つきを、鶏の目つきを想起させた。広い道路に車をとめて、ビーチに向かって百ヤードの距離を歩いた。水際は岩場になっていて、鋭く尖った石の表面をカニが覆いつくしていた。カニにとっては受難の時間だった、カモメに狙われていたからだ、カモメは甲高い声をあげ、カニをつかみ、たがいの獲物を奪い合っていた。僕たちは砂浜に腰かけてそれを眺めた、カミラはあの鳥を、カモメを、とてもきれいだと言った。

「僕は嫌いだね」

「また始まった！」カミラが言った。「あなたが嫌いじゃないものなんてあるの？」

「よく見ろよ。かわいそうに、なんでカニをあんなふうにいじめるんだ？　カニはなにも悪いことはしてないのに。だいたい、あんな大勢で襲いかかる必要がどこにある?」

「カニね」カミラは言った。「うぇっ」

「カモメは嫌いだ。やつらはなんでも食らう、獲物が死骸ならなお喜ぶ」

「いいかげん黙ってよ。あなたはいっつも、ぜんぶ台なしにする。カモメがなにを食べようと私には関係ない」

通りでは日本人の少年たちがフットボールの熱戦を繰り広げている。全員が、十二歳にもならない子どもだった。そのなかにひとり、じつに見事なパスを出す少年がいた。僕は海に背を向けて試合を観戦した。パスのうまい少年が、逆サイドにいるチームメートの腕のなかにボールを放りこんでいる。僕は興味をそそられ、じっくり見るために腰をおろした。

「海を見なさいよ」カミラが言った。「あなた作家でしょ。作家って、きれいなものを見て感激するんじゃないの?」

「あいつ、きれいなパスを放るんだよ」

唇の腫れは引いたが、目のまわりのあざはまだ消えていなかった。

「前はよくここに来たの。ほとんど毎晩」

「別の作家といっしょにな」僕は言った。「正真正銘の偉大な作家、天才のサミーさまと」

「彼はここが好きだった」

「あいつは偉大な作家だよ、間違いない。あいつがきみの左目に書きつけた物語は、後世に残る傑作だ」

「彼はあなたみたいに無駄口を叩かない。いつ黙るべきかわかってる人」

「つまり、ばかってことだな」

険悪な空気が立ちこめてきた。僕は争いを避けた。立ちあがり、通りで遊んでいる少年たちの方へ歩いていく。どこに行くのかとカミラに訊かれた。「試合に入れてもらおうと思ってね」カミラは憤慨した。「あいつらと？　ジャップの子どもと？」僕は砂地を苦労して進んでいった。

「ちょっと！　この前の晩のこと、覚えてないの？」

僕は振り返った。

「なんの話だ？」

「また歩いて帰るつもり？」

「僕には合ってたよ。バスの方が安全だしな」

両チームの人数が釣り合っていたので仲間には入れてもらえなかったが、代わりにレフェリーをすることになった。じきに、パスがうまい少年のチームが大量得点をあげ、なにか変化が必要だということで、僕が相手チームに加入した。僕らのチームはみんなクオーターバックをやろうとしたから、フィールドはたいへんな混乱に陥った。少年たちは僕にセンターをやらせたが、僕はこの采配が気に入らなかった、パスを受ける資格がないポジションだからだ。けっきょく、お前はパスはできるのかとキャプテンから問われ、テールバックのポジションでプレーするチャンスをもらった。僕はフォワードパスを成功させた。それからあとは楽しくなった。僕が試合に加わってすぐに、カミラはひとりで帰った。試合は日が沈むまで続き、僕らのチームは僅差で敗れた。僕はバスに乗ってロサンゼルスに戻った。

もうカミラには会わないと決意しても意味はなかった。今日は会わずに済んだとしても、明日はどうなるかわからない。カミラにターミナルアイランドに置き去りにされてから二日後の晩、僕は映画を見に出かけた。部屋に戻るためにホテルの古い階段をおりるころには、夜の十二時を過ぎていた。部屋には鍵がかかっていた、しかも中から。ドアノブをまわすと、カミラの声が聞こえた。「一分だけ待って、アルトゥーロ、私だから」

ずいぶんと長い一分だった、ふつうの一分の五倍はあった。部屋のなかをちょこまかと走りまわっている音が聞こえた。クローゼットのドアを乱暴に閉める音、窓を大きく開け放つ音がした。もう一度ドアノブをがちゃがちゃとやってみた。カミラがドアを開けた、胸を大きく上下させて、息を切らして立っていた。瞳は黒い炎の点と化し、頬には血が駆けめぐり、なにやら強烈な喜びにあふれているように見えた。あまりの変わりように僕は軽い恐怖を覚えた、開いたかと思えば閉じるまぶた、落ち着きのない湿った笑み、生き生きとした歯で糸を引いている泡立つ唾。

「ここでなにしてんだ?」

カミラが抱きついてきた。情熱的にキスしてきたが、心がこもっていないことはすぐにわかった。僕が部屋に入るのを、繁茂する愛情によって阻止しようとしていた。カミラはなにか隠している、できるかぎり長いあいだ、僕を僕の部屋から遠ざけておこうとしている。僕はカミラの肩ごしに部屋のなかを見まわした。ベッドの上の枕には、頭の形のくぼみができている。椅子にカミラのコートがひっかけてあり、鏡台には小さな櫛(くし)やヘアピンが散らばっている。なにもおかしなところはない。ひとつだけ気になるのは、ベッドわきに敷かれた二枚の小さな赤いマットだった。位置がずれていた、僕にはひと目でわかった、朝起きてベッドからおりるときに足もとにくるように、いつも決まった場所に置くようにしていたから。

僕はカミラを押しやって、クローゼットのドアを見た。途端に、カミラの呼吸がせわしくなり、クローゼットの方へあとずさりしはじめた。クローゼットの前に立ちはだかり、両手を広げてドアを守ろうとする。「開けないで、アルトゥーロ」カミラは懇願した。「お願い！」

「なんなんだよ、いったい」

カミラは身震いしている。唇を湿らせ、息を飲み、目を涙でいっぱいにして、泣きながら笑っている。「いつか話すから。でも、いまは見ないで。だめなの。ぜったいにだめ。アルトゥーロ、お願い！」

「なかに誰かいるのか？」

「違う」カミラはほとんど絶叫していた。「誰もいない。そういうことじゃないの。ここには誰もいない。でもお願い！　いまは開けないで。ああ、ほんとにお願い！」

また僕に近づいてきた、つきまとわれている気分だった、僕を抱擁するために広げられた腕はなおも、クローゼットのドアを僕の攻撃から守ろうとしているようだった。カミラは口を開けてキスしてきた、不可解な熱烈さ、情熱的な冷ややかさ、官能的な無関心が込もったキスだった。嫌な感じがした。カミラの一部分が、また別の部分を裏切っている、でも僕にはそれがなんなのか突きとめられなかった。僕はベッドに腰をおろし、僕とクローゼットのあいだに立つカミラをじっと見つめた。冷めた心のゆがんだ高揚を、カミラはどうにか押し隠そうとしていた。酔っていることを隠すように強いられた酒飲みのようでもあったけれど、その昂ぶりは誰の目にも明らかで、隠し通すなど不可能だった。

「飲み過ぎだ、カミラ。すこし控えた方がいい」

たしかに自分は酔っているとカミラは認めた、あまりに熱心に同意するので僕はたちまち不審を抱いた。カミラは同じ場所から動かずに、甘やかされた子どものようにこくこくとうなずいた、承認を示す内気な笑み、とがった唇、力なくしおれた眼差し。僕は立ちあがりキスをした。カミラは酔っていた、だけどウィスキーとか、なにかのアルコールで酔っているわけではなかった、酒で酔っているにしては呼気がひどく甘かったから。僕はカミラの手を引いてベッドに坐らせた。カミラの瞳を恍惚がさっと横切り、押し寄せる波となって瞳をうるませ、カミラの腕と指の情熱的な気怠さが僕の喉を探っていた。僕の髪に鼻をうずめてなにかささやき、頭に唇を押しつけてくる。

「あなたが彼だったらよかったのに」カミラがつぶやいた。不意にカミラは絶叫し、静寂を切り裂く悲鳴が部屋の壁に爪を立てた。「なんであんたは彼じゃないの？　ああ、もう、なんで違うの？」カミラは僕を殴りはじめた、左右の拳で僕の頭を何度も打ち、叫び、僕を彼女のサミーにしてくれなかった宿命に怒りをぶちまけながら引っかいてきた。僕はカミラの手首をつかみ、静かにしろと怒鳴りつけた。カミラの腕を押さえつけ、悲鳴をあげる口を片手でふさいだ。カミラはぎょろりと前に突き出た瞳で僕をねめつけ、息を吸おうとしてもがいていた。「静かにするって約束するまで離さないぞ」カミラはうなずき、僕は手を離した。僕はドアの方に行って、廊下から足音が聞こえないか耳をすませた。カミラはベッドにつっぷして泣いている。僕は忍び足でクローゼットに近づいた。直感がカミラに警告を発したようだった。カミラはがばりと起きあがった、涙で顔がぐしゃぐしゃになり、瞳はつぶれたぶどうのようだった。

「そのドアを開けたら、叫ぶからね」カミラは言った。「叫んで、叫んで、叫びまくるから」

そんな展開は望んでいない。僕は肩をすくめた。カミラは顔をもとの位置に戻してまた泣いた。すこし待てば泣きやむだろう。そのあとで、家まで送ってやればいい。ところがそうはならなかった。三十分が経過しても、カミラはまだ泣いていた。僕は身をかがめ、カミラの髪に触れた。「カミラ、きみはどうしたいんだ?」

「会いたい」カミラはすすり泣いている。「彼に会いたい」

「今夜か?」僕は言った。「でも……百五十マイルも離れてるぞ」

千マイルだろうが百万マイルだろうが関係ない、カミラは今夜会いたいのだ。なら行けばいいと僕は言った。カミラの好きにしたらいい。カミラには車がある、五時間も走ればたどりつくはずだ。

「いっしょに来て」まだ泣いている。「彼は私が嫌いなの。でも、あなたのことは好きなの」

「かんべんしてくれ。僕はもう寝たいよ」

カミラは必死に頼んでくる。僕の前でひざをつき、僕の足にしがみついて僕を見あげる。私はサミーを愛している、あなたのような偉大な作家なら、あの手の男を愛するとはどういうことか、もちろんよくわかるだろう。私がなぜひとりで行きたくないのか、説明しなくてもわかるだろう。ここでカミラは目のまわりのあざに触れた。あなたがいっしょに来てくれれば、サミーは私を追い返さない。あなたを連れてきたことに、サミーは感謝するだろう、そしてサミーとあなたは話すだろう、なぜならあなたは文章について、サミーにいろいろなことを教えてあげられるはずだから、そしてサミーはあなたに感謝するだろう、私にも感謝するだろう。僕はカミラを見おろして、歯を食いしばり、なんとかカミラの主張を退けようとした。だが、こんな話を聞かされては、僕にはなにも言えなかった、いっしょに行くことに同意したときは、カミラといっしょに泣いていた。カミラの手を引いて立ちあがらせ、涙をふき、顔にへばりついた髪を整えてやった、自分はカミラにたいする責任を負っていると感じていた。足音を立てないように階段をのぼり、ロビーを通り過ぎて外に出て、カミラの車に乗りこんだ。

ひたすら南に、わずかに東に走っていった、僕らはかわるがわる運転を担当した。日がのぼるころには灰色の荒涼とした土地にいた、目につく植物はサボテンとヤマヨモギとジョシュアツリーだけだった、砂漠だけれど砂に乏しく、広大な平地全体に吹き出物のように岩が転がり、ずんぐりした小さな丘からやけど跡のように隆起していた。それから、車は幹線道路(ハイウェイ)を外れて貨物車用の道に入った。大きな岩が走行をじゃまする、交通量の少ない道だった。道路は物憂げな丘のリズムに合わせて、のぼったりおりたりを繰り返していた。あたりがすっかり明るくなると、深く急峻(きゅうしゅん)な峡谷地帯までやってきた、モハヴェ砂漠に入ってからすでに二十マイルは走っていた。丘の上から見おろした先に、サミーの住む土地がある。カミラは三つの急な丘のふもとに立つ、れんが造りのひらべったい小屋を指さした。ちょうど砂地が途切れるあたりだった。東に目を向けると、平野が果てしなく広がっている。

ふたりとも疲れていた、フォードの激しい揺れのせいで、精も根も尽き果てていた。その時間、あたりはひどく冷え込んでいた。小屋から二百ヤード離れたところに車をとめて、そこから先は石ころだらけの道を歩かなければならなかった。僕が先に立って進んだ。ドアの前でいったん立ちどまる。部屋のなかから、男の重々しいいびきが聞こえる。カミラは扉から距離をとり、腕を組んで鋭い冷気に耐えている。ノックをすると、返答代わりのうめきが聞こえた。もう一度扉を叩くと、今度はサミーの声がした。「おい、スピック女、もしお前なら、顔に蹴りを入れてやるからな」

サミーがドアを開けた、その顔には眠りがしつこくへばりついていた、灰色の目は焦点が合っておらず、ぼさぼさの髪が額にかかっている。「やあ、サミー」

「ああ」やつは言った。「あの女かと思った」

「彼女も来てるよ」

「さっさと消えろと言ってくれ。顔も見たくない」

カミラは小屋の壁ぎわに身を引いていた、僕がカミラの方を見ると、当惑を隠すように笑っていた。三人とも寒さに震え、かちかちと歯を鳴らしている。サミーが大きくドアを開けた。「あんたは入ってくれ」やつは言った。「あいつはだめだ」

僕はなかに入った。ほとんど真っ暗で、古びた下着と病人の眠りの臭いがした。麻布の切れ端で覆われた窓の割れ目から、かすかな光が射しこんでいる。僕が制止する前に、サミーはドアにかんぬきをかけてしまった。

サミーは丈の長い肌着を着ていた。床は土間で、乾いていて砂っぽくて冷たかった。サミーが窓から麻布を引っぺがすと、光が大慌てで転がりこんできた。冷たい空気のなか、僕らの口から蒸気が立ちのぼっている。「入れてやれよ、サミー。ばかな真似すんな」

「あの売女はだめだ」

丈の長いサミーの肌着は、ひざとひじの部分が塵で汚れて黒ずんでいた。背が高く、やつれていて、生ける屍のようで、肌は日焼けして真っ黒だった。サミーは石炭ストーブの方へ歩いていって火をおこした。話し出すと、サミーの声音が変わり柔らかい口調になった。「先週、また別の短篇を書いたんだ。今回はうまく書けたと思う。あんたに読んでもらいたいな」

「ああ、もちろん。でも、とにかく入れてやれって。僕の友人でもあるんだぞ」

「ふん。あの女は処置なしだ。頭がおかしいんだよ。あんなのを相手にしても、面倒事に巻きこまれるだけだ」

「それでも入れてやれよ。外は寒すぎる」

サミーはドアを開け、外に顔を突き出した。

「おい、お前！」

カミラのすすり泣きが聞こえた、どうにか気持ちを落ちつけようとしているのがわかった。「うん、なに？」

「なにばかみたいに突っ立ってんだ。入るのか、入らないのか、はっきりしろ！」

サミーがストーブのそばへ戻っていくあいだに、カミラがおびえる鹿のように入ってきた。「このあたりをうろつくなと言ったはずだけどな」

「彼を連れてきたから」カミラが言った。「アルトゥーロを。あなたと小説の話がしたいんだって。アルトゥーロ、そうでしょ?」

「そういうこと」

カミラは別人のようだった。血管から血が流れ去るように、あらゆる闘志と栄光がカミラから失われていた。意志も精神ももたない生き物として、ただそこに立ちつくしていた。背中を丸め、頭の重さに耐えきれないかのようにぐったりと首を垂れている。

「おい」サミーがカミラに声をかける。「まきをとってこい」

「僕が行くよ」

「こいつでいい。どこにあるか知ってるから」

こそこそと小屋から出ていくカミラの背中を、僕はじっと見つめていた。じきにカミラは、両腕にたくさんのまきを抱えて戻ってきた。ストーブのかたわらの箱にどさりとまきをおろして、なにも言わずに、一本ずつ火にくべはじめた。サミーは部屋の反対側にある箱に腰かけて、靴下をはいている。自分の作品についてひっきりなしに喋っている、中身のない言葉がとめどなく流れでる。カミラはストーブの横に悲しげに立っている。

「おい、コーヒーをいれろ」

カミラは言われたとおりにした、ブリキのカップにコーヒーをいれてサミーと僕に差し出した。眠りから覚めてすっきりしたサミーは、熱意と好奇心でいっぱいの様子だった。僕らは炎を囲んで坐った、僕は疲れていて眠かった、暖かな炎が僕の重たいまぶたをもてあそんだ。僕らの背後や僕らのまわりで、カミラはずっと働いていた。部屋を掃除したり、ベッドを整えたり、皿を洗ったり、あちこちに散らばる服を集めたりと、たえず動きまわっていた。サミーは話せば話すほど、より親密に、より個人的になっていった。彼は書くことそのものよりも、書くことにまつわる経済的な側面に関心を抱いていた。この雑誌の原稿料はいくらだ？　じゃあ、あの雑誌は？　そしてサミーは、原稿を採用してもらうにはこねを使うしかないのだと確信していた。雑誌に原稿を載せたいなら、編集部でいとこやら兄弟やらが働いているとか、なんでもいいから強力なつてがなければどうしようもない。サミーの考えを改めさせようとしてもむだだった、だから僕は黙っていた、良い文章を書く能力が決定的に欠如している以上、サミーはこうした理屈でもって自分を納得させるしかないのだとわかっていたから。

サミーと僕のためにカミラが朝食を用意した、僕らはひざに皿を乗せて食べた。メニューはコーンミールのフライとベーコンエッグだった。不健康な人間に特有の荒々しさで、サミーはそれをがつがつと平らげた。僕らが食べ終えると、カミラは食器を回収して洗った。それから自分の朝食をとった、僕らから離れて、部屋の片隅にちょこんと腰かけていた。ブリキの食器にフォークが触れる音だけが響いていた。あのひどく長い朝、サミーはずっと喋っていた。ほんとうは、サミーは文章にかんするアドバイスなど必要としていなかった。僕はまどろみの霧のなかをさまよいながら、どんなふうに書くべきか、どんなふうに書くべきでないかを語るサミーの声を聞いていた。だが、さすがに疲労の限界だった。悪いが休ませてほしいと僕は言った。サミーは僕を、小屋の外の椰子(やし)の木陰に案内した。

すでに空気は暖かくなり、日は高くのぼっていた。僕はハンモックに横になり眠りに落ちた、記憶に残っている最後の眺めは、カミラが黒ずんだ水でいっぱいの洗濯おけの上にかがみこみ、下着やオーバーオールを洗っている姿だった。

六時間後、カミラに起こされ、もう二時だから帰らないといけないと言われた。コロンビア・ビュッフェの仕事は七時からだ。きみは寝たのかと僕は訊いた。カミラは首を横に振った。その顔からは、疲労と悲嘆がありありと読みとれた。僕はハンモックからおりて、砂漠の熱気のなかに立った。服は汗で湿っていたが、しっかり休息をとれたので気分が良かった。

「あの天才作家は?」僕は訊いた。

カミラは小屋の方をあごで示した。僕はドアに近づいていった。途中、長い物干しロープの下をくぐった。洗いたての乾いた衣類の重みで、ロープは大きくたわんでいた。「これ、ぜんぶきみがやったのか?」僕は訊いた。カミラは笑った。「服を洗うの、楽しいから」

ごうごうといういびきが小屋から聞こえてくる。僕はなかをそっと覗いた。半裸のサミーが寝台に横たわっている。口が大きく開かれ、両腕と両足はてんでんばらばらの方向に広がっている。僕は忍び足で小屋を離れた。「いまのうちだな。さっさと行こう」

カミラは小屋のなかに入り、サミーの寝台へそっと歩いていった。カミラがサミーの上で前かがみになり、顔や体をじっくり眺めるところを、僕はドアのかたわらに立って見ていた。それからカミラは体を曲げて、自分の顔をサミーの顔に近づけた、キスしようとするかのように。その瞬間、サミーが目を覚まし、ふたりの目が合った。サミーが言った。「出てけ!」

カミラはきびすを返して小屋を出た。ロサンゼルスへの帰り道、僕らはひとことも喋らなかった。アルタ・ロマ・ホテルの前でカミラが僕をおろしたときも、そのときさえも喋らなかった、けれどカミラはほほ笑みで感謝を伝え、僕はほほ笑みで共感を示し、そしてカミラは走り去った。すでに暮れ方となり、ピンク色の夕陽の染みが西に沈もうとしていた。僕は自分の部屋に戻り、あくびして、ベッドに倒れこんだ。横になりながら、ふと、ドアの閉めきられたクローゼットのことを思い出した。僕は立ちあがり、クローゼットのドアを開けた。どこもおかしなところはない、服はフックにかけてあるし、旅行かばんはいちばん上の棚に置いてある。でも、このクローゼットに照明はついていない。マッチを擦り、床の部分を照らしてみた。隅にマッチの燃えかすと、なにか茶色い粒、粗く挽いたコーヒー豆のようなものが、二十粒かそこら転がっていた。その粒に指を押しつけ、舌先で軽くなめてみた。粒の正体がわかった。マリファナだ。僕には確信があった、前にベニー・コーエンが、こいつには気をつけるようにと言って見せてくれたことがあったから。だからカミラはここに来たのだ。マリファナを吸うには、密閉された空間を用意しなければならない。二枚のマットの位置がずれていたこともこれで説明がつく。ドアの下の隙間をふさぐために、このマットを使ったわけだ。

カミラはヤク中だ。僕はクローゼットのなかのにおいを嗅いだ、そこにかかっている服に鼻を近づけた。トウモロコシの穂を焼いたにおいがした。カミラは、ヤク中だ。

僕の知ったことじゃない、でも彼女はカミラだ。カミラは僕をだました、僕をあざけった、カミラは別の男を愛している、でも彼女はほんとうに美しくて、僕には彼女がどうしても必要だった、だから僕は自分の問題として扱うことに決めた。晩の十一時、カミラの車のなかで彼女を待った。

「ヤク中なんだな」僕は言った。

「たまにね。疲れてるときだけ」

「二度と吸うな」

「常習じゃないから」

「とにかくやめろ」

カミラは肩をすくめた。「どこも悪くなってないし」

「やめると約束してくれ」

カミラは胸の前で十字を切った。「神にかけて誓います、嘘だったら死んでもいいです」でもカミラが話しているのはアルトゥーロで、サミーではなかった。約束を守る気がないことはわかりきっていた。カミラは車を発進させ、ブロードウェイをくだってエイト・ストリートに向かい、それからセントラル・アヴェニューへ南下していった。「どこに行くんだ?」

「着いてのお楽しみ」

やってきたのは、セントラル・アヴェニューにあるロサンゼルスの黒人地帯だった。ナイトクラブ、打ち捨てられた集合住宅、いまにも崩れ落ちそうなオフィスがひしめき合う、黒人(ニグロ)にとっては貧困を、白人にとっては気晴らしを意味するさびれた通り。「クラブ・キューバ」というナイトクラブの大きな看板の下で車を停めた。カミラはドアマンと顔見知りだった、図体のでかい男で、金ボタンのついた青い制服を着ている。「仕事で」カミラは言った。ドアマンは歯を見せて笑うと、見張りを代わるように誰かに合図し、フォードのステップボードに飛び乗った。これがはじめてではないような、決められた手順をこなしているような感じだった。

曲がり角を曲がり、通りを二本通過して、細い路地へやってきた。カミラは路地に進入し、ヘッドライトを消して、漆黒の闇のなかを注意深く運転した。空き地のような場所までやってくると、カミラはエンジンをとめた。ばかでかい黒人がステップボードから飛びおりて、懐中電灯の明かりをつけ、ついてくるようにと合図をした。「いったいどういうつもりなのか、訊いてもいいかな?」僕は言った。

ドアを開けてなかに入った。先導役は黒人だった。黒人がカミラの手を、カミラが僕の手を握っている。僕らは長い廊下を歩いていった。じゅうたんの類いが敷かれていない、堅い木材の床だった。三人の足音は廊下のはるか先まで反響し、上階に向かっておびえた鳥のように浮上していった。三フロア分の階段をのぼって、ふたたび長い廊下を進んだ。ようやく扉の前に来た。黒人が扉を開けた。なかは完全な暗闇だった。僕らはなかに入った。部屋には煙の臭いが充満していた、煙は目に見えなかったけれど、洗眼液のように目にしみた。煙は僕の喉を詰まらせ、鼻孔に襲いかかってきた。暗闇のなかで、僕は息を飲んだ。それから、黒人が懐中電灯のスイッチを入れた。

部屋に、小さな部屋に、ひと筋の光線が走った。いたるところに体がある、黒人の体がある、男も女もいる、たぶん二十人くらい、床にそのまま寝そべったり、スプリングにマットレスを載せただけのベッドに横になったりしている。連中の目が見えた、大きくて、灰色で、懐中電灯に照らされると牡蠣(かき)みたいだった、なにかを燃やしている煙に徐々に体が慣れてくると、部屋のあちこちで小さな赤い点が光っているのが見えてきた、みんなマリファナを吸っていた、暗闇のなかで物音も立てずに、そして僕は鼻を刺す臭気を吸いこんで、肺にひりひりとした痛みを覚えていた。巨体の黒人はベッドにいる先客を追い払った、穀物の袋を床に払い落とすような手つきだった、黒人の手もとを懐中電灯で照らすと、マットレスの裂け目からなにかを引っぱり出しているのが見えた。「プリンス・アルバート」のタバコ缶だった。黒人はドアを開け、僕たちはそのあとについて階段をおり、来たときと同じ暗がりを通って車に向かった。黒人はカミラに缶を渡し、カミラは黒人に二ドル払った。僕らは彼をドアマンの仕事場へ送り返してから、セントラル・アヴェニューに戻ってロサンゼルスの中心部へ向かった。

　僕は言葉を失っていた。車はテンプル・ストリートにあるカミラの自宅へ向かった。陰気な建物で、建材の木は陽射しのせいで病気になり壊死（えし）する寸前だった。このアパートの一室がカミラの部屋だった。折りたたみ式のベッド、ラジオ、青い布張りの汚い安楽椅子が置かれていた。カーペットが敷かれた床にはパンくずやほこりが散らばり、部屋の隅には、開いたままの映画雑誌が裸の人間のように寝そべっている。キューピー人形が何体か所在なげに立っているが、これはたぶん、海辺の祭りでもらった景品だろう。また別の一角には自転車がある、タイヤがぺたんこなので長いこと乗っていないのがわかる。さらに別の一角には針と糸が絡み合った釣り竿があり、最後の一角ではショットガンが塵をかぶっている。ソファの下には野球のバットがあり、安楽椅子のクッションのあいだには聖書がはさまっている。折りたたみ式ベッドは開かれた状態で、シーツは汚れていた。一方の壁にはゲーンズバラ『青衣の少年』の複製画がかかり、反対側にはインディアンの戦士が空にあいさつを送るポスターが貼ってあった。

キッチンに行ってみた、シンクからは生ごみの臭いが漂い、コンロの上には油でぎとついたフライパンが放置されている。冷蔵庫を開けたところ中身はほとんどからっぽで、練乳の缶とバターしか入っていなかった。冷蔵庫の扉がきちんと閉まらなかったが、まあそうだよなとしか思わなかった。折りたたみ式ベッドの背後にあるクローゼットを覗いてみた、そこにはたくさんの服とたくさんのフックがあった、だけど服はみんな床に散らばり、フックにかかっているのは麦わら帽子だけだった、麦わら帽子がぽつんと宙に浮いているのはどこか滑稽な眺めだった。

なら、カミラはここに住んでいるのだ！　僕はその匂いを嗅ぎ、指で触れて、足で歩きまわった。僕が想像したとおりの部屋だ。ここがカミラの家なのだ。目隠しされても僕にはわかっただろう、だってカミラの匂いが部屋に充満しているから、熱っぽくて迷子みたいなカミラという人間が、成就する見込みのない計画の一部としてこの部屋をあからさまに示しているから。テンプル・ストリートのアパートの一室、ロサンゼルスのアパートの一室。カミラはゆるやかに起伏する丘に、広い砂漠に、高い山に属している、どんなアパートもカミラなら台なしにしてしまうだろう、こんな小さな牢獄みたいな場所は、残らず壊滅させてしまうだろう。そう、僕の想像のなかではずっとそうだった、カミラをめぐる計略や見解を通じて、僕はずっとそう考えていた。ここがカミラの家、カミラの没落、カミラのとりとめのない夢だった。

カミラはコートを脱いでソファに身を投げた。汚いカーペットを暗い表情で見つめている。僕は安楽椅子に腰をおろし、タバコをふかして、カミラの背中から尻にかけての曲線をつくづく眺めた。セントラル・アヴェニューのホテルの暗い廊下、奇妙な黒人、暗闇に沈む部屋とヤク中ども、そして目の前にいる女は、彼女を憎む男を愛している。これらはすべて、ねじくれて、魅惑的な醜悪さのなかでヤク漬けになっている織物の一部だった。テンプル・ストリートで過ごす夜更け、僕らのあいだにはマリファナの缶がある。カミラはそこで横になっている、長い指でカーペットをいじっている、疲れていて、物憂げで、なにかを待っている。

「試したことある?」カミラが訊いた。

「僕はいい」

「一回だけなら平気」

「僕はいい」

カミラは身を起こし、マリファナの缶が入っているハンドバッグを手探りして、タバコの巻き紙の箱を取りだした。たっぷりの葉を紙で巻き、糊(のり)の部分をなめ、両端をつまみ、僕に差し出してきた。受けとりつつも、僕は言った。「僕はいい」

カミラは自分の分を巻いた。立ちあがって窓を閉め、しっかりと掛けがねをかける。ベッドから毛布を引っぱっていって、ドアの隙間をふさぐように寝かせる。カミラは注意深く周囲を見まわした。僕を見つめ、そして笑った。「みんな反応が違うの。たぶんあなたは悲しくなって、泣くと思う」

「僕はいい」

カミラは自分の葉っぱに火をつけたあと、マッチをもつ手を僕の方へ伸ばした。

「いやだ、やらない」僕は言った。

「吸って。それで息をとめて。しばらく吸いこんだままでいる。苦しくなるまで。それから吐きだす」

「ああ、くそ、なんでこんな目に」

僕は吸った。息をとめた。苦しくなるまで、長いこと息をとめた。それから吐きだした。カミラはソファに寄りかかり、同じようにした。「二本必要なときもあるから」カミラは言った。

「僕には効かないよ」

指先が焼かれるまで僕らは吸った。僕はさらに二本巻いた。二本目の途中でそれは来た、ふわりと浮かび地上から離れてゆく、空間を圧倒する男が歓喜して勝ち誇る、途方もない力が満ちるのを感じる。僕は笑い、また吸った。カミラは横になっている、昨夜の冷ややかな倦怠が、冷たい情熱が顔に貼りついている。でも僕は部屋を越えていた、自分の肉体の限界を超えていた、輝く月と瞬く星の大地を浮遊していた。僕は無敵だった。僕は自分ではなかった、かつてもいまも僕はけっして、不快な幸せと奇妙な勇敢さを備えたあいつではなかった。僕の横のテーブルにランプがあった、手にとって眺め、それから床に落とした。ランプは割れて、ガラスの破片が散らばった。僕は笑った。カミラは割れた音を聞き、床の惨状を見て、やっぱり笑った。

「なにがおかしいんだ？」僕は言った。

カミラはまた笑った。僕は立ちあがり、ソファまで歩き、カミラを抱いた。僕の腕には恐ろしいほどの力が宿っていた、その圧力と欲望に締めつけられてカミラはあえいだ。

立ちあがり服を脱ぐカミラを僕は見ていた、まだ地上にいたころの記憶が告げている、この顔はどこかで見たぞ、服従と恐怖の顔、そして砂漠の小屋を思い出した、外に行ってまきを取ってこいとカミラに命令するサミーを思い出した。遅かれ早かれそうなるだろうと、僕が知っていたとおりになった。カミラは僕の腕のなかで泣き、僕はカミラの涙を笑い飛ばした。

　すべてが終わり、炸裂する星々に向かう浮遊の夢から覚め、僕の血をつまらない水路に流すために肉体が回帰したとき、そして部屋が、汚くてみすぼらしい部屋が、からっぽで意味のない天井が、疲れ果てて弱りきった世界が戻ってきたとき、僕はかつての罪の感覚、犯罪と禁忌を犯したという感覚、破壊の感覚のほかに、いかなる感覚も抱かなかった。ソファに横たわるカミラのかたわらに坐った。カーペットを見つめた。割れたランプのガラスの破片を眺めた。部屋を歩くと痛みを感じた、僕の重みによって傷つけられた足の肉が、鋭い痛みに襲われた。その傷がもたらしたのは、僕にふさわしい痛みだった。靴をはくとき足が切れていることに気づいた、部屋を出た僕は夜のまぶしさに呆然とした。部屋までの長い道のりを、足を引きずって帰った。カミラ・ロペスには二度と会うまいと僕は思った。

第十七章

　だが、大いなる出来事が近づいていた、僕にはそれについて話す相手がいなかった。あの日々がやってきた、ヴェラ・リヴケンの物語を書き終える日、原稿を見なおす楽しい日々、穏やかな水面を航海してハックマス、あなたのもとへ、あと二、三日もすれば、あなたは素晴らしいなにかを目にするだろう。僕は原稿の手直しを終えて送付した、そこから先は待機の時間、祈念の時間だ。もう一度、祈りを捧げた。ミサと聖体拝領に行った。九日間(ノヴェナ)の祈りに励んだ。ろうそくに火をともし、祝福された聖処女の祭壇に奉納した。奇跡を求めて僕は祈った。

　奇跡は起きた。こんなふうに起きた。僕は部屋の窓辺に立ち、窓の木枠を虫が這(は)っているのを眺めていた。木曜日の午後三時十五分だった。ドアをノックする音が聞こえた。ドアを開けると、そこに彼が立っていた、電報配達員の青年が。僕は受領のサインをして、ベッドに腰かけ、ついに親父の心臓がワインでやられたかなと考えた。電報にはこう書いてあった。「貴殿の著作を採用した本日契約書を発送する。ハックマス」これですべてだった。紙が手からすり抜けてカーペットの上に落ちた。ベッドに坐った。それから床におりて、電報にキスをした。ベッドの下に這っていって、なにもせずただ横になった。もう日の光は必要なかった。地上も、天国もいらなかった。ただそこに横たわり、幸せに包まれて死んでゆく。もう、僕の身にはなにも起きない。僕の人生は終わった。

契約書はエアメールで届くのか？ それからの数日間、僕は部屋のなかをうろうろと歩きまわった。新聞に目を通した。エアメールとはあまりにも不確かな、あまりにも危険な手段だった。エアメールだなんて、とんでもない！ 飛行機は毎日墜落している、残骸が地上を覆い、パイロットが命を落としている。あまりにも、反吐が出るほど危うい手段だ、歴史の浅い危険な賭けだ、それで僕の契約書はいったいどこに？ 郵便局に電話をかけた。ネヴァダ山脈上空の飛行状況はどうなってますか？ 良好です。すべての飛行機の消息が判明していますか？ 判明しています。残骸はありませんか？ 僕の契約書はどこですか？ 僕はサインの練習に長い時間を費やした。ミドルネームを使うことに決めた、全体ではアルトゥーロ・ドミニク・バンディーニ、もしくはA・D・バンディーニ、アルトゥーロ・D・バンディーニ、A・ドミニク・バンディーニ。契約書は月曜午前、普通郵便で到着した。五百ドルの小切手が同封されていた。嘘だろ、五百ドルかよ！ 僕はモルガン財閥の一員となった。いますぐ隠遁（リタイア）してもいいくらいだ。

ヨーロッパでの戦争、ヒトラーの演説、ポーランドをめぐるごたごた、それがこの日の話題だった。なんてくだらない！ この戦争屋ども、アルタ・ロマ・ホテルのロビーにたむろする暇人ども、ニュースっていうのはこれだよ、これ。想像力を刺激する法律用語でいっぱいのこの小さな紙、僕の本だよ！ ヒトラーがなんだ、こっちの方がヒトラーよりよほど重要だ、ここには僕の本のことが書いてあるんだ。それは世界を揺さぶるわけでも、人を殺すわけでも、銃口から弾丸を飛ばすわけでもないだろう、そう、だけどきみは死ぬ間際にそれを思い出すだろう、そこに横たわり息を引きとる直前に、この本を思い出してきみはほほ笑むだろう。ヴェラ・リヴケンの物語、生から写しとった一断片。

誰も興味を示さなかった。この連中はヨーロッパの戦争の方が、ものめずらしい写真の方が、そしてルーエラ・パーソンズのゴシップ記事の方がお好みだった。痛ましく哀れな人びと。僕はただ、ロビーの椅子に腰かけて、悲しく首を振るばかりだった。

誰かにこの報せを伝えなきゃいけない、それはカミラを措いてほかにいない。もう三週間も会ってなかった、テンプル・ストリートでマリファナを吸ってからずっと。だけどカミラは店にいなかった。別の女がウェイトレスをやっていた。僕はカミラのことを訊いてみた。新しいウェイトレスはなにも話したがらなかった。急に、コロンビア・ビュッフェは墓穴のようになった。太ったバーテンダーにも訊いてみた。カミラは二週間前から姿を見せていなかった。クビになったのか？　さあね。病気なのか？　知らんよ。こいつもやっぱり、なにも話したがらなかった。

いまの僕はタクシーだって乗れる。二十台のタクシーを呼んで、昼も夜も乗りまわせる。タクシーをつかまえて、テンプル・ストリートのカミラのアパートに向かった。ドアをノックしたが返事はなかった。ドアノブをまわしてみた。ドアは開いた、なかは暗かった、僕は明かりのスイッチを入れた。カミラがベッドに横たわっている。カミラの顔は黄ばんでいた、本に挟まれて乾燥した、古びたバラの顔だった、かろうじて瞳だけが、まだそこに生命があることを物語っていた。部屋は鼻を刺すにおいがした。ブラインドがおろされていた、玄関のドアは思うように動かなかった、僕はドアと床の隙間に置かれたカーペットを蹴っ飛ばした。カミラは僕を見て息をのんだ。僕に会えて嬉しそうだった。

「アルトゥーロ」カミラは言った。「ああ、アルトゥーロ！」

本のことも契約のことも話さなかった。小説なんて、くそくだらない小説なんてどうでもいい。目がずきずきした、カミラのせいだ、僕の目はあのとき、浜辺で月明かりを浴びて走る野性的で引き締まった体の女を思い出していた、肉づきの良い腕でビールの載ったトレーを運び、踊るように給仕していた美しい女を思い出していた。その彼女が、見る影もない姿で横たわっている、ベッドのかたわらに置かれた灰皿は、タバコの茶色い吸いさしであふれかえっている。もうやめたの。もう死にたい。それがカミラの言葉だった。「ぜんぶ、どうでもいい」カミラは言った。

「食べなきゃだめだ」僕は言った。カミラの顔は、黄色い皮を張って伸ばしただけの頭蓋骨と変わらなかった。ベッドに腰かけてカミラの指を握った、皮膚の下の骨を感じた、あまりに小さい骨なので驚いた、あんなにもまっすぐで、豊かで、背の高いカミラだったのに。「腹減ってるだろ」僕は言った。食べたくないとカミラは答えた。「とにかく食え」

買い物をするために外に出た。アパートの何軒か隣に小さな食料品店があった。すべての棚の商品を注文した。その棚にあるやつぜんぶ、この棚にあるやつぜんぶください、これもください、あれもください。牛乳、パン、缶ジュース、フルーツ、バター、野菜、肉、ポテト。すべてをカミラの部屋に運ぶには三往復しなければならなかった。ひととおりキッチンに積みあげると、食品の山を眺めながら頭をかいた、カミラになにを与えればいいだろう？

「なにも欲しくない」カミラは言った。

牛乳だ。僕はコップを洗い牛乳をなみなみ注いだ。カミラは起きあがった、肩のところが破けたピンクのナイトガウンは、カミラが身を起こした拍子にさらに深く裂けてしまった。カミラは鼻をつまんで牛乳を飲んだ、三口飲むと、息を切らして横になった、うんざりして、吐き気を覚えて。

「ジュースは?」僕は言った。「ぶどうジュースだ。牛乳より甘くておいしいだろ」瓶の栓を抜いてコップいっぱいに注ぎ、カミラに差し出した。カミラはごくりと飲んでから横になり、胸を大きく上下させた。それから、顔をベッドから突き出して、すべてを床にぶちまけた。僕は床を拭いた。部屋を掃除した。皿を洗い、シンクをごしごしとこすった。カミラの顔を洗ってやった。階段を駆けおりて、タクシーをとっつかまえ、あちこちを走りまわって店を探し、カミラのためにきれいなナイトガウンを購入した。いくつか菓子も買った、それにたくさんの写真雑誌も、『ルック』、『ピック』、『スィー』、『シック』、『サック』、『ワック』とか手当たり次第、カミラの気晴らしになるもの、くつろげるようなものを。

戻ってくると、ドアに鍵がかかっていた。どういうことかすぐにわかった。僕はドアをがんがん叩き、つま先で蹴りつけた。建物全体に騒音が鳴り響いた。同じ並びの家のドアが開き、顔だけ覗かせてこちらを見ている。古ぼけたバスローブを身にまとった女が下の階からやってきた。このアパートの大家だ。僕にはひと目で大家だとわかった。大家は階段をのぼりきったところで立ちどまった、僕に近寄るのを恐れていた。

「なんのご用?」大家は言った。

「鍵がかかってるんです。なかに入らないといけないのに」

「つきまとうのはやめなさい。私はね、あなたみたいな人のことはよく知ってるんです。ほっといてあげなさいな、気の毒な女の子なんだから。さもないと警察を呼びますよ」

「僕は彼女の友人です」

部屋のなかから、嬉々とした、耳をつんざくような笑い声が聞こえた、歓喜にまみれた否認の叫びだった。「友だちじゃない！　まとわりつかないでよ、迷惑だから！」そしてまた笑いが聞こえた、甲高くて、おびえていて、罠にかかって部屋に閉じこめられた鳥のような声だった。いまや廊下は、寝間着姿の住人たちであふれかえっていた。雰囲気は険悪で、敵意に満ちている。廊下の反対側の突き当たりに、シャツ一枚のラフな恰好の男ふたりが姿を見せた。葉巻をくわえたでかい方が、ズボンをぐいと引きあげて言った。「そいつを叩き出すぞ」僕はドアを離れた。連中と距離をとるために早足で後退し、いやしい笑みを浮かべる大家のわきを通り過ぎて、下の階へおりていった。外に出るなり走り出した。ブロードウェイとテンプル・ストリートの交差点にタクシーが停車していた。僕はタクシーに乗りこみ、とにかく走ってくれと運転手に言った。

関係ない、僕の知ったことじゃない。でも僕は覚えていた、カミラの髪の黒い房を、カミラの瞳の狂おしい深みを、カミラとはじめて知り合った日にみぞおちに感じた衝撃を。二日間は近寄らずにいたけれど、けっきょく耐えられなくなった。僕はカミラを助けたかった。カーテンの罠に捕らわれたカミラを連れ出し、南のどこか、海が見える場所に送りとどけてやりたかった。僕ならできる。カネならいくらでもある。僕はサミーのことを考えた、だけどあいつはカミラをひどく嫌っている。この町から出るだけでも、状況はだいぶましになるはずだ。僕はもう一度試してみることに決めた。

時刻は正午近くだった。ものすごく暑かった、ホテルの部屋はあまりにも暑すぎた。暑さが僕に行動を起こさせた、べとついた倦怠が、地上に降りつもった塵が、モハヴェ砂漠から吹きつける熱風が。テンプル・ストリートのアパートの裏手にまわった。二階に続く木の階段があった。こんな日は、窓から吹きこむ風に通り道を作るために、玄関のドアを開けて涼をとっているはずだ。

思ったとおり。ドアは開いていた、でもカミラは部屋にいなかった。カミラの荷物が部屋の真ん中に積まれていた、箱や旅行かばんのなかで衣類が身をよじらせていた。折りたたみ式のベッドは開いたままで、マットレスはシーツをはがされて裸になっていた。部屋から生活が剥ぎとられていた。あたりに消毒薬のにおいが漂っていることに気づいた。部屋は燻蒸剤で消毒されていた。僕は大急ぎで階段をおりて大家の部屋に向かった。

「またあなた！」ドアを開けるなり大家が叫んだ。「ああ、いやだ！」大家はぴしゃりとドアを閉めた。僕はドアの前に立って大家に懇願した。「僕は彼女の友人です。神かけて誓います。彼女を助けたいんです。僕を信じてください」

「帰ってちょうだい。でないと警察を呼びますよ」

「彼女は病気なんです。誰かが助けてやらなきゃいけないんです。僕は彼女の力になりたい。どうか信じてください」

ドアが開いた。女は僕の瞳をまっすぐ見すえた。背丈は人並みで、ずんぐりしていて、かちこちに固まった顔にはなんの表情も宿っていなかった。女は言った。「入りなさい」

僕はなかに入った。奇妙に飾り立てられた、寒々しい部屋だった。風変わりな小物でごった返し、ピアノの上には重たそうな写真立てや、けばけばしい色合いのショールや、珍奇なランプや花瓶が雑然と並んでいた。坐れと言われたが、僕は坐らなかった。

「あの子はもういませんよ。頭がおかしくなってね。仕方なかったの」

「いまどこにいるんですか？　なにがあったんですか？」

「仕方なかったの。良い子だったんだけどね」

警察を呼ぶしかなかった、大家はそう説明した。僕が来た翌日の晩の出来事だった。カミラは荒れ狂い、食器を投げ、窓から家具を放り出し、絶叫し、壁を蹴り、ナイフでカーテンを切り裂いた。大家は警察を呼んだ。救急車がやってきて、ドアを壊してカミラを捕らえた。ところが警察はカミラを連行しなかった。救急車がやってくるまでのあいだ、カミラを押さえつけ、おとなしくさせていただけだった。泣き叫び、もがきながら、カミラは病院へ連れて行かれた。それですべてだった、言い足すことがあるとすれば、カミラは三週間分の家賃が未払いで、部屋と家具に取り返しのつかない損傷を与えたことくらいだった。大家はその金額に言及し、僕は全額を支払った。大家は僕に領収書を渡して、甘ったるい偽善の笑みを浮かべた。「あなたが立派な青年だってことは、わかってましたよ」大家は言った。「最初に目が合ったときから、わかってましたとも。でも、この町でよそ者を信用するのはやめときなさい」

僕は市電に乗って郡の病院に行った。カミラ・ロペスの名前を告げると、受付にいる看護婦はとじ込み式のカードを調べた。「ここに入院されてますね。でも、面会謝絶ですよ」

「具合は？」

「お答えできません」

「いつなら会えますか？」

面会日は水曜だった。まだ四日も先だ。巨大な病棟を出て中庭を歩いた。窓を見あげ、中庭を適当にぶらついた。それからタクシーに乗り、ヒル・ストリートを通ってバンカーヒルに戻った。待つだけの四日間。ピンボールやスロットマシンをしてやり過ごした。つきはめぐってこなかった。相当な額を擦ったが、時間をつぶすことはできた。火曜の午後はダウンタウンに出かけて、カミラのために買い物をした。持ち運び式のラジオ、箱詰めの菓子、パジャマの上に着るガウン、フェイスクリームとかその手のものをたくさん。それから花屋に行って、二ダースの椿を注文した。水曜の午後、大量の荷物を抱えて病院に向かった。椿は夜のあいだにしおれてしまった、水につけておくという発想が僕にはなかったから。病院の階段をのぼるあいだ、顔から汗が噴き出してきた。そばかすが大きく開いているのがわかった、はじけて顔から飛びだそうとしているようにさえ感じられた。

受付にいるのは前回と同じ看護婦だった。椅子に差し入れを置いてから、カミラ・ロペスとの面会を申し込んだ。看護婦はカードを調べた。「ロペスさんは、もういません。別の施設に移られました」

僕は暑さにやられてへとへとだった。「別の施設って、どこですか？」お答えできませんという看護婦の返事を聞いて、僕は不満をぶつけた。「僕は彼女の友人です。彼女を助けたいんです」

「申し訳ありません」

「誰に訊けばいいんですか？」

そう、いったい誰に訊いたらいい？　階段をのぼったりおりたりして、僕は病院じゅうをさまよった。医者に訊き医学生に訊き、看護婦に訊き看護学生に訊き、ロビーで待ち廊下で待ち、けれど誰もなにも教えてくれなかった。みんな、小さなカードに手を伸ばし、それから同じことを口にした。別の施設に移られました。亡くなったわけではありません。そこはみんな否定した、すぐさま核心に踏みこんだ。いいえ、彼女は死んでいません。別の施設へ移送されただけです。だからといって、どうすることもできなかった。僕は表玄関から外に出て、まぶしい陽射しを浴びながら市電の方へ歩いていった。車両に乗りこむとき、差し入れのことを思い出した。病院に忘れてきた。どの待合室に置いてきたのかも覚えていなかった。もうどうでもよかった。悄然（しょうぜん）として、僕はバンカーヒルへ戻った。

別の施設に移されたというなら、それは州か郡の病院だろう、だってカミラはカネをもっていないんだから。カネ。僕にはカネがある。三つのポケットがいっぱいになるほどある、部屋にあるズボンのポケットにもぎゅうぎゅうに詰まってる。そのカネをぜんぶまとめて病院に届けることだってできる、でも、たとえそうしたところで、カミラの身になにが起きたのか、連中から聞き出すことはできないだろう。カネがなんの役に立つ？　払えと言うなら払ってやる、そしてあの廊下が、エーテル麻酔のかかったあの廊下が、低い声で話すあの謎めいた医師たちが、無口で落ち着きはらったあの看護婦たちが、僕を当惑させるのだ。なかば放心状態で市電をおりた。バンカーヒルの階段をのぼる途中、そばの建物の戸口に腰かけ、眼下に広がる町を眺めた、塵と雲が夕方前の大気のなかを舞っていた。もやから熱気が立ちのぼり、僕の鼻孔に流れこむ。濃霧のように陰気な白が、町全体を覆っている。でもそれは霧ではなかった。それは砂漠の熱気だった、モハヴェとサンタアナから吹きつける強力な突風だった、囚われの身となったわが子を取り返そうとする、荒れ地の青白い指だった。

翌日、カミラの居場所を突きとめた。僕はダウンタウンのドラッグストアから、デル・マリアにある精神異常者のための郡の施設に長距離電話をかけた。僕は電話交換手の女に、施設で働いている医師の名前を尋ねた。

「ダニエルソン先生です」女は言った。

「つないでください」

女が電話の交換盤を操作すると、受話器の向こうから別の女の声が聞こえてきた。「お電話代わりました、ダニエルソン医師の診療室です」

「こちらはジョーンズ医師だ」僕は言った。「ダニエルソン先生と話がしたい。緊急の用件だと伝えてくれ」

「少々お待ちください」

そして男の声に代わった。「もしもし、ダニエルソンです」

「もしもし、私は医者のジョーンズ、ロサンゼルスのエドモンド・ジョーンズです。郡病院からそちらの施設へカミラ・ロペスさんが移送されたはずですが、容体はいかがですか?」

「それは言えません」ダニエルソンが言った。「彼女はまだ監視下にありますから。エドモンド・ジョーンズ先生と仰いましたか?」

僕は電話を切った。とりあえず、カミラの居場所は判明した。居場所を知ったからといって、会いに行けるわけではない。それはむりな相談だ。僕は前もって、事情に通じている面々から話を聞いていた。患者と面会したいなら、患者の親類縁者であることを証明しなければならない。申込用紙を提出し、病院側がそれを精査したあとで、はじめて面会が許される。患者に宛てて手紙を書いたり、贈り物を送ったりすることはできない。僕はデル・マリアには行かなかった。できるかぎりのことはしたから、それで満足だった。カミラは精神に異常をきたした。僕には関係のない話だ。そもそも、カミラが愛してるのはサミーなんだから。

日々は流れ、冬の雨が降りはじめた。十月下旬、僕の小説のゲラ刷りが届いた。僕は車を買った、一九二九年式のフォードにした。屋根はないが風のように加速する車だった、晴れた日には青い海岸線に沿ってドライブに出かけた、北はヴェントゥーラ、サンタ・バーバラまで、南はサン・クレメンテ、サン・ディエゴまで、車道の白線に従って、こちらをじっと見おろしている星々の下、計器盤に両足を乗せ、頭のなかは次の小説のプランでいっぱいで、今夜もまた別の夜も、すべての夜がいっしょになって、僕が経験したことのない夢の日々を、疑問をさしはさむのもためらわれる晴れやかな日々を形づくった。相棒のフォードといっしょに、僕は町をさまよった。あやしい小道を、孤独な木々を、消失した過去より出でた古びて腐った家を見つけた。昼も夜もフォードのなかで生活した。道ばたの見知らぬカフェでハンバーガーとコーヒーを注文するときを別にすれば、ずっと車で走っていた。これが男のための人生だ、町をぶらつき、立ちどまり、そしてまた出発する、曲がりくねる海岸線に沿って道路の白線を追いかける、運転席で過ごすくつろぎのひととき、新しいタバコに火をつけ、見る者を途方に暮れさせる砂漠の空の下、愚かにも意味というものを探し求める。

とある晩、カミラと知り合って間もないころに泳ぎに行ったサンタ・モニカの海岸にやってきた。僕は車をとめて、泡立つ波と神秘的な霧を眺めていた。とどろく波のあいだを駆けまわり、あの夜の荒くれた自由のなかで浮かれ騒いでいた女のことを思い出した。ああ、その女こそ、カミラだった！

あれは十一月なかばの晩だった、僕はスプリング・ストリートをぶらついて古書店を覗いていた。ほんの一ブロック先にコロンビア・ビュッフェがある。ちょっとした気まぐれさ、僕は言った、古き良き日の思い出にね、そして店まで歩きビールを注文した。いまでは僕は古株だった。鼻で笑いながらあたりを見まわし、この店がほんとうに素晴らしい場所だった日々を偲んだ。でも、いまはもう違う。誰ひとり僕を知らない、ガムをくちゃくちゃとやっている新しいウェイトレスも、あいかわらず「ウィーンの森の物語」を奏でているヴァイオリンとピアノの女ふたりも。

でも、太ったバーテンダーだけは僕のことを覚えていた。スティーヴだか、ヴィンスだか、ヴィニーだか、そんな名前の男だった。「ああ、あんた、しばらく見なかったな」バーテンダーが言った。

「カミラが辞めたからね」

バーテンダーは舌打ちした。「気の毒にな」彼は言った。「良い子だったのに」それですべてだった。僕は二杯目のビールを飲み、そして三杯目を飲んだ。バーテンダーが四杯目をおごってくれたので、その次は彼の分も合わせて二杯注文した。そんなふうにして、一時間が過ぎた。バーテンダーが僕の前に来て、ポケットに手を伸ばし、新聞の切り抜きを取りだした。「あんたはもう、この記事を見たと思うけど」僕はそれを手にとった。内側のページの下段、見出しは二行で本文はわずか六行の記事だった。


地元警察は本日よりカミラ・ロペス（二十二歳、ロサンゼルス）の行方を捜索中。昨晩、当局の調べにより、ロペス氏がデル・マリア病院から失踪したことが判明した。

一週間前の紙面から切り抜いた記事だった。僕は飲みかけのビールを残して急いで席を立ち、丘をのぼり自分の部屋に戻った。カミラがここへ向かっている予感がした。僕の部屋に戻りたいというカミラの願いが、はっきりと感じられた。椅子を窓辺に引っぱってきて、窓枠に足を乗せて坐り、明かりをつけっぱなしにしてタバコを吸い、そして待った。僕には確信があった、カミラはきっとやってくる、ほかに戻れる場所なんてあるわけない。だけどカミラは来なかった。僕は明かりをつけたままベッドに横になった。翌日はほとんどずっと部屋で過ごし、次の日の晩は一歩も部屋から出ないで、窓ガラスに小石がぶつかる音が聞こえるのを待っていた。三日目の晩が過ぎたあとで、カミラが来るという確信は弱まっていった。そう、カミラは来ない、きっと来ない。カミラはサミーのもとへ、カミラの真の愛のもとへ走るだろう。カミラがアルトゥーロ・バンディーニを思い出すのは、すべての可能性が潰(つい)えたあとだ。僕からすれば、その方が都合が良かった。なんにしたって、僕はいまや長篇作家で、短篇を書かせてもひとかどの名手なんだから、まあ、自分で言うのもなんだけどね。

翌朝、カミラから、受信人払いの電報の一通目を受けとった。サンフランシスコ、ウェスタンユニオン気付(きづけ)で、リタ・ゴメス宛てにカネを送ってくれという内容だった。電報には「リタ」とサインされていたが、差出人の正体は明らかだった。僕は電報為替で二十ドル送り、きみに会いたいから、南下してサンタ・バーバラまで来るようにと伝えた。カミラは電報で返事をよこした。「北に行く方がいいですありがとうごめんリタ」

二通目の電報はフレズノから届いた。郵便電報局気付で、リタ・ゴメス宛てにカネを送れと書いてあった。一通目が届いてから二日後のことだった。僕はダウンタウンまで歩いていって、電報で十五ドル送った。電報局の椅子に坐り、カネといっしょに送るメッセージの文面をしばらく考えていたものの、踏ん切りがつかなかった。けっきょくはあきらめて、カネだけ送った。僕がなにを書いたところで、カミラ・ロペスの心にはなんの変化も生じないのだ。それでも、ひとつ確かなことがある。ホテルへ帰る道すがら、僕は誓いを立てた。カミラにはもう、二度とカネを送らない。これからは、軽率な行動は控えなければ。

三通目の電報は日曜日の晩に届いた。似たような内容で、今回はベーカーズフィールドからだった。僕は二時間、みずからが立てた誓いにしがみついていた。それから、一セントも持ち合わせのないカミラが、あてどもなく町をうろついている姿を想像した。ひょっとしたら、いまごろ雨に打たれているかもしれない。僕は五十ドル送った。これで服を買うように、雨で体を冷やさないようにとメッセージを添えて。

第十八章

三日後、ドライブから戻ってくると、部屋のドアになかから鍵がかかっていた。どういうことかすぐにわかった。ノックしたが返事はなかった。名前を呼んだ。廊下を走って裏口に向かい、部屋の窓の高さまで丘を駆けあがった。僕は現場を押さえたかった。窓もカーテンも閉まっていた、だけどカーテンとカーテンのあいだには隙間があり、そこからなかを覗くことができた。卓上スタンドの明かりが部屋全体を照らしていたが、どこにも人影はなかった。クローゼットのドアが閉まっていた、あそこにいるに違いないと僕は思った。僕は窓をこじあけた。窓ガラスをそっと押して部屋に入った。ベッドわきのマットがどこかへ消えていた。僕はそろそろとクローゼットへ近づいていった。クローゼットのなかで誰かが身動きする音が聞こえた、床に坐ろうとしているような音だった。クベブに似たマリファナのにおいがかすかに香った。

クローゼットのドアノブに手を伸ばした。不意に、捕まえるのが忍びなくなった。このドアを開けたら、僕も向こうも同じくらい傷つくだろう。幼いころに自分の身に起きた出来事を思い出した。あのときもこんなクローゼットだった、母さんがそのドアをいきなり開けた。見つかったときの恐怖を思い出した。忍び足でクローゼットから遠ざかり、机のわきの椅子に坐った。五分が過ぎ、部屋にいることに耐えられなくなった。僕がここにいたことを知られたくなかった。窓から這い出て、窓を閉め、ホテルの裏口へ引き返した。急がずに、ゆっくり歩いた。もう頃合いだろうと思ったので、どしどしと足音を響かせて廊下を歩き、乱暴にドアを開けた。

ベッドに横になって、華奢な手で目を覆っていた。「カミラ！」僕は言った。「来てたのか！」カミラは起きあがり僕を見た、熱っぽい黒い瞳で、黒くてみだらで夢うつつの瞳で。ぴんと伸ばした首からは、喉の筋が縄のように浮き出ていた。唇はなにも語っていないのに、その死人のような顔色、ひどく白く大きく見える歯、おずおずとした笑み、これらがあまりにも雄弁に、カミラの日々を覆っていた恐怖を物語っていた。僕は歯を食いしばり、泣きたいのをぐっとこらえた。僕がベッドに近づくと、カミラはひざを抱きよせて、おびえてうずくまる姿勢をとった。僕にぶたれるのを恐れているみたいだった。

「安心しろ。もう大丈夫だ。元気そうで良かった」

「おカネをありがとう」カミラは言った、声は変わっていなかった、深くて、すこし鼻にかかった声だった。新しい服を買っていた。安っぽくて派手な服だった。明るい黄色のレーヨンのワンピースに、ヴェルヴェットの黒いベルトを合わせている。青と黄の靴をはき、足首までの靴下は緑と赤のラインで縁どられている。爪に塗られたマニキュアの濃い赤がにぶい光沢を放ち、腕には緑と黄色のビーズのブレスレットが巻かれている。どれもこれも、血の毛が引いた顔と首の、灰と黄が混じったような色調と対極にあった。いつだって、カミラにいちばん似合っているのは、カフェで働いていたころの白いまっさらな制服だった。僕はカミラになにも訊かなかった。僕が知りたいことはすべて、カミラの顔の悲しみに刻まれた、苦悶する言葉のなかに書かれていたから。僕の目には、精神の病気のようには見えなかった。カミラの顔に映っているのは恐怖だった、飢えた大きな瞳、ドラッグのせいで用心深くなっている瞳は、そのぞっとするような恐怖に悲鳴をあげていた。

ロサンゼルスに暮らすのはむりだ。カミラには休息が必要だ、食べて、寝て、たくさんの牛乳を飲んで、長いこと散歩する時間が必要だ。急に、頭のなかが計画でいっぱいになった。ラグーナ・ビーチだ！　あそこならぴったりだ。いまは冬だから、安く家を借りられる。カミラの面倒を見ながら、新作に取りかかればいい。すでに新しい本の構想は浮かんでいた。結婚なんかしなくていい、弟と姉ということで構わない。泳ぎに行ったり、バルボア海岸をゆっくり散歩したりしよう。霧が濃く立ちこめる日は、暖炉の前でのんびり過ごそう。海から激しい風が吹きつける夜は、分厚い毛布の下でぐっすり眠ろう。これが計画の基礎の部分だ。だが、僕はさらに発展させた。夢占いの本から集めてきた言葉のように、カミラの耳に計画を注ぎこんだ、カミラは顔を輝かせ、そして泣いた。

「あとは犬だ！　小型犬を飼おう。小さな子犬だ。スコティッシュテリアがいいな。名前はウィリー」

カミラは手を叩いた。「ウィリー！　ほら、ウィリー！　こっちこっち！」

「それに猫もな。シャム猫にしようか。名前はチャン。金色の目の大きな猫だ」

カミラは身震いして、両手で顔を覆った。「いや。猫は嫌い」

「オーケー。猫はなしだ。僕も猫は嫌いだ」

カミラはすべてを思い浮かべた、自分のブラシで絵の仕上げをした、ガラスのように透明な歓喜がカミラの瞳で輝いていた。「馬はどう?」カミラが言った。「あなたがたくさんのおカネを稼いだら、一頭ずつ馬を飼うの」

「いくらでも稼いでやるさ」

僕は服を脱いでベッドに入った。カミラは寝苦しそうにしていた、びくりと体を震わせたり、うなったり、ぶつぶつと寝言を言ったりしていた。夜のあいだに何度か目を覚まし、明かりをつけ、タバコを吸っていた。僕は目を閉じたまま、なんとか眠ろうとした。じきにカミラは立ちあがり、僕のバスローブを引っかけ、机の上に置かれた自分のハンドバッグに目をとめた。それはオイルクロスの白いハンドバッグで、中身がぎゅうぎゅうに詰まっていた。僕のスリッパで廊下に出て、よろよろと洗面所に向かう足音が聞こえた。十分くらいして戻ってきた。すっかり落ちついた様子だった。カミラは僕が寝ているものと思いこみ、こめかみにキスしてきた。マリファナのにおいがした。そのあとは、夜が明けるまでぐっすり寝ていた。カミラの顔は平穏に浸(ひた)っていた。

翌朝の八時、僕らは部屋の窓を乗りこえて丘をくだり、ホテルの裏手にとめてある僕のフォードのもとへ向かった。カミラの体調は最悪だった、寝不足だとひとめでわかるひどい顔をしていた。町を走りクレンショーへ向かい、そこからロングビーチ・ブールヴァードへ進んだ。カミラは顔をしかめ、がっくりとうなだれていた。朝の冷たい風に吹かれて、髪がくしゃくしゃになっていた。メイウッドを走っているとき、道ばたのカフェに入って朝食をとった。僕はソーセージと卵、それにジュースとコーヒーを頼んだ。カミラはなにも食べようとせず、ブラックのコーヒーだけ注文した。ひとくち飲んだあとで、カミラはタバコに火をつけた。僕はカミラのハンドバッグを調べたかった、そこにマリファナが入っているとわかっていたから。だけどカミラは、それが命そのものであるかのように、バッグを握りしめて離さなかった。ふたりともコーヒーをもう一杯頼み、それから出発した。いくらか気分が上向いたが、カミラの表情はあいかわらず暗かった。僕は黙って運転した。

ロング・ビーチを出て数マイル走ったころ、前方に犬の飼育場が見えてきた。敷地に入って車をおりた。僕らはヤシとユーカリの木が生えた空き地にいた。一ダースかそこらの犬が四方八方から飛びかかってきて、嬉しそうにわんわん吠えた。犬はカミラにばかり愛情を示し、仲間にたいしてするようにずっとにおいを嗅いでいた。この日はじめて、カミラの顔に笑みが浮かんだ。犬はコリーとシェパードとテリアだった。カミラは地面にひざをついて犬を抱いた、犬たちは騒々しい鳴き声とピンクの大きな舌でカミラを攻めたてた。カミラは一匹のテリアを抱いて赤ん坊のように揺すった、優しくささやくように愛を歌っていた。カミラの顔に輝きが戻った、色彩にあふれかえる、在(あ)りし日のカミラの顔だった。

飼育場のオーナーが裏手のベランダから姿を見せた。短い白ひげを生やした老人で、杖をつき、足を引きずって歩いていた。犬は僕にはろくに注意を払わなかった。近づいてくると、僕の靴と足のにおいを軽く嗅ぎ、それからぷいと顔をそむけ、軽蔑をあらわに示した。僕のことが嫌いなわけではない。惜しみなく感情を表現し、奇妙な「犬語」で話すカミラの方が、やつらにとっては好ましかったというだけのことだ。子犬が欲しいのだと伝えると、どんな犬かと老人が訊いてきた。それはカミラ次第だが、まだ決心がつきかねているようだった。子犬の兄弟を何組か見せてもらった。どれもこれも、感動的なまでにあどけなかった。あらがいようのないやわらかさの、ふわふわとした小さな玉だった。そしてついに、カミラが所望する犬に出会った。純白のコリーだ。生まれてから六週間もたっておらず、体が重すぎて歩くのにも苦労していた。カミラが地面におろしてやると、子犬はカミラの足のあいだでよたよたと足踏みし、ほんの何フィートか歩いたかと思うと、もう坐りこんで、さっそく眠たそうにしていた。ほかのどの犬よりも、カミラはこのコリーのことが気に入った。

僕は老人の言葉を聞いて息を飲んだ。「二十五ドルです」それでも、僕らは子犬を引きとった、血統書もついていた、純白の母犬が車までついてきた、大切に育てるようにと言うみたいに、僕らに向かってわんわんと吠えていた。走り去るとき、僕は肩ごしにうしろを見た。飼育場に続く私道に白い母犬が坐っていた。美しい耳をぴんと立て、頭をななめに傾けて、幹線道路(ハイウェイ)に消えていく僕たちを見送っていた。

「ウィリー」僕は言った。「そいつの名前はウィリーだ」

犬はカミラのひざの上に寝そべり、くんくんと鳴いていた。

「違う」カミラが言った。「白雪姫(スノーホワイト)にする」

「それはメスの名前だろう」

「別にいいでしょ」

僕は道路のわきに車を寄せた。「よくないよ。名前を変えるか、そいつを返すか、どっちかにしてくれ」

「じゃあ、いい」カミラは認めた。「この子はウィリー」

いい気分だった。喧嘩せずに済んだ。ウィリーのおかげで、早くも好ましい変化が生じていた。カミラは聞きわけがよくなった、従順と言ってもいいくらいだった。そわそわと落ちつかない感じが解消され、唇がやわらかなカーブを描くようになった。ひざの上で、カミラの小さな指をしゃぶりながら、ウィリーはぐっすり眠っていた。ロングビーチの南にあるドラッグストアで、哺乳瓶と牛乳を買った。カミラは哺乳瓶の乳首をウィリーの口に当ててやった。ウィリーは目を開き、一心不乱に乳首を吸いはじめた。カミラは腕をもちあげ、髪の毛に指をとおし、満足げにあくびをした。とても幸せそうだった。

美しい白線を追いかけながら、さらに南へくだっていった。僕はゆっくり運転した。やわらかな日、海のような空、空のような海。左手には金色の丘が、冬の黄金が見える。なにも言わずに、孤独な木々に、砂丘に、道路沿いに積み重なる白い石に見とれるための日。カミラの土地、カミラの家、海と砂漠、美しい大地、無窮の空。はるか北には月がある、昨日の夜からずっとそこに浮かんでいる。

昼前にはラグーナ・ビーチに着いた。二時間を費やして、不動産屋をはしごして物件を内見し、ついに希望にかなう家を見つけた。カミラはどんな家でもよかった。いまではウィリーが、カミラの唯一の関心事だった。ウィリーといっしょにいられるなら、どこに住もうが関係なかった。僕が選んだのは、切妻屋根がふたつあり、白い杭の柵が敷地を囲んでいる家だった。海岸からは、五十ヤードも離れていない。裏庭は真っ白な砂地だった。家具調度が充実していて、明るい色のカーテンと水彩画があちこちにかかっていた。決め手となったのは、二階にあるひと部屋だった。海を臨める部屋だった。窓のそばにタイプライターを置いて、そこで仕事をしたらいい。なあ、おい、あの窓辺ならいくらでも書けそうじゃないか。ただ窓の先を眺めればいい、すると着想がやってくる、この部屋を見ているだけで僕はそわそわしてきた、ページの上を列をなして行進する文章が目の前に浮かんできた。

僕は下の階におりた、カミラはウィリーを連れて海辺に散歩に行っていた。僕は裏口に立って、およそ四分の一マイル先のその光景を眺めた。カミラが背中を丸め、手を叩き、それから走って、ウィリーがそのあとを転げながら追いかけている。でも、ウィリーはほとんど見えなかった、あいつはすごく小さかったし、白い砂にすっかり同化していたから。僕は家のなかに入った。キッチンのテーブルにカミラのハンドバッグが置いてあった。バッグを開けて、テーブルの上で逆さにして振ってみた。マリファナが入ったプリンス・アルバートの缶がふたつ、バッグから転げ落ちてきた。僕はトイレにマリファナを流し、からになった缶をごみ箱に放った。

それから外に出て、暖かな陽射しの降りそそぐポーチの階段に坐り、カミラと犬が家に引き返してくるところを眺めた。じきに二時になる。一度ロサンゼルスに戻って、荷物をまとめ、ホテルをチェックアウトしなけりゃならない。往復に五時間はかかるだろう。僕はカミラにカネを渡し、食べ物や生活に必要なものを買うように言った。家を出るとき、カミラは仰向けに横になり、顔に日の光を浴びていた。その腹の上でウィリーが丸まり、ぐっすり眠りこけている。またあとでと大きな声で呼びかけてから、僕はクラッチを切り、海沿いの幹線道路（ハイウェイ）の方へハンドルを切った。

ホテルからの帰り道、タイプライターと、本と、旅行かばんを積んだ状態で、車のタイヤがパンクした。すぐに日が沈み暗くなった。海辺の家に到着して庭に車をとめたのは、もう九時になろうかというころだった。明かりはついていなかった。鍵をさして玄関の扉を開け、大声でカミラを呼んだ。返事がない。家じゅうの明かりをつけ、すべての部屋、すべてのクローゼットのなかを探した。どこにもいない。カミラもウィリーも、跡形もなく消えていた。僕は自分の荷物をおろした。たぶん、また犬を連れて散歩に行っているのだろう。自分にそう言い聞かせたが、気休めに過ぎないことはわかっていた。カミラは消えた。日付が変わるころには、カミラはもう戻ってこないかもしれないと思い、午前一時をまわるころには、もう戻ってこないと確信していた。メモやメッセージの類いが残ってないかと、もう一度探してみた。カミラの痕跡はなかった。まるで、カミラがこの家に足を踏み入れた事実など、はじめから存在しないかのようだった。

僕は残ることにした。すでに一か月分の家賃を払ってあるし、二階の部屋を試してみたいという気持ちもあった。夜はそこで寝た、でも翌朝にはもうこの家が憎くなった。そこが夢の一部分のように見えたのは、カミラがいたからだ。カミラがいないなら、それはつまるところ、家だった。荷物を後部座席に積んで、ロサンゼルスへ引き返した。ホテルに戻ると、夜のうちに誰かが僕の部屋に入居していた。なにもかもがうまくいかない。ロビーと同じ階にある別の部屋を借りたものの、僕はそこが気に入らなかった。なにもかもがめちゃくちゃになっていく。新しい部屋はよそよそしくて、冷ややかで、そこにはなんの思い出もなかった。窓から外を見ると、地面が二十フィートも先にあった。もう窓から這って出ることも、窓ガラスに小石がぶつかる音を聞くこともない。僕は何度も、タイプライターの置き場所を変えた。どこに置いてもしっくりこなかった。なにかがおかしかった、なにもかもがおかしかった。

部屋を出て通りを歩いた。ちくしょう、けっきょくこうなるのか、また俺は町をうろついてるのか。まわりにいる連中の顔を見た、自分も似たような顔をしているに違いなかった。血の抜けた顔、張りつめていて、不安げで、途方に暮れている顔。根を切られて上品な花瓶に活けられ、たちまち色あせた花のような顔。もう、この町を去らなければ。

第十九章

一週間後、僕の本が刊行された。しばらくは嬉しかった。デパートに行って、ほかのたくさんの本といっしょに並んでいるところを眺めた、僕の本、僕の言葉、僕の名前、僕が生きる意味。でもそれは、ハックマスの雑誌に「小犬が笑った」が掲載されているのを見たときのような嬉しさではなかった。

あの感覚もまた、永遠に失われた。そしてカミラからの便りはなかった、手紙も電報も届かなかった。海辺の家を離れるとき、僕がカミラに預けたのは十五ドルだ。それっぽっちじゃ、十日を食いつなぐのがやっとだろう。カネがなくなれば、すぐに電報を送ってくると思っていた。カミラとウィリー。いったいなにがあったんだろう?

サミーから葉書が届いた。午後、ホテルに戻ると、僕の郵便受けに入っていた。こんな文面だった。

親愛なるバンディーニくんへ
あのメキシコ女がここにいる。きみも知ってのとおり、俺は女にまとわりつかれるのが大嫌い

だ。こいつがきみの女なら、すぐに迎えにきてほしい。このあたりをうろつかれるのはごめんだから。サミー

葉書に記された日付は二日前だった。ガソリンを満タンにして、助手席に僕の本を放り投げ、モハヴェ砂漠のサミーの小屋に向けて出発した。

着いたのは深夜過ぎだった。ひとつしかない小屋の窓から光がもれている。ノックすると、サミーがドアを開けた。口を開く前に、僕は小屋のなかを見まわした。サミーは灯油ランプのわきの椅子に戻り、西部物のパルプ雑誌を手にとって読書を再開した。サミーはなにも言わなかった。カミラは影も形もなかった。

「カミラはどこだ?」僕は訊いた。

「知るもんか。もう出てった」

「あんたが追い払ったんだろ」

「ここにいられたら困るんだよ。俺は病人なんだ」

「どこに行ったんだ?」

サミーは親指で南東の方角を指し示した。

「あっちのどこかだ」

「砂漠へ行ったたってことか?」

サミーはうんざりしたように首を振った。「子犬といっしょにな。小さな犬だ。えらくかわいかっ

た」

「いつ出てった？」

「日曜の晩」

「日曜！」僕は言った。「この野郎、ふざけんな！　三日も前じゃないか！　カミラは食べ物をもってるのか？　飲み物は？」

「牛乳」サミーが言った。「犬のために、牛乳を一本もっていった」

小屋が立っている空き地の先へ行って、南東の方角を眺めてみた。とても寒くて、月が高くのぼっていて、みずみずしく茂る星々の房が空の青い円蓋に散らばっている。西と南と東には、荒れ果てたやぶ、陰気なジョシュアツリーの木立、背の低いずんぐりとした丘が広がっている。僕は駆け足で小屋に戻った。「いっしょに来て、カミラがどの方角へ行ったのか教えてくれ」サミーは雑誌を置いて、南東を指さした。「あっちだ」

僕はサミーの手から雑誌を取りあげ、首根っこをつかみ、夜空の下にサミーを押し出した。サミーは痩せていて軽かった。よろめきながら、どうにかバランスをとろうとしていた。「教えろ」僕は言った。僕らは空き地の縁まで行った。サミーがぶつぶつ言っている。俺は病人だぞ、あんたに俺をこづきまわす権利なんてない。サミーはそこに立ったまま、シャツのしわを伸ばし、ベルトをぐいと引っぱった。「最後に見たとき、カミラがどこにいたのか教えろ」僕は言った。サミーが指さした。

「あの尾根を越えていったよ」

僕はサミーをその場に残し、尾根の頂上までの四分の一マイルを歩いていった。あまりに寒くて、思わずコートの襟を立てた。足もとの大地では、目の粗い黒い砂と小さな石が舞っている。ここは先史時代の海の底だ。尾根を越えた先にはまた似たような尾根がある、無数の尾根が果てしなく伸びている。砂っぽい地面に足跡はひとつもない、そこをかつて誰かが歩いたような痕跡はいっさいない。僕は歩きつづけた、踏みしめるとわずかにへこみ、それをまた灰色の砂粒が覆い隠す貧相な土地を、やっとの思いで進みつづけた。

たぶん二マイルは歩いたあたりで、丸くて白い石に腰かけて休憩した。僕は汗をかいていたが、それでもすごく寒かった。月が北に沈みつつある。もう三時はまわったに違いない。僕は粘り強く、けれどゆっくりと、当てもなく歩いていた。尾根や小山はまだ続いている、どこまでも終わりなく伸びている。サボテンとサルビアと、名前も知らない醜い植物だけが、黒い地平線にシルエットを浮かばせていた。

このあたりの道路地図を思い出した。ここと砂漠の向こう側のあいだには、ほとんど百マイルにもおよぶ荒れ地のほかには、道路も、町も、人間の生活も、いっさい存在しなかった。僕は立ちあがり歩き出した。寒さに凍えているというのに、体からは汗が噴き出してくる。灰色の東の空が明るくなり、ピンクに変わって、それから赤になり、やがて巨大な火の玉が黒ずんだ丘から顔を見せた。荒れ地の上に極限の無関心が横たわっている、夜がいつ終わり朝がいつ始まるのかなどすこしも気にかけない、それでも、この丘のひそやかな親密さが、悲しみをなだめる静かな驚異が、死からいっさいの重みを取り払っている。人は死ぬ、だけど死の秘密は砂漠が隠してくれる、人が死んだあとも砂漠は残る、永遠の風と熱と冷気で死者の思い出を覆うために。

もうむりだ。どうやって捜せっていうんだ？　どうして僕が捜さなきゃいけないんだ？　見つけてどうする、カミラを台なしにしたあの野蛮な荒れ野へ連れ戻すのか？　僕は夜明けとともに引き返した、悲しみと夜明けとともに。いまでは丘が、カミラを隠している。気が済むまで隠しておけ！　心やすい丘の孤独へ、カミラが帰っていけるように。石と空とともに、終わりの日までカミラの髪に吹きつける風とともに、カミラが生きていけるように。そんなふうに、カミラが歩いていけるように。

空き地に戻ったころには、すでに日が高くのぼっていた。もう暑かった。小屋の戸口にサミーが立っていた。「いたか？」やつが訊いた。

僕は答えなかった。疲れていた。サミーは僕をちょっと見て、それから小屋のなかに姿を消した。ドアにかんぬきをかける音が聞こえた。モハヴェ砂漠の方を見ると、はるか先で陽炎がゆらめいていた。僕はフォードの方へ歩いていった。座席に僕の本が、僕の第一作が転がっている。鉛筆を取りだして、巻頭の白紙のページを開き、こう書いた。

カミラへ、愛を込めて

アルトゥーロ

本をもって、荒れ地を百ヤードくらい南東に進んだ。カミラが消えた方角へ、力いっぱい本を投げた。それから車に乗り、エンジンをかけ、ロサンゼルスへの道を引き返した。

一九八〇年版に寄せられた、チャールズ・ブコウスキーによる序文

私はまだ若かった、飢えていて、酔っていて、作家になろうとしていた。本はもっぱら、ダウンタウンにあるロサンゼルス公立図書館で読んだ、私が読んだものはひとつとして、私や、町や、私のまわりの人たちには関係なかった。まるで全員が言葉遊びに興じているようで、ほとんどなにも言っていない連中が一流の作家と見なされていた。こうした手合いの文章は精妙さ、技巧、形式の混ぜ合わせでしかなく、そういうものが読まれ、教えられ、受け容れられ、流通していた。それは心地よい趣向、じつになめらかで周到な活字文化だった。冒険や情熱を見つけたいなら、革命前のロシア文学までさかのぼらなければならなかった。例外もあるにはあったが、その数はあまりに少なく、あっという間に読み終わってしまい、あとは本棚の端から端まで、尋常じゃなく退屈な本が並んでいるのを眺めるしかなかった。数世紀の蓄積を回顧して利用できるという強みがあるにもかかわらず、現代の作家にろくなやつはいなかった。

私は次から次へと本棚から本を引っぱり出した。どうして誰もなにも言わないんだ？　どうして誰も叫ばないんだ？

図書館の別の部屋も試してみた。宗教のセクションはだだっ広い泥沼と変わらなかった、少なくとも私にとっては。今度は哲学を覗いてみた。世をすねたふたりのドイツ人を見つけ、しばらく元気づけてもらったが、それもじきに終わってしまった。数学も試してみたが、高等数学は宗教と変わらなかった。私はたちまち置き去りにされた。私が必要としているものは、どこを探しても見つからないように思えた。

次は地質学に向かい、それなりに興味深いとは思ったものの、けっきょく長続きしなかった。

何冊か外科の本を見つけた、私は外科の本が好きだった。言葉は新奇で、挿絵は素晴らしかった。とくに好きで暗記までしたのは、結腸間膜の手術にかんするくだりだった。

やがて外科の本からも脱落すると、長篇作家と短篇作家の大きな部屋へ戻っていった（手もとに安ワインがたっぷりあるときは、図書館には一度も行かなかった。飲むものも食べるものもないときや、女家主に追っかけられて家賃を取り立てられそうになってるときは、図書館は良い居場所になる。図書館にいれば、とりあえず、トイレを自由に使うことができる）。図書館では相当な数の浮浪者を見かけたが、ほとんどは本の上につっぷして眠っていた。

私は大きな部屋を歩きまわり、棚から本を抜きとって、数行、数ページを読み、そして棚に戻すということを繰り返した。

そんなある日、私は一冊の本を手にとり、ページを開き、そして見つけた。しばらくのあいだ、立ったまま読みふけった。それから、ごみ捨て場で黄金を見つけた男のように、その本をもってテーブルに移動した。一行一行が軽やかにページを転がっていく、言葉がほとばしっている。すべての行にエネルギーが宿っていて、同じように力強い行がそれに続く。各行の核となる部分がページに形を与え、そのなかに刻まれたなにかの感覚を伝えている。しかも、この男は感情を恐れていない。ユーモアと痛みが、どこまでも飾り気なく混ぜ合わされている。あの本の冒頭は私にとって、けたはずれの荒ぶる奇跡だった。

私は貸し出しカードをもっていた。本を借りて、部屋にもちかえり、ベッドに横になって読んだ、読み終わるずっと前から、この男がほかの誰とも違う書き方を編み出したことに気がついていた。本のタイトルは『塵に訊け』、著者の名前はジョン・ファンテだった。彼は私の文章に、生涯にわたって消えることのない影響を与えた。『塵に訊け』を読み終えた私は、図書館でファンテのほかの著書を探した。二冊あった。『デイゴ・レッド』と『バンディーニ家よ、春を待て』だ。どっちも同じ調子だった、心と本能のおもむくままに書かれていた。

そう、ファンテは私に途方もない影響をもたらした。ファンテの小説を読んで間もないころ、私は女といっしょに暮らしはじめた。この女は私に輪をかけた酔いどれで、しょっちゅう激しい言い争いになり、私はよく食ってかかったものだった。「くそ野郎って言うな！　俺はバンディーニだ、アルトゥーロ・バンディーニだ！」

ファンテは私の神であり、神とはそっとしておくべきもので、その住まいを訪ねたりすべきではないとわかっていた。それでも、エンジェルズ・フライトのどのあたりに住んでいたのかと考えるのが好きだった、まだそこに住んでるなんてことはありえるだろうかと夢想した。ほとんど毎日、私は近くを通りかかり、カミラが這ってのぼったのはあの窓かな、あのホテルのドアを、あのロビーを通ったのかなと考えた。答えは知りようがなかった。

三十九年ぶりに『塵に訊け』を読み返してみた。つまり、今年になって再読してみたところ、それは変わらずそこにあった、ファンテのほかの作品と同じように、でもいちばん好きなのはやっぱりこれだ、私がはじめて魔法を発見したときの一冊だから。『デイゴ・レッド』と『バンディーニ家よ、春を待て』のほかにも著書はある。『満ちみてる生』と『葡萄の信徒会』だ。そしていま、ファンテは新作に、『バンカーヒルから見る夢』に取り組んでいる。

なんやかやの事情があって、今年ついに、私は作家と対面した。ジョン・ファンテの物語にはまだまだ続きがある。恐るべき運勢と恐るべき宿命の物語、めったにない生のままの勇気の物語がある。それはいつの日か語られるだろう、だが私がここで語ることは彼も望んでいないと思う。ひとつ言わせてほしいのは、ファンテの言葉と人生に、同じ生き様が表れているということだ。どちらも強くて、優しくて、温かい。

これくらいにしておこう。さあ、この本はきみのものだ。

チャールズ・ブコウスキー、一九七九年五月六日

訳者あとがき　書けないということについて書くということ

一九三八年十一月、長篇第一作 ***Wait Until Spring, Bandini***（『バンディーニ家よ、春を待て』拙訳、未知谷）が刊行された翌月に、ファンテは従姉のジョゼフィン・カンピリアに宛てて、次作の構想を伝える手紙を書き送っている。

　カネはじきに入ってくる、年明けには新作に取りかかりたいと思ってる。いまは作品の全体像を練ってるところだ、これがまた大変な、うんざりするような作業なんだ。新しい本のタイトルは「路上の塵に訊け（*Ask The Dust On The Road*）」を予定してる、ロサンゼルスが舞台の物語だよ（ハリウッド映画にありがちのストーリーとはなんの関係もないからね）。僕がかつて愛した女の子の話で、彼女は別の男に惚れていて、そいつは彼女を見下してる。[*1]

三九年一月には、無事にスタックポール・サンズ（『バンディーニ家よ、春を待て』の版元）との契約締結にこぎつけ、ファンテは執筆を開始する。原稿の締め切りは同年の五月一日に設定された。つまり、実質四か月で単行本一冊の物語を仕上げるというういくぶんタイトなスケジュールだったが、ファンテはやすやすと締め切りに間に合わせてみせた。作品の成功を確信し、「偉大なる作家」たちに仲間入りするばら色の未来に酔いしれながら、ファンテはなじみの生活へ、すなわち、気の置けない友人と、ロサンゼルスのダウンタウンで夜な夜な飲み歩く生活へ立ち返った。

長篇第二作 ***Ask the Dust***（本書）は、一九三九年十一月八日に刊行された。初版部数は二千二百部、値段は前作よりも五十セント安い二ドルだった。表紙には、赤を基調とする水彩のイラストがあしらわれ、車で出かけてきたと思しき男女ふたりが、どこかよそよそしい雰囲気でたたずんでいる。裏表紙には、友人のウィリアム・サローヤン、作家のジェームズ・トマス・ファレル、「スクリブナーズ・マガジン」所属の記者ジョン・チェンバレンらが推薦の言葉を寄せている。サローヤンによればファンテの新作は「トム・ソーヤーの伝統の延長であり、アメリカの若者の実像を描いた」物語だった[*2]。同月、従姉のジョゼフィンは早くも感想の手紙をファンテに送るが、どうやら前作『バンディーニ家よ、春を待て』の方が、彼女の好みには合っていたらしい。従姉にたいし、ファンテは次のように返信している。

手紙をありがとう、『塵に訊け』より『バンディーニ』の方が好きだと言われても驚かないし、がっかりもしないよ。僕としては『塵に訊け』は『バンディーニ』よりうまく書けた小説だと思ってる。でも、『バンディーニ』の物語は『塵に訊け』より、ずっと僕に近いんだ。だから僕はあの新作を、『バンディーニ』の熱っぽい調子で歌わせてやることができなかった。一冊目は、僕の心から出た小説だ。だけど二冊目は、僕の頭と○○から出たってわけだな（「チ」で始まり「コ」で終わる、アレだよ）[*3]。

じつは、『塵に訊け』より前作の方が好きだという従姉の感想は、批評家の意見を代弁するものでもあった。『バンディーニ家よ、春を待て』に贈られた熱のこもった讃辞と異なり、『塵に訊け』にたいする批評家の反応には「否定的、肯定的、中立的なもの」が混在していた[*4]。それでも、この新進作家の未来に期待を寄せる声があったのは事実であり、たとえば「アトランティック・マンスリー」の編集者エレリー・セジウィックは、ファンテの作品にサローヤン、アルバート・ハルパー、フランク・アーサー・スウィナートンらの小説と共通の美質を見いだしつつ、次のように今後の飛躍を祈願している。

サミーにたいするカミラの愛と、それが受け入れられなかったときのカミラの心の崩壊を読めば、石でも涙を流すだろう。ファンテは人生のどこかの時点で、この物語を実際に経験したに違いない。彼の『ウェルテル』が書かれたいま、われわれとしては、次は著者が『ファウスト』に取りかかることを願うとしよう[*5]。

もちろん、ファンテの愛読者であればよく承知しているとおり、彼の『ファウスト』が書かれることはついになかった。一九三九年が終わるまでに、『塵に訊け』は五百部しか売れなかった[*6]。

「アルトゥーロ・バンディーニのサーガ」と呼ばれる作品はぜんぶで四つある。執筆年代順に並べるなら、*The Road to Los Angeles*（『ロサンゼルスへの道』拙訳、未知谷）、長篇デビュー作『バンディーニ家よ、春を待て』、第二作『塵に訊け』、そして、一九八〇年に妻ジョイスへの口述筆記という形で書かれた*Dream from Bunker Hill*（「バンカーヒルから見る夢」）がそれに当たる。このうち、『ロサンゼルスへの道』は著者の生前は日の目を見ることがなく、執筆から半世紀が経過した一九八五年（ファンテが没した二年後）になって、はじめて世に出ることとなる。

三八年、三九年と、立てつづけに刊行された長篇第一作と第二作だが、作品がまとう雰囲気は大きく異なる。『バンディーニ家よ、春を待て』に登場するアルトゥーロは十四歳の少年で、ファンテの生地であるコロラドに、家族とともに暮らしている。少年のなかに、いまだ文学への情熱は芽生えていない。『バンディーニ家よ、春を待て』は、アルトゥーロよりはむしろ、父ズヴェーヴォの（そして母マリアの）物語であると言った方が適切だろう。『塵に訊け』のアルトゥーロに近いのは、お蔵入りとなった幻の第一作『ロサンゼルスへの道』のアルトゥーロの方である。著者没後の刊行となったこともあって、設定にいささかの齟齬（そご）はあるものの、同作は『塵に訊け』の前日譚として読むことのできる長篇である。十八歳のアルトゥーロ青年は、ロサンゼルスの南に位置する港町ウィルミントンに、母と妹と三人で暮らしている。一家の生活を支えるために、アルトゥーロはさまざまな職に就くが、そのひとつとして長続きしない。やがて、文筆こそがみずからの生きる道であると悟り（というか、思いこみ）、「ノート五冊、六九〇〇九語」におよぶ荒唐無稽な作品を書きあげて、みずからの才能に感嘆する。だが、期せずして最初の読者となった妹と母から作品を酷評され、いざ冷静になった頭で読み返してみるとやはりそれが駄作であることはどうにも否定のしようがなく、最後は妹と母を放り出して、「天使の町」ことロサンゼルスへ旅立っていく。

訳者(栗原)は『ロサンゼルスへの道』の巻末に附した「訳者あとがき」のなかで、『塵に訊け』をファンテの最高傑作とする広く定着した見方に疑義を呈し、「ページに叩きつけられた言葉の苛烈さ、奔放さ、そして、そうした言葉に映し出される透きとおるような誠実さ」にかんして言えば、『ロサンゼルスへの道』が『塵に訊け』を凌いでいるという見解を提示した。[*7] いまもその考えに変わりはないが、一方で、これが訳者の小説にたいする嗜好を多分に反映した、個人的な好悪にもとづく判断であったことは否定できない。長篇としての結構に焦点を当て、そこに描かれる世界の深さと奥行きを評価しようとするのなら、『塵に訊け』が『ロサンゼルスへの道』より一歩も二歩も先に進んだ作品であることは、客観的に見て明らかである。両作を細かく読みくらべてみれば、三十年代後半の数年間に、作家ファンテの技量がどれほどの深化と成熟を遂げたかがよくわかる。文学の道におけるファンテの「師」であり「父」でもあるヘンリー・ルイス・メンケン(『塵に訊け』のJ・C・ハックマスのモデル)は、著者から『ロサンゼルスへの道』の冒頭部分にたいする感想を求められた際、「議論(discussion)が長く、物語(story)が短い」[*8]とコメントしているが、メンケンに指摘されたこの欠点が、『塵に訊け』では見事に解消されているように読める。ドストエフスキーの「地下室人」ばりに、病的なまでに自意識を肥大化させた青年が、延々と悪態と奇行を繰り返すばかりであった『ロサンゼルスへの道』と異なり、『塵に訊け』には「恋愛小説」としての均整のとれた構成が認められる。『塵に訊け』のアルトゥーロは、作品の前半においては、『ロサンゼルスへの道』の主人公と同様に滑稽な道化として描かれるが、カミラ・ロペスとの出会い、ヴェラ・リヴケンとの邂逅を通じて、徐々に人間的な深みを獲得していく。物語が結末に近づくにつれて、この作家の特徴である喜劇的な要素は鳴りを潜め、カミラの哀しさ、アルトゥーロの魂の善良さが前面にせり出してくる。『ロサンゼルスへの道』のアルトゥーロ（羞恥をともなう共感を呼ぶことはあったとしても、好感を抱かれることはまずないであろうキャラクター）と違い、『塵に訊け』のアルトゥーロには、読み手に惻隠(そくいん)の情を起こさせる清らかな心がある。物語の始めから終わりまで、主人公がいかなる成長も遂げない『ロサンゼルスへの道』とは対照的に、『塵に訊け』は「自己形成小説(ビルドゥングスロマン)」の文法を正しく踏まえた作品であると言える。

あるいは、イタリアの作家アレッサンドロ・バリッコのように、『塵に訊け』のプロットの背後に、シンメトリックな構成の妙を見てとる評者もいる。バリッコによれば、『塵に訊け』においては「①若き作家の物語」、「②若きカトリック信徒（＝イタリア系移民）の物語」、「③恋する青年の物語」という三つの筋が、「驚くほど幾何学的に展開」していく。このうち、①は幸福な結末を、③は苦い結末を迎える一方で、②は結末がはっきりしないまま放置される。一方では勝ち、一方では負け、そしてまた一方では引き分ける主人公の物語が、調和をもって進行するというわけである。物語の結末近くでは、作家としてのバンディーニの成功と、ますます遠くはかない存在になっていくカミラの転落が、強烈なコントラストをなして読者の眼前に迫ってくる。「虫がさなぎから羽化するように、物語は陽気な若者の手記という繭(まゆ)から抜け出し、取り返しのつかない大人の蹉跌(さてつ)へと飛翔する」*9

バリッコの読みにかんしても当てはまるが、私たち読者の多くは、『塵に訊け』を「アルトゥーロ・バンディーニの物語」として読むことだろう。だが、冒頭で引いた従姉宛ての手紙のなかで、ファンテはこの作品を「僕がかつて愛した女の子の話(Story of a girl I once loved)」だと書いている。著者のこの言葉を額面どおりに受けとめるなら、『塵に訊け』とはまずもって、「カミラ・ロペスの物語」なのだという見方も成立する。一九三八年の秋、ファンテはロサンゼルスのアパートの一室で、次作のあらましを編集者に伝えるための、密度の濃いシノプシスを執筆している。全体で十七頁におよぶこの文章は、ファンテが没してから七年後の一九九〇年になって、「*Prologue to Ask the Dust*(塵に訊けへの序文)」として出版されている。[*10] ファンテはその冒頭で、自身の「偶像」であるクヌート・ハムスン『牧神』の一節(「なぜって? 路上のちりに、舞い落ちる木の葉に聞いてごらん」[*11])を借用しながら、ただちにカミラ・ロペスの名に言及している。

路上の塵に訊け(Ask the dust on the road)! モハヴェ砂漠が始まる場所に孤独に立つ、ジョシュアツリーに訊いてみろ。カミラ・ロペスについて訊いてみろ、すると木々は彼女の名前をささやくだろう。[*12]

この「序文」と従姉ジョゼフィンへの手紙を併せて読めば、ファンテが『塵に訊け』の物語を、カミラの存在を核として構想していたことがよくわかる。

ただし、『塵に訊け』をカミラの物語として読むうえでは、一九三〇年代の南カリフォルニアという土地、そして、そこに暮らすメキシコ系移民（第一世代および第二世代）の境遇について、ある程度の知識を仕入れておく必要がある。二十世紀初頭から一九三〇年代にかけて、カリフォルニアではメキシコ系移民の人口が急増した。ファンテの生涯の友人であり飲み仲間である社会活動家ケアリー・マックウィリアムスの著書によれば、カリフォルニアに暮らすメキシコ系移民の数は、一九二〇年には一二一、一七六人、一九三〇年には三六八、〇一三人と、わずか十年で三倍に増加している。[*13]この時代、メキシコ人はカリフォルニアの主たる移民労働力として、経済界から必要とされていた。だが、大恐慌が到来すると状況は一変する。カリフォルニア市民のあいだには、アメリカ人のための社会保障費をメキシコ人が食い潰しているという不満が渦巻き、対応を迫られた当局は「送還キャンペーン」に着手する。送還の対象には、メキシコ生まれのメキシコ人だけでなく、メキシコ系アメリカ人も含まれていた。メキシコへの片道切符をやむなくみずから購入したメキシコ系移民がいる一方で、街中や職場で犯罪者よろしく検挙され、暴力的な手段によって列車に乗せられた移民もいる。ロサンゼルスからは、一九三二年の一年だけで、じつに一一、〇〇〇人がメキシコへ送還されたという（『塵に訊け』がいつの時代の物語なのか、ファンテは明示的には書いていないが、作中にロングビーチ大地震という史実が盛りこまれていることから、一九三三年の物語と解釈して差し支えないだろう）。

　ロサンゼルスの住人であり、マックウィリアムスと足しげく飲み歩いていたファンテは、当然ながらメキシコ系移民を取りまく状況についても詳しく把握していたはずである。H・L・メンケンが主幹を務める文芸誌「アメリカン・マーキュリー」は、ファンテの短篇の多くが発表された媒体だが、その一九三三年五月号には、マックウィリアムスによる論稿「メキシコ人を追い払う（*Getting Rid of* *the Mexican*）」が掲載され、送還キャンペーンの実態を伝えている。ファンテは『塵に訊け』のなかで、メキシコ系移民の送還にひとことも触れていないが、こうした歴史的事実を念頭に置いて小説を読みなおすと、「アメリカ人みたいにしようと必死な」（一七六ページ）カミラの振る舞いに、一段と深い哀しみを覚えるようになる。小説の結末で、モハヴェ砂漠に消えるカミラは、同時代のメキシコ系移民が見舞われた苦難を象徴しているという研究者の解釈は、強引な「深読み」として退けるわけにはいかない説得力を有している。[*14]

先に触れた「塵に訊けへの序文」には、この作品におけるナショナリティの問題を考えるうえでヒントになる文学作品の名前が記されている。『アンクル・トムの小屋』と対をなす大衆文学の古典、南カリフォルニアを舞台とする十九世紀のベストセラー小説『ラモーナ』（一八八四年刊行）である。[*15]

サミーはカミラに耐えられない、なぜならカミラは彼にとってたんなるメキシコ人でしかなく、彼はアメリカ人であり、彼女は彼に似つかわしくないから。これが物語の要点だ。まさしく『ラモーナ』のテーマだが、語り手がイタリア系アメリカ人であるという点だけが異なる。そして彼は、バンディーニは、カミラに同情を寄せる、なぜなら彼は、社会的な偏見にさらされるとはどういうことか理解しているから。そして彼は狂ったように彼女を愛し、カミラはそんな彼が理解できない［…］。これは裏返しになった『ラモーナ』だ。良い物語。僕自身の物語。[*16]

小説のタイトルと同名の主人公ラモーナは、スコットランド人とインディアン（差別的呼称だが、作品が書かれた当時「ネイティブ・アメリカン」という呼び名はまだなかった）のあいだに生まれた「混血」の娘である。そのラモーナと、インディアンの青年アレッサンドロ（部族長の息子）の悲恋が、波瀾万丈の物語の骨子となっている。白人でもインディアンでもない、どっちつかずの存在であるラモーナに、イタリア人でありアメリカ人でもあるアルトゥーロのアイデンティティが重ね合わされている。となれば、インディアンのアレッサンドロに相当するのはメキシコ系のカミラであり、ここには新参者（ラモーナとアルトゥーロ）と土地の古参（アレッサンドロとカミラ）の対比が認められる（物語の後半でアレッサンドロが狂気に陥り、最終的に命を落とす筋書きも、カミラの運命と重なる部分がある）。

『ラモーナ』は大衆向けのラブロマンスでありながら「抗議小説」でもあるというユニークな性格を備えた作品だが、インディアンの窮状を訴えんとした著者ヘレン・ハント・ジャクソンの意図とは裏腹に、十九世紀末から二十世紀の前半にかけて、「スペイン人支配の甘美なる過去」を想起させるための道具としても利用された（ラモーナの養母であるセニョーラ・モレノはメキシコの高名な将軍の寡婦でスペインにルーツをもつ。インディアンの青年アレッサンドロは羊毛の刈り手として、大地主であるセニョーラ・モレノに雇われている）。歴史をおさらいしておくなら、カリフォルニアでは十八世紀のなかばから、スペイン人による本格的な入植が始まった。一八二二年、メキシコ共和国のスペインからの独立にともないカリフォルニアはメキシコ領となるが、一八四八年のアメリカ・メキシコ戦争によってアメリカ合衆国の領土となる。メキシコ人からしてみれば、アメリカ人という「新参者」に、みずからの土地を奪われた格好である（『ラモーナ』のセニョーラ・モレノもまた、この戦争のために多くの土地を失ったことになっている)。『塵に訊け』の作中でアルトゥーロが、自分がアメリカ人であることを誇り、「僕らアメリカ人は、砂とサボテンだけの大地に帝国を築きあげた。カミラの民族にもチャンスはあった。だけど連中はしくじった。僕らアメリカ人はうまくやった」(五八ページ)と言っているのは、こうした歴史を踏まえてのことである。

二十世紀前半の南カリフォルニアについて書いた最良のノンフィクションと評される「南カリフォルニア　大地に浮かぶ島(*Southern California: An Island on the Land*)」のなかで、著者のマックウィリアムス(すでに再三言及しているファンテの飲み仲間)は、カリフォルニアに定着しているある「伝説」をとりあげている。

> 南カリフォルニアでインディアンが受けてきた不当な扱いの長く暗い歴史を鑑みるなら、宣教師の支配のもとで先住民が幸福に暮らしていたという奇妙な伝説がこの土地で発達したことに、納得のいく説明を与えることは難しい。*17

マックウィリアムスの考えでは、ほかでもない『ラモーナ』こそ、「植民者(スペイン人)とインディアンの幸福な共生」という伝説を生みだした原因だった。不動産業者は南カリフォルニアを「ラモーナの土地」としてアピールし、移住者を引きつけるためのキャンペーンを展開した。ラモーナが通った学校、ラモーナの生地(せいち)、ラモーナが結婚した場所などを素材にしたポストカードが無数に印刷され、カリフォルニアのあらゆる小売店でラモーナ関連の土産物が販売された。『ラモーナ』はハリウッドでも繰り返し映画化され、アメリカ人のあいだに古き良き十九世紀へのノスタルジーを涵養(かんよう)していった。じつは、『塵に訊け』のアルトゥーロが暮らしているホテルにも、「スペイン人支配の甘美なる過去」が投影されている。「アルタ・ロマ」というホテルの名前は、「高い丘」を意味するスペイン語なのである。

著者の意図を裏切る形で、カリフォルニアにおける人種間の相克を覆い隠す方向に作用した『ラモーナ』を「裏返し」にすることで、ファンテは一九三〇年代のロサンゼルスに蔓延していた人種差別の現実を鋭く告発しようとする。ここで重要になるのが、イタリア系というアルトゥーロの出自である。『塵に訊け』の前後に刊行された『バンディーニ家よ、春を待て』、*Dago Red*（『デイゴ・レッド』拙訳、未知谷）に詳しく書かれているとおり、ファンテが生まれ育ったコロラドでは、イタリア系移民は「ワップ（wop）」や「デイゴ（dago）」といった蔑称で呼ばれ、深刻な差別にさらされていた。一方、青年になってから出てきた西海岸では、イタリア系への差別は（コロラドと比較すれば）そこまで激しくはなく、むしろメキシコ系にたいする忌避が強かった。とはいえ、アルトゥーロのなかで、イタリア系であることの「引け目」が完全に解消されたわけではない。激昂したカミラから「デイゴ」と罵倒されただけで、たちまち力なく萎れてしまうのがその証拠である。物語の冒頭、アルトゥーロはニューヨーク・ヤンキースで活躍するイタリア系の内野手ジョー・ディマジオにみずからを重ね合わせ、空想上のホームランを放ってみせる。イタリア系でありながら、「理想のアメリカ人男性像」を体現していたディマジオは、アルトゥーロにとって格好のロールモデルだったと言えるだろう。『塵に訊け』のアルトゥーロのなかでは、イタリア系であることの誇りと劣等感がないまぜになっている。ヴェラ・リヴケンがホテルから去ったあと、抱けるはずだった女を抱かなかったみずからの弱さを呪いながら、アルトゥーロはイタリアの偉大なる色事師カサノヴァとチェッリーニを想起して、自分のなかの「男」を鼓舞しようとする。かと思えば、イタリア系に特有の瞳と髪の毛の黒さをカミラから指摘されると、むきになって「茶色だ」と否定する。「イタリア系アメリカ人（Italian-American）」という「ハイフンでつながれた存在」であるアルトゥーロのアイデンティティは、『塵に訊け』のなかでたえず揺らぎつづけている。

その一方で、カミラのアイデンティティ、というより、アルトゥーロの目に映るカミラのアイデンティティもまた揺らいでいる。はじめてカミラと出会ったときから、アルトゥーロはカミラを「マヤの女」と形容し、彼女が（『ラモーナ』のアレッサンドロのように）土地に根を張った存在であることを強く意識している。ダンテ、ペトラルカ以来のイタリア文学の伝統に則るかのごとく、アルトゥーロはカミラへの思慕を恋々と歌いあげ、彼女を「マヤの王女」と呼んで崇敬する。「コロンビア・ビュッフェ」はカミラの「城」だと彼は言うが、「コロンビア」はアメリカ合衆国の雅名、前 - アングロサクソン的な呼称であり、キリスト教世界と出会う以前の土着の文明と「スペイン人支配の甘美なる過去」が、アルトゥーロの頭のなかでは無節操に結びついているらしいことが窺われる。[*18] 他方で、カミラに自尊心を傷つけられたり、カミラの言動に反感を覚えたりすると、メキシコ系移民にたいする蔑称「グリーザー（Greaser）」を持ち出して、「白人」である自分とのあいだに線を引こうとする。アルトゥーロの振る舞いには、カミラの民族の「過去」を利用して彼女を讃美し、「現在」を利用して彼女を蔑むという、矛盾に満ちた傾向が認められる。小説の第二章、先に自分に声をかけていた白人の娼婦が、のちにメキシコ人を客にとっていたことを知ったアルトゥーロは、メキシコ人と白人女性が関係をもったことに嫌悪を抱く。これは、ロサンゼルスのアングロサクソンのあいだに広く流布していた、メキシコ人との「交雑」にたいする忌避を反映した思考である。メキシコ人がアングロサクソンより人種的に劣っているという考えは、当時のロサンゼルスにおける一種の「常識」だった。こうした歴史的背景を踏まえないかぎり、カミラにたいするアルトゥーロの屈折した態度を理解することは難しい。

物語の舞台であるロサンゼルスにも二面性がある。ファンテと同時代、ロサンゼルスについて書いた作家と言えば、レイモンド・チャンドラー、ジェームズ・M・ケイン、ナサニエル・ウェストといった名前が想起される。『塵に訊け』はある意味で、ロサンゼルスの「暗黒面」を描くこれらの文学の伝統に連なっている。一八八〇年代以後、アングロサクソンによる大規模な入植が始まったカリフォルニアでは、先に言及した『ラモーナ』関連のキャンペーンを含め、あの手この手で移住者や観光客を引きつけるための振興策がとられてきた。ロサンゼルスの「ノワール文学」は、そうした「推奨宣伝」を逆手にとって、幻想上のプラスの価値を、現実的なマイナスの価値に転倒させようとする。たとえば、『塵に訊け』のアルトゥーロは、金欠が原因で朝も昼も夜もオレンジを食べつづけ、カリフォルニアを象徴するこの太陽の果実を、ついには「みじめなオレンジ」と呼ぶようになる。ロングビーチの美しい浜辺は大地震に見舞われて、死傷者であふれかえる地獄と化す。オレンジとならぶロサンゼルスの象徴、町のそこここに立ちならぶシュロの木は、排気ガスで窒息して「死にゆく囚人」に変わりはてる。不動産業者にとって、ロサンゼルスのアピールポイントだったはずのものが、アルトゥーロの視点を経ることで、ことごとくマイナスイメージをともなう対象に変貌しているわけである。[*19]

それでも、『塵に訊け』に描かれるロサンゼルスは、チャンドラーやウェストが描くロサンゼルスとはたしかに異なる。一九四二年に刊行された『高い窓』のなかでチャンドラーは、アルトゥーロが暮らすバンカーヒルを、「旧い街」、「みすぼらしい街」、「すさんだ街」と呼んでいる。[*20] 一九一〇年代からロサンゼルスに暮らしていたチャンドラーは、かつては高級住宅街だったバンカーヒルが、時の移ろいとともにうらぶれていく様子をその目で見てきた。あるいは、『塵に訊け』と同じく一九三九年に刊行されたウェストの『いなごの日』は、バンカーヒルから数マイル西に位置するハリウッドを舞台として、夢を求めてカリフォルニアへやってきた人びとの苦い幻滅を描いている。『塵に訊け』のバンカーヒルは、観光パンフレットに載っているような、美しく陽気なロサンゼルスとは別物だが、かといって、（チャンドラーが書く）年老いてくすんだ町でも、（ウェストが書く）「夢が終わる土地」でもない。筋金入りの「遊歩者（フラヌール）」であるアルトゥーロが、疲れを知らずに朝な夕なに歩きまわるこの町は、ファンテ最晩年の作品のタイトル（『バンカーヒルから見る夢』）が雄弁に示すように、若き作家が夢を見るための土地なのである。『塵に訊け』の冒頭近くで、アルトゥーロはみずからに向けてこう語りかけている。「焦ることない、街に出て人生について学べ、通りを歩け」（一六ページ）。フィリピン人のダンスホール、メキシコ人地区のカトリック教会、怪しげな黒人を案内役とする麻薬常用者のたまり場など、上品なアングロサクソン系白人であれば敬して遠ざける界隈を軽やかに渡り歩き、青年作家アルトゥーロ・バンディーニは新しい世界を発見していく。ロサンゼルスにはびこる苛烈な人種差別の現実を描きつつ、いかがわしくも生気に満ちた都市の素顔を活写してみせたことが、今日において『塵に訊け』が、ロサンゼルス文学の古典として揺るぎない評価を得ている要因だろう。

先述のとおり、『塵に訊け』は刊行当時、さしたる反響を呼ぶこともなく速やかに忘れ去られた。それはいったいなぜなのか？　『塵に訊け』が刊行された一九三九年、版元のスタックポール・サンズは、コピーライトを取得せずにヒトラー『わが闘争』を刊行した廉で、ドイツ政府から訴訟を起こされていた。この裁判の費用がかさんだために、自社の刊行物のプロモーションにほとんど予算を割けなかったことが、『塵に訊け』の不振の原因だとする説がある（ファンテの息子でやはり作家のダン・ファンテも、この説を支持している）[*21]。『塵に訊け』の「間の悪さ」はそれだけではない。一九三九年は、私立探偵フィリップ・マーロウものの第一作『大いなる眠り』、先に触れたウェスト『いなごの日』、さらにはオールダス・ハクスリー『多くの夏を経て』など、ロサンゼルス文学の「当たり年」であり、『塵に訊け』はこれら多くの競合作のあいだに埋もれてしまったのだとする見解もある（もっとも、『いなごの日』にしてからが、刊行年には一五〇〇部しか売れなかったという指摘もある[*22]が）。いずれにせよ、今日では高い評価を受けている作品が、刊行当時には認められなかった原因を、明確に特定することは難しい。一九五四年、バンタム社のペーパーバック版で再刊されたことを別にすれば、『塵に訊け』は約四十年にわたって、深い眠りについたままだった。

そのあいだ、ファンテがなにも行動を起こさなかったわけではない。一九四一年には、B級映画のディレクターであるノーマン・フォスターと組んで、『塵に訊け』を原作とする脚本を用意するが、けっきょく映画化は実現しなかった。同じ時期、オーソン・ウェルズが司会を務めるラジオ番組「レディ・エスター」のために、ラジオドラマ版のシナリオを執筆するも、やはり企画はお流れとなった。六〇年代には、友人の脚本家ハリー・エセックスと組んで再度映画化の道を模索するが、この試みも失敗に終わる。七〇年代前半には、新進の脚本家ロバート・タウンに映画化の権利を約四五〇〇ドルで売却するが、制作が始まる気配は一向になかった（ロバート・タウンが監督と脚本を務めた映画 *Ask the Dust* が公開されたのは、ファンテの死から二十年以上が経過した二〇〇六年のことである）[*23]。ファンテは一九七四年、終生の友であるマックウィリアムスに宛てた書簡で、『塵に訊け』再刊のために出版社に働きかけてほしいと懇願し、再刊が実現するなら「睾丸をふたつ差し出してもいい」とまで書いている[*24]。このとき、ファンテはすでに六十代半ば、長年の不摂生がたたってか、健康状態は日に日に悪化していた。視力の低下がとまらず、一九七七年には左足を切断する手術を受けている。

ここで登場するのが、酔いどれの詩人にして無頼の小説家、ファンテを「神」とあがめるチャールズ・ブコウスキーである。ブコウスキーの著作を世に出すために設立された出版社ブラック・スパロウのジョン・マーティンは、一九七八年刊行の長篇『詩人と女たち』でチナスキー（ファンテにとってのアルトゥーロと同様の、ブコウスキーにとってのアルター・エゴ）が言及している「ジョン・ファンテ」なる作家が実在することを知ると、たちまち作品にほれこんで再刊を決断する[*25]。一九八〇年、ブコウスキーの序文とともに、ついに『塵に訊け』は再刊される。刊行の前年、ファンテはブコウスキーに感謝の手紙を送っている。

親愛なるブコウスキーへ
『塵に訊け』の序文の執筆を引き受けてくれたことに、前もってお礼の言葉を伝えておきます。あの小説を、そんな仕方で推薦することを快諾してくれたとは、どれだけ感謝してもしきれません。この世界に、私のほかにも、私が自分の最良の作品だと思っているあの本に快哉を送ってくれる人物がいると知って、たいへん嬉しく思っています。信じてください、私はとんでもなく喜んでいるし、感謝の気持ちでいっぱいなのです。[*26]

一方のブコウスキーは、ファンテへの返信の末尾で、「バターと太陽と苦悶でいっぱいの」この小説は、「荒々しい復活に値する」と断言している。[*27] ブコウスキーの確信を裏づけるようにして、ブラック・スパロウ版の『塵に訊け』は刊行と同時に大きな反響を呼び、「偉大なロサンゼルス小説（The Great Los Angeles Novel）」、「究極のロサンゼルス小説（The Consummate L.A. Novel）」という評価を獲得する。[*28] 一九八〇年の時点で、ファンテはすでに全盲となっていたが、『塵に訊け』の再刊に背中を押されたかのように、作家ジョン・ファンテもまた最後の復活を遂げる。妻ジョイスの助けを借りて執筆された、「アルトゥーロ・バンディーニのサーガ」の最終章『バンカーヒルから見る夢』は、一九八二年にブラック・スパロウから刊行される。その翌年の一九八三年五月八日、愛する妻と子どもたちに見守られながら、ファンテは永眠する。

ブラック・スパロウから再刊されたのち、『塵に訊け』は早々に海を渡り、ヨーロッパの読者から歓呼をもって迎えられた。ファンテの著作は現在、アメリカ本国と並んで、フランスやイタリアでとくに広く読まれている。『塵に訊け』のフランス語訳を手がけたフィリップ・ガルニエは、この作品がフランスの読者から広く受け入れられた理由として、バルザック、ゾラ、モーパッサンら、フランスの「偉大なる作家」が連綿と書き継いできた「苦悩する若き芸術家」という人物造形に、アルトゥーロ・バンディーニのキャラクターがぴたりと当てはまったからだという興味深い分析を披露している。[*29]

ファンテの父の故郷イタリアでは、『塵に訊け』は一九四一年、「塵まみれの歩み（*Il cammino nella polvere*）」として翻訳が出ていたが、一九八三年になって、原題に忠実な *Chiedi alla polvere* というタイトルのもと新訳が刊行されている。ファンテの浩瀚（こうかん）な伝記を著したステファン・クーパーは、ファンテのイタリアへの「里帰り」を、『ルカによる福音書』の記述になぞらえて、「イタリア系移民版の、放蕩息子の帰還」と表現している。[*30] イタリアでは現在、ファンテの全著作は、トリノの名門出版社エイナウディから刊行されている。各巻には、ファンテを愛する作家による序文が添えられているが、そこにはアレッサンドロ・バリッコ、パオロ・ジョルダーノ、ニッコロ・アンマニーティ、メラニア・マッズッコ、サンドロ・ヴェロネージ、ドメニコ・スタルノーネなど、錚々（そうそう）たる面子（めんつ）が名を連ねている。また、訳者が個人的に把握している範囲では、パオロ・コニェッティ、カルミネ・アバーテ、アマーラ・ラクースといった作家もまた、ファンテの文学への尽きせぬ情熱を表明している。イタリア現代文学の日本への紹介点数は、もとより英米の文学とは比較にならないが、ここに名前を挙げた作家はもれなく、一点ないし複数の作品が日本語に訳されている。要するに、イタリア現代文学を代表する作家がこぞって、ファンテに喝采を送っているわけである。『塵に訊け』をはじめ、ファンテの小説を何冊か読んできた読者にとっては、その理由を推察することは難しくないだろう。ファンテはつねに、書くことについて、あるいは、こう言って良ければ、「書けないということ」について書いてきた。幻の第一作『ロサンゼルスへの道』でも、フランスの読者がこよなく愛する中篇 *My Dog Stupid*（『犬と負け犬』拙訳、未知谷）でも、最後の著作『バンカーヒルから見る夢』でも、ファンテはずっと、言葉を見つけられずにもがき、苦しむ作家の姿を書いてきた（「ここはものを書く場所じゃない。これじゃ無理もないな。無理もないって、なにがだ？　えー、つまり、無理もない、ここはものを書く場所じゃないんだから」[*31]、「小説は行き詰まる。〔…〕私の文体になにが起きたのか？」[*32]、「神よ、お願いします、クヌート・ハムスンよ、お願いします、どうかこんなところで僕を見捨てないでください。そして僕は書きはじめた」[*33]）。だからこそ、作家はファンテに心を寄せ、ファンテの言葉に魂を鼓舞される。「もし優れた文をひとつ書ければ、ふたつめも書けるはずだ。ふたつめが書けたなら、みっつめも書けるはずだ。みっつめが書けたなら、僕はずっと書けるはずだ」[*34]。アルトゥーロ・バンディーニのこの言葉は、ものを書くすべての人間に向けたエールのように訳者には聞こえる。「書きたい」という思いに憑かれながら、「書けない」という苦しみと闘いつづける人間がいるかぎり、ファンテの小説はもう二度と、忘却の淵に沈むことはないだろう。

日本では二〇〇二年に、都甲幸治の翻訳により、*Ask the Dust* の翻訳が刊行されている（『塵に訊け！』DHC出版）。はじめての訳書としてチャールズ・ブコウスキーの *Factotum* を手がけ（『勝手に生きろ！』学習研究社[*35]）、ロサンゼルスの中心地に位置する南カリフォルニア大学に留学した都甲は、本書の訳者としていかにも適任であった。都甲訳『塵に訊け！』は一定の反響を呼び、熱心な読者のあいだにファンテへの強烈な関心をかきたてたが、刊行から数年後には絶版となり、長きにわたって入手困難な状態が続いていた。今回、自身の訳文を作成するにあたって、原書と都甲訳を細かく読みくらべる作業を行ったが、あらためて、都甲訳の正確さ、読みやすさを実感した。また、いくら日本語が変化の早い言語であるとしても、さすがに二十年で訳文が古びるということはなく、都甲が日本語に移し替えたアルトゥーロやカミラの声は、いまなお生き生きと耳に響いた。そのような既訳書が存在するなかで、あえて新訳を出すことに意義はあるのか、訳者（栗原）のなかに迷いがなかったと言えば嘘になる。だが、二〇一四年に訳出した『デイゴ・レッド』からはじまって、これまでにファンテの作品を五冊訳してきた身としては、代表作と呼ばれる『塵に訊け』を自分の日本語で読者に届けたいという（多分にエゴイスティックな）欲求があったこともまた事実である。今回、新訳を手がけるにあたっては、五作の翻訳を通じて自分のなかに定着させてきたファンテの言葉のリズムを、訳文に反映させるべく努めた。とくに腐心したのは、『塵に訊け』においてとりわけ顕著な、「and」とコンマで延々と（だらだらと）文をつなげていくファンテのスタイル、アルトゥーロの制御不能な思考がとめどなく漏れ出る様子を、日本語で再現することだった。訳者の狙いが成功しているかどうかは、読者の評価を待ちたいと思う。

先に触れたとおり、一九八〇年に再刊されたブラック・スパロウ版には、チャールズ・ブコウスキーが序文を寄せている。この序文は都甲訳『塵に訊け！』でも作品の冒頭に配されているが、このたびの新訳では、訳者の判断により「附録」として作品の末尾に置くこととした。ブコウスキーの言葉を介さずに、まずファンテ自身の作品に触れてほしいという願いがあるからである。ブコウスキーに導かれてファンテにたどりつく読者が多いことは重々承知しているが、本書を含め六冊の日本語訳がそろったいま、そろそろ、「ブコウスキーによって再発見された」という枕詞から、ファンテを解放してもいいのではないかと訳者は感じている。ファンテはもう、ひとりで立つことのできる作家である。

本書の刊行にあたっては、未知谷の飯島徹さん、伊藤伸恵さんに、たいへんお世話になりました。また、未知谷の元・営業であり、ファンテの熱烈な愛読者であり、現在は書肆侃侃房にお勤めの藤枝大さんにも、心より感謝を捧げます。詳しい経緯を記すことはしませんが、訳者が本書を訳す機会に恵まれたのは、藤枝さんの心遣いのおかげでもあります。また、訳者のたっての希望で、今回は鹿児島有里さんに校正の作業をお願いしました。鹿児島さんの細やかな仕事のおかげで、訳文から多くの瑕疵を取り除くことができました。

そして、ファンテの既訳書を手にとり、今日まで訳者に温かな声援を送ってきてくださった読者の皆さまにも、この場を借りてお礼を申しあげます。二年前から、訳者は不定期で「ジョン・ファンテを語る夕べ」というオンライン茶話会を実施していますが、その集まりで、ファンテの愛読者と直接に言葉を交わしたときに感じた喜びは、アルトゥーロが「子犬が笑った」の読者ジュディに出会ったとき（第七章参照）の歓喜に勝るとも劣らないものでした。読者がいてはじめて作品は成り立つという思いは、訳者のなかで、年を追うごとに強まっています。長らく復刊の待たれていた『塵に訊け』が、この新訳を通じて、ひとりでも多くの読者のもとに届くことを願っています。

二〇二三年十月、佐倉にて

訳者識

＊1　John Fante, *Selected letters 1932-1981*, ed. Seamus Cooney, Black Sparrow Press, 1991, pp. 151-152.

＊2　以下の版の背表紙を参照。John Fante, *Ask the Dust*, Stackpole, 1939.

＊3　John Fante, *Selected Letters 1932-1981*, op.cit., p. 157.

＊4　Ryan Holiday, *How Hitler Nearly Destroyed the Great American Novel*, in *John Fante's Ask the Dust: A joining of voices and views*, ed. S. Cooper, C. Donato, Fordham, 2020, p. 224.

＊5　John Fante, *Selected Letters 1932-1981*, op.cit., p. 153.

＊6　David Fine, *John Fante and the Los Angeles Novel in the 1930s*, in *John Fante: a critical gathering*, ed. S. Cooper, D. Fine, Associated University Press, 1999, p. 123.

＊7　栗原俊秀「訳者あとがき」、ジョン・ファンテ『ロサンゼルスへの道』未知谷、二〇二〇年、二四九頁。

＊8　*John Fante & H. L. Mencken: A Personal Correspondence 1930-1952*, ed. M. Moreau, Consulting Editor. Joyce Fante, Black Sparrow Press, 1989, p. 99.

＊9　Alessandro Baricco, *Introduzione*, in *Chiedi alla polvere* di John Fante, trad. M. G. Castagnone, Einaudi, 2004, pp. v-vi.

＊10　John Fante, *Prologue to Ask the Dust*, Magnolia Editions, 1990.「『塵に訊け』への序文」は現在、以下の

短篇集で読むことができる。John Fante, *The Big Hunger: stories 1932-1959*, ed. S. Cooper, ecco, 2002[2000].

＊11　K・ハムスン『牧神――グラーン中尉の物語――』中村都史子訳、公論社、一九七八年、一二八頁。

＊12　John Fante, *Prologue to Ask the Dust*, in *The Big Hunger: stories 1932-1959*, op. cit., p. 143.

＊13　Carey McWilliams, *Southern California: an island on the land*, Peregrine Smith Books, 2010[1946], p. 316.

＊14　Meagan Meylor, *"Sad Flower in the Sand": Camilla Lopez and the Erasure of Memory in Ask the Dust*, in *John Fante's Ask the Dust: A joining of voices and views*, op. cit., p. 77. Daniel Gardner, *"A Romona in Reverse": Writing the Madness of the Spanish Past in Ask the Dust*, in *John Fante's Ask the Dust: A joining of voices and views*, op. cit., p. 99.

＊15　この作品はすでに、研究者による充実した解説をともなう形で、日本語に訳出されている。ヘレン・ハント・ジャクソン『ラモーナ』亀井俊介、巽孝之監修、金澤淳子、深谷素子訳、松柏社、二〇〇七年。

＊16　John Fante, *Prologue to Ask the Dust*, in *The Big Hunger: stories 1932-1959*, op. cit., pp. 145, 147.

＊17　Carey McWilliams, *Southern California: an island on the land*, op. cit., p. 70.

＊18　「『塵に訊け』への序文」のなかでは、カミラが働いているカフェの名前は「リバティ・ビュッフェ（Liberty Buffet）」ということになっている（John Fante, *Prologue to Ask the Dust*, in *The Big Hunger: stories 1932-1959*, op. cit., p. 144）。あえて構想の段階とは違う名前をつけたことを踏まえるなら、「コロンビア・ビュッフェ」という店名から著者のなんらかの意図を読みとることは、あながち牽強付会とも言い切れない。以下を参照。George Guida, *In Imagination of the Past: Fante's Ask the Dust as Italian-American Modernism*, in *John Fante: a critical gathering*, op.cit., p. 136.

＊19　『塵に訊け』におけるロサンゼルスの「アイコン」の表象については以下を参照。Mark Laurila, *The Los Angeles Booster Myth, the Anti-Myth, and John Fante's Ask the Dust*, in *John Fante: a critical gathering*, op.cit., p. 114. なお、ウェストの『いなごの日』にも、カリフォルニアを「太陽とオレンジの地」と形容

したあとで、オレンジにたいする人びとの倦怠について書いたくだりがある（ナサニエル・ウエスト『いなごの日／クール・ミリオン　ナサニエル・ウエスト傑作選』柴田元幸訳、新潮社、二〇一七年、二五八〜二五九頁）。『塵に訊け』と『いなごの日』に描かれるロサンゼルスという「トポス」については、以下の論稿が参考になる。伊藤章「ウェストの『いなごの日』とファンテの『塵に訊け』にみるロサンゼルス――夢の墓場、砂漠の悲しい花」、『エトノスとトポスで読むアメリカ文学』英宝社、二〇一二年。

＊20　レイモンド・チャンドラー『高い窓』村上春樹訳、早川書房、二〇一六年、一〇八頁。

＊21　Dan Fante, *Introduction*, in John Fante's *Wait Until Spring, Bandini*, Canongate, 2007, pp. xi-xii.

＊22　David Fine, *John Fante and the Los Angeles Novel in the 1930s*, in *John Fante: a critical gathering*, op. cit., p. 123.

＊23　*Ask the Dust* 映画化の経緯については、以下のインタビューで詳しく語られている。Nathan Rabin, *Interview with Robert Towne*, in *John Fante's Ask the Dust: a joining of voices and views*, op. cit.

＊24　John Fante, *Selected Letters 1932-1981*, op.cit., p. 295.

＊25　*Ask the Dust* 再刊の経緯については、ブコウスキーの短篇「師と出会う」が参考になる。チャールズ・ブコウスキー「師と出会う」、『ワインの染みがついたノートからの断片　未収録＋未公開作品集』中川五郎訳、青土社、二〇一六年。

＊26　John Fante and Charles Bukowski, *"My Dear Bukowski," "Hello John Fante": Preface to Ask the Dust*, in *John Fante's Ask the Dust: a joining of voices and views*, op. cit., p. 263.

＊27　Id., p. 264.

＊28　Stephen Cooper, *Full of life: a biography of John Fante*, Angel City Press, 2005[2000], p. 365.

＊29　Philippe Garnier, *Don't Ask the French*, id., p. 160.

＊30　S. Cooper, C. Donato, *Introduction*, id., p. 3.

＊31　ジョン・ファンテ『ロサンゼルスへの道』前掲書、二二一頁。
＊32　ジョン・ファンテ『犬と負け犬』栗原俊秀訳、未知谷、二〇二〇年、一八四頁。
＊33　John Fante, *Dreams from Bunker Hill*, ecco, 2002[1982], p. 147.
＊34　Ibid.
＊35　現在は河出文庫版が流通している。チャールズ・ブコウスキー『勝手に生きろ！』都甲幸治訳、河出書房新社、二〇〇七年。

John Fante

1909年、コロラド州デンバーにて、イタリア人移民家庭の長男として生まれる。1932年、文藝雑誌《The American Mercury》に短篇「ミサの侍者」を掲載し、商業誌にデビュー。以降、複数の雑誌で短篇の発表をつづける。1938年、初の長篇小説となる *Wait Until Spring, Bandini*（『バンディーニ家よ、春を待て』栗原俊秀訳、未知谷、2015年）が刊行され好評を博す。その後、長篇第二作 *Ask the Dust*（1939年、本作）、短篇集 *Dago Red*（1940年。『デイゴ・レッド』栗原俊秀訳、未知谷、2014年）と、重要な著作を立てつづけに刊行する。ほかの著書に、*Full of Life*（1952年。『満ちみてる生』栗原俊秀訳、未知谷、2016年）、*The Brotherhood of the Grape*（1977年）など。小説の執筆のほか、ハリウッド映画やテレビ番組に脚本を提供することで生計を立てていた。1983年没。

くりはら としひで

1983年生まれ。翻訳家。訳書にアマーラ・ラクース『ヴィットーリオ広場のエレベーターをめぐる文明の衝突』、ジョン・ファンテ『満ちみてる生』『犬と負け犬』『ロサンゼルスへの道』（以上、未知谷）、ピエトロ・アレティーノ『コルティジャーナ』（水声社）など。カルミネ・アバーテ『偉大なる時のモザイク』（未知谷）で、第2回須賀敦子翻訳賞、イタリア文化財文化活動省翻訳賞を受賞。

塵(ちり)に訊(き)け

2023年12月20日初版印刷
2024年 1 月10日初版発行

著者　ジョン・ファンテ
訳者　栗原俊秀
発行者　飯島徹
発行所　未知谷
東京都千代田区神田猿楽町 2-5-9　〒 101-0064
Tel. 03-5281-3751 / Fax. 03-5281-3752
［振替］ 00130-4-653627

組版　柏木薫
印刷所　モリモト印刷
製本所　牧製本

Publisher Michitani Co, Ltd., Tokyo
Printed in Japan
ISBN 978-4-89642-715-8　C0097

ジョン・ファンテ／栗原俊秀 訳・解説

デイゴ・レッド

各ページに作家の才能が「瑞々しい草原に降り注ぐ陽の光のごとく」散りばめられている（*The New York Times*）
1940年に発表された短篇集としては、
おそらく最高の一冊（*Time*）
50年代アメリカのカウンター・カルチャー、ビートニクの先駆けと言われるジョン・ファンテ短篇集、本邦初訳！

デイゴ・レッドを飲み交わし、遠い故郷に想いを馳せる移民たちと同じように、ジョン・ファンテは書くことによって、「苦さのなかにほんのりと甘さが香る」記憶へと立ち帰ろうとする。幼少期の記憶とは言うなれば、作家の精神的な故郷とでも呼ぶべき空間である。イタリアと、家族と、信仰の香りをグラスから立ち昇らせつつ、「ワップのオデュッセウス」たるジョン・ファンテは、いつ終わるとも知れない航海を進みつづける。生涯にわたって繰り返された、帰りえぬ故郷へ帰りゆく旅の軌跡が、ファンテの文学には陰に陽に刻みこまれている。
（「訳者あとがき」より）

収録作品：プロポーズは誘拐のあとで／雪のなかのれんが積み工／はじめての聖体拝領／ミサの侍者／大リーガー／僕の母さんの戯れ歌／ディーノ・ロッシに花嫁を／地獄への道／僕らのひとり／とあるワップのオデュッセイア／お家へ帰ろう／神の怒り／アヴェ・マリア／年譜／著作一覧

366頁3000円
978-4-89642-451-5

未知谷

ジョン・ファンテ／栗原俊秀 訳・解説

バンディーニ家よ、春を待て

「彼は家に帰る途中だった。けれど家に帰ることに、
いったいなんの意味がある？」

1930年代、アメリカ西海岸。貧困と信仰と悪罵が交錯するイタリア系移民の家庭で育った著者の自伝的連作バンディーニもの、第一作長篇

『塵に訊け』のみならず、ほかのどの作品と比較しても、『バンディーニ』はおそらくもっともファンテに「近い」作品である。ファンテの生と文学は本書において、たがいに見分けがつかないほどに折り重なっている。……中略……『バンディーニ』はファンテにとって、帰るべき「家」のごとき小説である。それはファンテにごく近く、それでいてあまりに遠く、けっして帰ることが叶わない家でもある。生の航路を終えようとするさなか、眼差しのはるか先でその家は揺らめき、ファンテの心を引きよせつづける。母の祈り、弟たちの寝言、父の罵り。記憶の彼方の家から響くそうした声が、『バンディーニ』という歌を奏でている。(「訳者あとがき」より)

320頁3000円

978-4-89642-470-6

未知谷

ジョン・ファンテ／栗原俊秀 訳・解説

犬と負け犬

「永遠の息子」ジョン・ファンテが
「父親」の目線で書いた唯一の作品
そして最も愛されてきた逸品
秋田犬も全編にわたって登場！

ガレージに突如現れた大型犬、
それぞれに奔放な四人の子供たちと妻、
全てを捨ててローマへ行けたら……。

「読者としては当然ながら、ファンテが実際に秋田犬を飼っていたのかどうかという点も気になってくるだろう。…1969年のクリスマスイブ、ファンテは自身の飼い犬である105ポンド（50kg弱）の秋田犬と、近隣に暮らす二匹のドーベルマンの戦いに割って入り、右足を噛まれて重傷を負っている」（「訳者あとがき」より）

＊映画 'My Dog Stupid' ('Mon chien Stupide')
2019製作、イヴァン・アタル監督、
シャルロット・ゲンズブール主演、原作

224頁2500円
978-4-89642-599-4

未知谷